Guy de Maupassant

Boule de suif

*Édition présentée, établie et annotée
par Louis Forestier*
Professeur à la Sorbonne

NOUVELLE ÉDITION

Gallimard

Édition dérivée de la Bibliothèque de la Pléiade.

MAUPASSANT OU
LE JEU DES MASQUES

*Maupassant, « vous aimez ça ? ». La question
marque l'étonnement et le scandale. Elle reconnaît
aussi une évidence : on lit Maupassant ; du bout
des yeux, peut-être, comme d'autres ne touchent
les objets que du bout des doigts de crainte de se
salir par un contact prolongé. Mais enfin, on le lit.*

*C'est que le narrateur, aussi bien que l'homme,
est séduisant, agréable, facile à prendre et à lais-
ser. On le croirait sans autre problème que celui
de bien conter une histoire entre gens du monde :
scabreuse, terrifiante ou sensible, selon les audi-
toires supposés. Il offre à son lecteur l'image de
l'aisance et du talent. Il éveille donc la méfiance et
déroute les plus ordinairement perspicaces : nul
auteur n'est « plus propre à faire accéder à une
sorte de basic-french littéraire, où manquent tous
les éléments subtils » ; c'est Julien Gracq qui
parle. Sans doute, Maupassant n'est pas Stendhal,
M. de La Palice s'en fût avisé, s'il eût vécu en
d'autres temps. Pourquoi faire grief à la pivoine*

de ne pas être une rose? Et libre, à qui voudra, de préférer la rose...

Au fait, la pivoine domine en ces décors floraux — tapisseries ou peintures — dont le Second Empire laisse le goût à ses successeurs. Un peu prétentieuse, un peu lourde et sans parfum, elle manque peut-être de subtilité, en effet. Elle serait le symbole d'un Maupassant discuté : de l'odieux Maupassant qui masque le cher Maupassant.

On ne sait pas bien à qui l'on a affaire avec cet écrivain. Cela met mal à l'aise. Il y a, chez lui, un côté romancier de boulevard (comme on parle de théâtre de boulevard), une facilité apparente à écrire à la demande, une âpreté à forger et entretenir le succès. Tout cela est irritant. Agaçants aussi tous les masques posés sur son visage : tradition qui fait de lui « le petit taureau triste » ou « l'étalon modèle littéraire et plastique du grand haras Flaubert, Zola et Cie ».

On s'est appliqué à éloigner Maupassant, à le figer dans les artifices d'une époque fin de siècle, à l'égard de laquelle nous commençons pourtant à reconnaître nos dettes. Comment le ramener parmi nous? Il faut le saisir dans la diversité de sa personnalité; ou plutôt de ses personnages; car il joue, le plus souvent. C'est une façon de fuir les autres et de fuir ses hantises et son pessimisme. Malheureusement, c'est fournir à la postérité des images pour être méconnu. Maupassant n'est jamais vraiment tel qu'il se donne, ni tel qu'on le voit à un moment précis. Bel ami? Normand? Canotier?

Malade ? Il joue, et finit par vivre *ces divers rôles, en des circonstances variées. Il n'est totalement aucun de ces « emplois ». Il les unit en une vitalité pleine de contrastes.*

Maupassant séducteur et jeune premier :
levons les masques

C'est à son héros, Bel-Ami, qu'on identifie le plus naturellement Maupassant. Il figure l'homme d'une époque ; une image de mode, pour ainsi dire. On croit le reconnaître encore en certains contes, sous l'aspect des séducteurs dont le raffinement suprême est de se laisser prendre par une femme avant de la mener jusqu'où ils désirent.

Gardons-nous de trop lire l'œuvre à travers l'homme. On risque d'y trouver un mécompte. Il séduit pourtant, par son physique et par son esprit. Marie Bashkirtseff, qui a choisi d'écrire à Guy sans se faire connaître et qui poursuivra quelque temps ce jeu, s'explique ainsi sa fantaisie : « C'est parmi les jeunes, celui qui m'a plu. » Attirance pour un homme, qui le sait et l'avoue avec une certaine satisfaction : « Je reviens aux lettres d'inconnues. J'en ai reçu depuis deux ans cinquante ou soixante environ. »

Ce qu'on ne dit pas, ce qu'il n'avouera lui-même que bien plus tard, c'est qu'il n'est pas dupe du rôle de jeune premier qu'il assume jusque dans ses conséquences dernières et agréables. Il est

conscient d'être idole. *Il mesure la valeur des compliments, il sait le pourquoi de tant d'attentions et de gâteries :* « *depuis quelques années, on recherche assez l'homme de lettres* ». On, *ce sont les femmes, bien entendu. Et l'homme accepte le jeu sans renier en lui l'écrivain. La distanciation s'établit entre l'un, qui se prête, et l'autre, qui regarde :* « *Le romancier présente des dangers* [...] *il ronge, pille et exploite tout ce qu'il a sous les yeux. Avec lui on ne peut jamais être tranquille* [...]. *Rien ne lui échappe* [...]. *Et ce qu'il y a de terrible, c'est qu'il fera ressemblant, le gredin...* » *Ce Bel-Ami couche la femme nue, à la fois dans un lit et, comme il dit, entre les pages d'un livre.*

Ce n'est pas seulement par snobisme ou désir de parvenir qu'il fréquente chez la comtesse Potocka, chez « l'exquise Mme Cahen » ou chez « la femme remarquable qu'est Mme Kann », selon les expressions de Proust. Il y trouve à satisfaire un réel goût mondain et un appétit de romancier qui sait voir. Sans doute est-il trop indulgent pour cette société. Il ne croit pas vraiment que ce monde soit celui où l'on s'ennuie. Il aime y rencontrer Bourget, Barrès, Montesquiou, Fauré. En écrivain jaloux de ses succès il se plie aussi, avec une certaine complaisance, à l'attente de son public. Il en va différemment dans les contes, et l'on devine, dans « Rose » ou « Boule de suif », par exemple, qu'il entrevoit la valeur de la société qu'il fréquente. S'y mêle-t-il pour mieux la combattre ? La dépeint-il pour en montrer les tons déjà flétris ? Aurait-il découvert,

après Julien Sorel, que l'hypocrisie est la «seule vraie forme moderne de l'insoumission»?

Il fuit. C'est le canotage sur la Seine, d'abord; puis les longues croisières, quand il sera devenu assez riche pour s'offrir un yacht. On retient surtout l'image du canotier joyeux viveur, beau mâle musclé sous le maillot rayé : un vrai Manet. C'est l'amateur de jolies filles et de «parties de campagne». Maupassant donne libre cours à son amour de la vie, à sa sensualité : «Nous n'avions souci de rien que de nous amuser et de ramer.»

Puis toucher terre! reprendre force, comme Atlas, au contact de l'élément solide et sécurisant. Maupassant a le choix : Côte d'Azur, Corse, Italie, Sicile, Afrique du Nord. Ce ne sont là que des étapes, des passages, pas des refuges; il y a trop de soleil, de «pesante chaleur» et «d'éblouissement furieux de la lumière». L'imagination de l'écrivain y suscite la présence de la mort : c'est le cimetière des Capucins à Palerme, les tuberculeux à Cannes, c'est la vision fugitive d'un chameau épuisé attendant la mort en plein désert.

Le royaume de Normandie

La vraie terre, la seule en laquelle Maupassant se retrouve d'instinct, c'est la Normandie. Nouveau masque jeté sur la physionomie de l'écrivain : liens provinciaux, terroir, régionalisme, que sais-je? Une chose est vraie : son attachement vis-

céral à ce pays qu'il aime et connaît depuis
son enfance. Il en sait les contrastes : du littoral à
l'intérieur, les visages de la Normandie sont dif-
férents. Il en possède les nuances : fraîcheur
ombreuse de la rivière de Valmont ; vaste plateau
des environs de Tôtes ; forêts des boucles de la
Seine près de Rouen ; aspect bocager de certaines
parties de l'Eure. Élevé dans le pays, possesseur
d'une maison à Étretat, il a de ces régions la
connaissance physique de celui qui les a parcou-
rues, à pied, en toutes saisons. Il lui suffit de fer-
mer les yeux pour voir les colzas jaunissants, la
campagne au printemps, pour sentir la griserie des
parfums d'été ; il entend le bruit du bois mort qui
casse dans la campagne gelée, et le vacarme de
l'Océan par les nuits d'équinoxe ; et l'automne a
pour lui le charme des chasses, plein de feuilles
froissées et de buissons battus. « Boule de suif »,
« Coco » restituent les éléments d'un sentiment
existentiel de cette région : il la possède dans son
étendue et sa diversité ; il en vit les saisons dans
leur fuite et leur identité. Image de son propre moi.

 Aussi ne s'intéresse-t-il pas uniquement à la
Normandie pour ce qui la rend originale N'atten-
dons pas un guide (il les déteste !) ni une œuvre
d'anthropologue, ou d'écrivain séduit par le régio-
nalisme à la mode. Ses paysans patoisent ? Sa
campagne est « réelle » ? Ces paroles et ce « réa-
lisme » sont ceux d'un citadin qui parle à des cita-
dins. Le point de vue est, presque constamment,
celui du Parisien. Rien de comparable avec La Vie

d'un simple *ou* Jacquou le Croquant. *Il aurait pu situer ailleurs les anecdotes qu'il conte et en tirer les mêmes effets : « Le Bonheur », « Une vendetta » ou « Marroca », qui se passent en Corse ou en Afrique, le prouvent. La Normandie est pour lui autre chose ; c'est l'occasion de renouer inconsciemment avec ses attaches les plus profondes. Elle est son royaume d'enfance, le lieu où il se retrouve avec une joie sérieuse. Ce Bel-Ami pourrait presque dire, avant Colette : « Je suis d'un pays que j'ai quitté. »*

Chacune des images successives de Maupassant n'est qu'un aspect de sa personnalité. Il y aurait aussi beaucoup à dire sur sa maladie et sa folie : mais un recueil comme Le Horla *ou* La Petite Roque *appellerait ce développement plus à propos que les contes qui suivent. En tout cas, la démence ne conditionne ou n'explique en rien la création littéraire, comme on l'a parfois affirmé. L'œuvre est d'un homme lucide, qui s'aventure, il est vrai, avec passion, aux frontières du raisonnable : fantastique, parapsychologie, maladies nerveuses. Auditeur de Charcot, il apprend à saisir quels liens ténus et surprenants relient notre moi conscient à l'inconscient. Il ne décrit pas la folie d'un être, mais, d'une façon très moderne, se demande si ses manifestations, qui paraissent étranges, doivent être appelées* folie. *Quand Maupassant suppose un journal de fou, comme dans « La Chevelure », ce n'est pas pour aboutir à quelque description clinique ou réaliste. Il tente, avec ce journal de bord*

d'une raison qui se dédouble, de trouver le chemin
de l'inconnaissable. D'autres, vers 1920, érige-
ront en méthode ce qui reste encore, ici, un artifice
littéraire.

La force de l'objet

À force de lever les masques, on aperçoit un écri-
vain plus riche, plus nuancé qu'on ne le croyait
d'abord. Il connaît le sentiment d'étrangeté, la
nausée, ainsi qu'on dira plus tard ; il s'intéresse à
l'inconscient d'une façon plus suggestive que la
majorité de ses contemporains.

Moderne, il l'est encore par l'attention qu'il
porte aux signes et aux objets. Pas n'importe les-
quels : le ramassis concerté que constitue l'Expo-
sition universelle, qui se prépare pour 1889, le
dégoûte. Il va vers le détail original et significatif,
vers l'objet donné par le hasard. Il aime, comme
Breton, fouiner chez les boutiquiers et les brocan-
teurs. Les « vieux objets » le ravissent. Avouons
qu'il garde, quelquefois, devant eux, l'attitude d'un
romantique attardé : ils sont chargés d'une âme, ils
véhiculent des souvenirs. Mais ils donnent l'essor à
l'imagination ; ils établissent un certain ordre, ou
désordre, dans l'univers dont ils font partie. Il est
joui par les objets, plutôt qu'il n'en jouit comme
font les esthètes de son temps : un Goncourt ou
un Montesquiou. Il réagit aux objets comme aux
femmes (pour lui c'est tout un) : il aime le rare,

l'insolite, le piquant, le séduisant, mais il ne tient pas à collectionner. Il y a une forme de nécrophilie à vouloir amasser, pour le seul plaisir, des pièces de musée. Or, si Maupassant peut confondre la femme et l'objet, c'est qu'ils excitent également les sens, sont vivants et actifs. «La Chevelure» le montre : «Je restais souvent pendant des heures, des heures et des heures à regarder une petite montre du siècle dernier. Elle était si mignonne, si jolie avec son émail et son or ciselé. Et elle marchait encore comme au jour où une femme l'avait achetée dans le ravissement de posséder ce fin bijou. Elle n'avait point cessé de palpiter, de vivre sa vie de mécanique.» Dans le même conte, le meuble italien, qui contient une chevelure féminine, tente *le narrateur, il le* poursuit avec force. *Quant à la tresse de cheveux que l'acheteur y découvre, elle oriente de façon décisive le reste de son existence. Il en va de même pour la parure prêtée par Mme Forestier, ou, en d'autres recueils, de la ficelle ramassée par Maître Hauchecorne ou du parapluie de M. Oreille. L'objet a son pouvoir autonome et sa force, il est souvent la référence par rapport à laquelle le monde s'explique, le moteur des actions, le support d'un récit qui devient aussi, à la limite, un bel objet refermé sur lui-même.*

L'écrivain expérimentateur

Du même coup, on voit ce qui rapproche Maupassant du naturalisme et ce qui l'en éloigne. Il accepte l'idée que tout écrivain, désireux de donner l'image de la vie, doit se refuser aux enchaînements exceptionnels d'une intrigue bien agencée. Le conte, par sa forme courte et ramassée, le dispense de courir ce risque. Il met l'accent sur «l'humble vérité» du petit fait quotidien. Il le choisit entre mille autres possibles et regarde s'accomplir un instant d'une existence.

Maupassant agit en expérimentateur, mais pas comme Zola. En transférant à un narrateur la maîtrise du récit, il donne l'illusion que le conte se crée au fur et à mesure qu'il avance : il n'est que cette parole ; il commence et il finit avec elle. De plus, il ne prétend rien expliquer : il prend le monde tel qu'il est, objectivement. Du même coup, il lui est impossible d'y faire évoluer d'autres personnages que des êtres ordinaires, souvent médiocres, quelquefois ratés. Il a conscience d'un renouvellement des techniques du récit. Elles ne trouveront leur application et leur épanouissement que plus d'un demi-siècle après sa mort.

Il sait, mieux qu'on ne l'a prétendu, ce qu'est l'acte d'écrire. En ce domaine, il a été à l'école de Flaubert. Auprès du «Vieux» de Croisset, il apprend à se soucier des mots et des choses.

Écrire ! C'est l'ambition du jeune Guy, dès son

*adolescence. L'œuvre du conteur et du romancier
masque, une fois de plus, l'ampleur et la variété de
sa production littéraire : plus de trois cents contes,
dont une partie seulement constitue, de son vivant,
la matière de quinze recueils, six romans, sans
compter les fragments de deux autres, inachevés :
l'équivalent de trois volumes de chroniques, un de
théâtre, trois d'impressions de voyages, enfin un
de vers. En tout, une trentaine de volumes dont
certains sont devenus introuvables, en dehors des
collections de l'œuvre complète.*

*Comme presque tout le monde, Maupassant com-
mence par la poésie. Tantôt c'est une pièce liber-
tine, tantôt un poème énamouré pour une égérie qui
lui pouffe au nez. Ce n'est pas encore bien sérieux,
sauf pour l'adolescent qu'il est. Il renonce à la poé-
sie en 1880, à partir du moment où « Boule de suif »
le rend célèbre du jour au lendemain comme nou-
velliste. Le conteur n'a pourtant pas tué le poète :
la campagne enneigée, une yole sur la Seine, les
nuits de brouillard sur l'eau...*

*Le dramaturge aussi persiste dans les contes.
Maupassant possède le sens de l'effet. Il a le génie
du dialogue et du mot au point que certains contes
sont traités comme de véritables saynètes. L'écri-
vain manifeste sa sympathie pour l'impression-
nisme ; ailleurs ce sera un Toulouse-Lautrec, ici
c'est un Renoir. Maupassant possède une écriture
de l'image. Il est bien naturel qu'il ait tenté et qu'il
continue de solliciter les cinéastes. J'ajouterai que
la forme ramassée, réduite et quasi confidentielle*

du conte s'adapte admirablement à la technique moderne de la télévision. Parmi les textes qui suivent, nombre ont été mis en images, certains plusieurs fois, en des pays différents : « Boule de suif », « La Chevelure », « La Parure »... Le caractère spécifiquement cinématographique se confirme par une contre-épreuve : les adaptations théâtrales tirées de quelques-uns des contes n'ont jamais eu de franc succès (« Boule de suif » par exemple). Ces constatations rejoignent les observations déjà faites sur la conception moderne du récit chez cet écrivain.

On ne peut s'arrêter à la seule technique. La lecture des contes révèle un certain nombre de sujets ou de thèmes obsédants, par lesquels s'exprime une certaine vision du monde et à travers lesquels l'écrivain se démasque malgré lui.

Maupassant et la femme

La femme tient une place de choix dans cette œuvre. De tout âge, de toute origine, de toute condition, elle est l'objet d'une observation souvent dénuée d'aménité. Vraiment, elle est objet : *soit qu'on la brise ou qu'on en joue. Elle est parfois naïve, voire un peu gauche, comme Mlle Cordier dans « La Dot ». Ou bien, elle est trop portée à l'économie ; ou trop confiante ; ou réprouvée au nom d'une morale discutable. De toute façon, elle se trouve livrée, faible et sans défense, à l'homme ou à la société qui la réduisent à l'état de victime*

Cette situation illustre une dialectique, sous-jacente, du maître et de l'esclave. Elle correspond à l'idée qu'une société donnée se fait de la femme. Le témoignage en est fourni par « La Dot » et « L'Aveu ». La femme est aussi un être capricieux, velléitaire comme un enfant, capable de se détruire elle-même pour la satisfaction d'obtenir le calorifère qu'elle veut absolument (« Première neige »).

Si l'on cherche un peu au-delà de cette « inquiétude féminine toujours agitée », de cette « ruse colorée en bonne foi », on découvre une « canaillerie charmante », toutes sortes de « perverses qualités ». Bien sûr, c'est Maupassant qui parle ! « Rose » en est un exemple. La saveur de l'insolite pimente les goûts amoureux de la femme. L'image ainsi reflétée renvoie à l'idée que certains se font de « notre petite compagne », un peu sphinge, un peu féline, un peu vampire : inassouvie, perverse, inconnaissable. Ainsi apparaît-elle chez Barbey d'Aurevilly, Huysmans, Cros ou Goncourt, mais aussi chez les peintres comme Gustave Moreau, Félicien Rops, Beardsley ou Chéret. Devant une telle attitude, Maupassant voit pour l'homme deux solutions : se laisser prendre au piège, si l'on est « imbécilement crédule », et se donner la mort ; ou bien, dominer la femme par la conscience de sa ruse et jouir à la fois d'un corps et d'un esprit pervers. La dialectique se poursuit ; et les masques tombent. Ce qui s'affirme, en effet, c'est une mésentente fondamentale entre les deux sexes : « L'homme et la femme sont toujours étrangers d'âme, d'intelligence ; ils restent

deux belligérants ; ils sont d'une race différente ; il faut qu'il y ait toujours un dompteur et un dompté, un maître et un esclave ; tantôt l'un, tantôt l'autre. »

Autant aller chez les « filles » ! Après tout, quand Flaubert dresse le bilan de l'éducation sentimentale de Frédéric et Deslauriers, il leur fait avouer que ce qu'ils ont eu de meilleur c'est une visite (sans conséquence, d'ailleurs) chez les prostituées.

Devant la prostituée, Maupassant s'interroge sur une destinée, un caractère, un comportement. Ni thèse, ni réquisitoire, comme son époque en offre tant d'exemples : simple observation. Boule de suif, comme Rachel (dans « Mlle Fifi »), crie son horreur du Prussien ; la belle Irma (« Le Lit 29 »), qui s'applique à contaminer les ennemis, jette à son ancien amant, officier : « Je te dis que je leur ai fait plus de mal que toi, moi, et que j'en ai tué plus que tout ton régiment réuni… va donc… capon ! » Finalement, la prostituée accuse. À travers ses récits, Maupassant regarde fonctionner le mécanisme par lequel certains éléments de la société causent la déchéance de filles que les hommes méprisent ensuite. Mécanisme qui ne marche que pour appeler à sa destruction.

D'ailleurs, il ne manque pas, de par le monde, de machines à briser les êtres : la bureaucratie, la guerre. Deux sujets de choix.

La bureaucratie et la guerre

Maupassant n'oublie pas qu'il a passé presque dix ans de sa vie comme employé dans des ministères. Il en a éprouvé les lenteurs et les complications ; il y a traité toutes les affaires, importantes et stupides ; il y a côtoyé mille pères Soupe et toute une variété de « ronds-de-cuir ». Dès ses débuts, il songe à des récits qui s'appelleraient Grandes misères des petites gens. *Il montre le ridicule, l'étroitesse d'esprit de ces employés dans les* « Dimanches d'un bourgeois de Paris ». *Il fait défiler toute une galerie de forçats du bureau : Loisel en est un (« La Parure ») ; le cousin de la jolie Mme Lebrument en est un autre, mais il commence à limer sa chaîne.*

Au fur et à mesure que les années passent, peut-être quand il a lui-même quitté la galère ministérielle, Maupassant s'égaie de moins en moins aux dépens des petits employés. Il prend en pitié ces vies gâchées, ces années de misère vouées au néant, ces éternels Sisyphes roulant sans fin le vide de chaque journée, hommes poussés à l'hébétude, aliénés, amoindris, jetés dans la médiocrité d'une existence aussi réglée que le papier de leur pupitre. « En famille » *dresse un triste tableau de cette vie misérable, matériellement et moralement. C'est la déchéance masquée sous la dignité conférée par une décoration inattendue : où sont les valeurs et les non-valeurs ? On ne lit pas sans surprise ni sans*

*intérêt sous la plume de Maupassant les protesta-
tions suivantes :*

De toutes les classes d'individus, de tous les ordres
de travailleurs, de tous les hommes qui livrent
quotidiennement le dur combat pour vivre, ceux-là
sont le plus à plaindre, sont les plus déshérités de
faveurs.

On ne le croit pas. On ne le sait point. Ils sont
impuissants à se plaindre ; ils ne peuvent pas se
révolter ; ils restent liés, bâillonnés dans leur misère,
leur misère correcte, leur misère de bachelier.

Comme je l'aime, cette dédicace de Jules Val-
lès : «À tous ceux qui, nourris de grec et de latin,
sont morts de faim ! »

*La guerre, enfin, semble à Maupassant la chose
la plus scandaleuse. Tout la condamne : les actes
de barbarie comme les manifestations d'un cou-
rage parfois involontaire. Le fait remarquable est
qu'il va à contre-courant des sentiments que le
pouvoir s'applique à susciter dans l'opinion. Les
campagnes coloniales prennent des allures de
croisades : après l'Afrique du Nord, c'est le Ton-
kin. La revanche contre l'Allemagne devient un
objectif sacré ; Déroulède en est le chantre. Toutes
les nouvelles qui évoquent la guerre de 1870
doivent être lues dans cette perspective de men-
songe et d'absurdité. Le sujet nous vaut une des
chroniques les plus virulentes que Maupassant ait
jamais écrites :*

Quand j'entends prononcer ce mot : la guerre, il me vient un effarement comme si on me parlait de sorcellerie, d'inquisition, d'une chose lointaine, finie, abominable, monstrueuse, contre nature [...]

Eh bien oui, puisque les gouvernements prennent ainsi le droit de mort sur les peuples, il n'y a rien d'étonnant à ce que les peuples prennent parfois le droit de mort sur les gouvernements.

Un spectateur au milieu du fleuve : hantises et pessimisme

Comme on aurait une vue différente de Maupassant, si l'on allait plus souvent lire ses chroniques ! Un écrivain méconnu s'y cache. En même temps que des préoccupations sociales, confirmées et précisées par les chroniques, les contes démasquent des hantises personnelles.

Le thème du bâtard en est une. Il apparaît fugitivement dans « Boule de suif », nettement dans « L'Aveu ». On dit souvent qu'il vient des expériences de Maupassant : élevé dans une famille désunie d'abord ; ensuite, père de trois enfants qu'il ne reconnaîtra jamais. L'explication a du vrai, elle ne suffit pas. En dehors de tout problème personnel, ce qui l'intéresse c'est l'existence et le devenir du produit des rencontres du couple. Le problème moral ne se pose guère à ses yeux ; comme l'affirme la mère Malivoire, « Céleste n'était pas la

première à qui pareille chose arrivait ; mais ça la contrariait tout de même vu les propos et leur position » (« L'Aveu »). Il sait, et le dit, que « la fleur d'oranger ne vaut pas cher ». Ces enfants sont livrés à la solitude, matérielle ou morale, comme Simon. Ils sont les victimes de deux pièges auxquels se prend l'homme : celui des sens, celui de la cellule familiale. Celle-ci réprouve, dès l'origine, l'enfant né hors mariage. « Quelle honte pour l'humanité d'avoir établi une pareille morale et fait un crime de l'embrassement libre de deux êtres ! » s'écrie Maupassant (« L'Enfant ») qui s'interroge, avec les plus évolués de ses contemporains, sur la place de l'enfant naturel dans la société, sur l'infanticide et sur l'avortement. Le problème de l'enfant révèle, chez l'écrivain, une vision du monde hardie mais pessimiste.

Alors ? Combattre ? Ou regarder couler le flot ? Maupassant choisit cette dernière attitude, réfléchie, mais passive. Une fois de plus, il retrouve l'eau : « Aujourd'hui, je ne sais pas vraiment quelle fantaisie me pourrait faire lever du fauteuil où je somnole. Comme c'était simple, et bon, et difficile de vivre ainsi, entre le bureau à Paris et la rivière à Argenteuil. Ma grande, ma seule, mon absorbante passion, pendant dix ans, ce fut la Seine. Ah ! la belle, calme, variée et puante rivière pleine de mirage et d'immondices. Je l'ai tant aimée, je crois, parce qu'elle m'a donné, me semble-t-il, le sens de la vie » (« Mouche »).

Curieux Maupassant, conscient d'être assis dans

son inconfort intellectuel ! À la recherche d'une ancienne vie difficile à vivre ! Au moins a-t-il appris que l'existence est mirage, jeu d'illusion, mascarade, comme brouillards au-dessus du fleuve ; et ces charognes que le rameur accroche sont aussi l'image de toutes les immondices charriées par la vie.

Une fois pour toutes, il s'est assis en spectateur au milieu du fleuve et il a jeté sur son visage le masque de l'impassible. Mais il a peur. Peur de l'inconnu et de l'inconnaissable qui affleure en folie, en visions fantastiques. L'eau est le lieu privilégié de ces phénomènes, ou bien les cimetières, qu'il imagine peuplés de tous les morts ressuscités, venus témoigner de leur inconduite, cortège hallucinant comme dans J'accuse *d'Abel Gance. Peur d'un monde dont il profite, mais dont il voit les faiblesses. L'argent conduit tout : c'est un moteur essentiel dans l'œuvre de Maupassant, comme dans celle de Balzac. On devient grosse pour huit francs ; on épouse une dot de trois cent mille francs et on « lâche » la mariée ; on rembourse, sans le savoir, à trente-six mille francs contre cinq cents. C'est un monde où l'argent travaille et où l'argent tue. C'est aussi un monde où le salarié modeste ne doit pas attendre beaucoup de son employeur : le bureaucrate vit dans la misère ; la servante de ferme enrichit son patron : « Elle commença à songer avec un peu d'amertume que si le fermier encaissait, grâce à elle, cinquante ou cent écus de supplément tous les mois, elle continuait à*

gagner ses 240 francs par an, rien de plus, rien de moins. » *Maupassant pourrait, comme quelques-uns de ses contemporains, trouver là une illustration de cette lutte de classes qui ébranle son temps. Il n'en fait rien. Il se tait ou se cantonne en des représentations d'un traditionalisme affadi : mythe du bon ouvrier, ou de l'ouvrière dévergondée. La classe dirigeante, elle, apparaît dans une singulière ambiguïté (il est vrai que Maupassant écrit surtout pour elle) : profiteurs, protecteurs ou paternalistes (« Boule de suif », « Le Protecteur ») ; en tout cas, toujours en position avantageuse. Il adhère à cette société, tout en condamnant une part de ses agissements. Il donne à son public virtuel l'occasion de s'admirer dans sa laideur et ses contradictions ; il ne met pourtant pas, dans cette attitude, la volonté systématique d'un Sartre. Si bien que le texte de Maupassant est moins ambigu que dissonant.*

Au lecteur d'apercevoir tout ce qui remet en question les vieux tabous : la prostitution, la bâtardise, la religion. Qu'attendre de cette dernière ? Maupassant est un homme angoissé, mais sans Dieu. Le prêtre n'apparaît, le plus souvent, chez lui, que sous la figure d'un être naïf, incompréhensif ou dangereux (« Le Protecteur »). Il ne saurait être le vrai ministre d'une transcendance. Après tout, là où l'on enterre un cadavre ne revivra qu'une herbe drue, et rien d'autre.

S'il y a bonheur, il est de ce monde. Encore cela n'est-il pas sûr : il faut, peut-être, pour y parvenir,

*l'âme fruste de certains primitifs. Il n'y a, en fin de
compte, que des jouissances d'un instant.*

*Maupassant aboutit à une vue pessimiste de
l'existence. Il la tient de Schopenhauer ; mais la
vue de ses contemporains le confirme dans cette
philosophie. Il vit, avec une immense pitié, un uni-
vers mal fait, absurde et sans finalité, plein de
pièges pour l'homme.*

*Ce masque d'observateur que Maupassant arbore
ne doit pas tromper. L'ayant jeté, l'écrivain vient
vers nous avec la vision d'un monde dont les pro-
blèmes ne nous sont pas étrangers. Dans la parole
pure du conte il en donne le symbole ou l'allégorie.
Ce qu'il écrit, c'est la* fable de son temps, *toujours
actuelle*

LOUIS FORESTIER.

Boule de suif

BOULE DE SUIF

Pendant plusieurs jours de suite des lambeaux d'armée en déroute avaient traversé la ville. Ce n'était point de la troupe, mais des hordes débandées. Les hommes avaient la barbe longue et sale, des uniformes en guenilles, et ils avançaient d'une allure molle, sans drapeau, sans régiment. Tous semblaient accablés, éreintés, incapables d'une pensée ou d'une résolution, marchant seulement par habitude, et tombant de fatigue sitôt qu'ils s'arrêtaient. On voyait surtout des mobilisés, gens pacifiques, rentiers tranquilles, pliant sous le poids du fusil ; des petits moblots alertes, faciles à l'épouvante et prompts à l'enthousiasme, prêts à l'attaque comme à la fuite ; puis, au milieu d'eux, quelques culottes rouges, débris d'une division moulue dans une grande bataille ; des artilleurs sombres alignés avec ces fantassins divers ; et, parfois, le casque brillant d'un dragon au pied pesant qui suivait avec peine la marche plus légère des lignards.

Des légions de francs-tireurs aux appellations

héroïques : «les Vengeurs de la Défaite — les Citoyens de la Tombe — les Partageurs de la Mort» — passaient à leur tour, avec des airs de bandits.

Leurs chefs, anciens commerçants en draps ou en graines, ex-marchands de suif ou de savon, guerriers de circonstance, nommés officiers pour leurs écus ou la longueur de leurs moustaches, couverts d'armes, de flanelle et de galons, parlaient d'une voix retentissante, discutaient plans de campagne, et prétendaient soutenir seuls la France agonisante sur leurs épaules de fanfarons : mais ils redoutaient parfois leurs propres soldats, gens de sac et de corde, souvent braves à outrance, pillards et débauchés.

Les Prussiens allaient entrer dans Rouen, disait-on.

La Garde nationale qui, depuis deux mois, faisait des reconnaissances très prudentes dans les bois voisins, fusillant parfois ses propres sentinelles, et se préparant au combat quand un petit lapin remuait sous des broussailles, était rentrée dans ses foyers. Ses armes, ses uniformes, tout son attirail meurtrier dont elle épouvantait naguère les bornes des routes nationales à trois lieues à la ronde avaient subitement disparu[1].

1. On surnommait *moblots* les soldats de garde de ligne, formation réorganisée en 1868, peu disciplinée et mal entraînée. Les *culottes rouges* désignent l'infanterie, dont le célèbre pantalon garance subsista jusqu'en 1914 ; les artilleurs étaient vêtus de gris et les dragons portaient un casque à crinière. Les *francs-*

Les derniers soldats français venaient enfin de traverser la Seine pour gagner Pont-Audemer par Saint-Sever et Bourg-Achard[1]; et, marchant après tous, le général, désespéré, ne pouvant rien tenter avec ces loques disparates, éperdu lui-même dans la grande débâcle d'un peuple habitué à vaincre et désastreusement battu malgré sa bravoure légendaire, s'en allait à pied, entre deux officiers d'ordonnance.

Puis un calme profond, une attente épouvantée et silencieuse avaient plané sur la cité. Beaucoup de bourgeois bedonnants, émasculés par le commerce, attendaient anxieusement les vainqueurs, tremblant qu'on ne considérât comme une arme leurs broches à rôtir ou leurs grands couteaux de cuisine.

La vie semblait arrêtée; les boutiques étaient closes, la rue muette. Quelquefois un habitant, intimidé par ce silence, filait rapidement le long des murs.

L'angoisse de l'attente faisait désirer la venue de l'ennemi.

tireurs, aux noms à consonance révolutionnaire, constituaient des unités en marge de l'armée régulière. La *Garde nationale* était recrutée, dans les agglomérations, parmi les hommes de vingt-cinq à cinquante ans; son efficacité était limitée!

Après s'être préparée à soutenir un siège, Rouen fut abandonnée sans combat. Les Prussiens y entrèrent le 5 décembre 1870.

1. Saint-Sever est un faubourg de Rouen, sur la rive gauche; Bourg-Achard est un petit village, à mi-chemin de Rouen à Pont-Audemer.

Dans l'après-midi du jour qui suivit le départ des troupes françaises, quelques uhlans, sortis on ne sait d'où, traversèrent la ville avec célérité. Puis, un peu plus tard, une masse noire descendit de la côte Sainte-Catherine, tandis que deux autres flots envahisseurs apparaissaient par les routes de Darnétal et de Bois-Guillaume[1]. Les avant-gardes des trois corps, juste au même moment, se joignirent sur la place de l'Hôtel-de-Ville ; et, par toutes les rues voisines, l'armée allemande arrivait, déroulant ses bataillons qui faisaient sonner les pavés sous leur pas dur et rythmé.

Des commandements criés d'une voix inconnue et gutturale montaient le long des maisons qui semblaient mortes et désertes, tandis que, derrière les volets fermés, des yeux guettaient ces hommes victorieux, maîtres de la cité, des fortunes et des vies de par le « droit de la guerre ». Les habitants, dans leurs chambres assombries, avaient l'affolement que donnent les cataclysmes, les grands bouleversements meurtriers de la terre, contre lesquels toute sagesse et toute force sont inutiles. Car la même sensation reparaît chaque fois que l'ordre établi des choses est renversé, que la sécurité n'existe plus, que tout ce que protégeaient les lois des hommes ou celles de la nature, se trouve à la merci d'une brutalité inconsciente et féroce. Le tremblement de terre écrasant sous les maisons croulantes un peuple entier ; le

1. Trois faubourgs de Rouen, sur la rive droite, par lesquels, effectivement, les Prussiens entrèrent simultanément dans la ville.

fleuve débordé qui roule les paysans noyés avec les cadavres des bœufs et les poutres arrachées aux toits, ou l'armée glorieuse massacrant ceux qui se défendent, emmenant les autres prisonniers, pillant au nom du Sabre et remerciant un Dieu au son du canon, sont autant de fléaux effrayants qui déconcertent toute croyance à la justice éternelle, toute la confiance qu'on nous enseigne en la protection du ciel et la raison de l'homme.

Mais à chaque `porte des petits détachements frappaient, puis disparaissaient dans les maisons. C'était l'occupation après l'invasion. Le devoir commençait pour les vaincus de se montrer gracieux envers les vainqueurs.

Au bout de quelque temps, une fois la première terreur disparue, un calme nouveau s'établit. Dans beaucoup de familles, l'officier prussien mangeait à table. Il était parfois bien élevé, et, par politesse, plaignait la France, disait sa répugnance en prenant part à cette guerre. On lui était reconnaissant de ce sentiment ; puis on pouvait, un jour ou l'autre, avoir besoin de sa protection. En le ménageant on obtiendrait peut-être quelques hommes de moins à nourrir. Et pourquoi blesser quelqu'un dont on dépendait tout à fait ? Agir ainsi serait moins de la bravoure que de la témérité. — Et la témérité n'est plus un défaut des bourgeois de Rouen, comme au temps des défenses héroïques où s'illustra leur cité. — On se disait enfin, raison suprême tirée de l'urbanité française, qu'il demeurait bien permis d'être poli dans son intérieur pourvu qu'on ne se montrât pas fami-

lier, en public, avec le soldat étranger. Au dehors on ne se connaissait plus, mais dans la maison on causait volontiers, et l'Allemand demeurait plus longtemps, chaque soir, à se chauffer au foyer commun.

La ville même reprenait peu à peu de son aspect ordinaire. Les Français ne sortaient guère encore, mais les soldats prussiens grouillaient dans les rues. Du reste, les officiers de hussards bleus, qui traînaient avec arrogance leurs grands outils de mort sur le pavé, ne semblaient pas avoir pour les simples citoyens énormément plus de mépris que les officiers de chasseurs, qui, l'année d'avant, buvaient aux mêmes cafés.

Il y avait cependant quelque chose dans l'air, quelque chose de subtil et d'inconnu, une atmosphère étrangère intolérable, comme une odeur répandue, l'odeur de l'invasion. Elle emplissait les demeures et les places publiques, changeait le goût des aliments, donnait l'impression d'être en voyage, très loin, chez des tribus barbares et dangereuses.

Les vainqueurs exigeaient de l'argent, beaucoup d'argent. Les habitants payaient toujours ; ils étaient riches d'ailleurs. Mais plus un négociant normand devient opulent et plus il souffre de tout sacrifice, de toute parcelle de sa fortune qu'il voit passer aux mains d'un autre.

Cependant, à deux ou trois lieues sous la ville, en suivant le cours de la rivière, vers Croisset, Dieppedalle ou Biessart[1], les mariniers et les pêcheurs

1. Localités riveraines, en aval et au sortir de Rouen. Flaubert demeurait dans la première.

ramenaient souvent du fond de l'eau quelque cadavre d'Allemand gonflé dans son uniforme, tué d'un coup de couteau ou de savate, la tête écrasée par une pierre, ou jeté à l'eau d'une poussée du haut d'un pont. Les vases du fleuve ensevelissaient ces vengeances obscures, sauvages et légitimes, héroïsmes inconnus, attaques muettes, plus périlleuses que les batailles au grand jour et sans le retentissement de la gloire.

Car la haine de l'Étranger arme toujours quelques Intrépides prêts à mourir pour une Idée.

Enfin, comme les envahisseurs, bien qu'assujettissant la ville à leur inflexible discipline, n'avaient accompli aucune des horreurs que la renommée leur faisait commettre tout le long de leur marche triomphale, on s'enhardit, et le besoin du négoce travailla de nouveau le cœur des commerçants du pays. Quelques-uns avaient de gros intérêts engagés au Havre que l'armée française occupait, et ils voulurent tenter de gagner ce port en allant par terre à Dieppe où ils s'embarqueraient[1].

On employa l'influence des officiers allemands dont on avait fait la connaissance, et une autorisation de départ fut obtenue du général en chef.

Donc, une grande diligence à quatre chevaux ayant été retenue pour ce voyage, et dix personnes s'étant fait inscrire chez le voiturier, on résolut de partir un mardi matin, avant le jour, pour éviter tout rassemblement.

1. L'armée française conserva la poche du Havre jusqu'après l'armistice.

Depuis quelque temps déjà la gelée avait durci la terre, et le lundi, vers trois heures, de gros nuages noirs venant du nord apportèrent la neige qui tomba sans interruption pendant toute la soirée et toute la nuit.

À quatre heures et demie du matin, les voyageurs se réunirent dans la cour de l'Hôtel de Normandie[1], où l'on devait monter en voiture.

Ils étaient encore pleins de sommeil, et grelottaient de froid sous leurs couvertures. On se voyait mal dans l'obscurité; et l'entassement des lourds vêtements d'hiver faisait ressembler tous ces corps à des curés obèses avec leurs longues soutanes. Mais deux hommes se reconnurent, un troisième les aborda, ils causèrent : — «J'emmène ma femme», — dit l'un. — «J'en fais autant». — «Et moi aussi.» — Le premier ajouta : — «Nous ne reviendrons pas à Rouen, et si les Prussiens approchent du Havre nous gagnerons l'Angleterre.» — Tous avaient les mêmes projets, étant de complexion semblable.

Cependant on n'attelait pas la voiture. Une petite lanterne, que portait un valet d'écurie, sortait de temps à autre d'une porte obscure pour disparaître immédiatement dans une autre. Des pieds de chevaux frappaient la terre, amortis par le fumier des litières, et une voix d'homme parlant aux bêtes et jurant s'entendait au fond du bâtiment. Un léger

1. Cet hôtel de Rouen est aussi celui où Homais offre à déjeuner à Léon, dans *Madame Bovary* (III[e] partie, chap. vi).

murmure de grelots annonça qu'on maniait les har-
nais ; ce murmure devint bientôt un frémissement
clair et continu, rythmé par le mouvement de l'ani-
mal, s'arrêtant parfois, puis reprenant dans une
brusque secousse qu'accompagnait le bruit mat
d'un sabot ferré battant le sol.

La porte subitement se ferma. Tout bruit cessa.
Les bourgeois gelés s'étaient tus ; ils demeuraient
immobiles et roidis.

Un rideau de flocons blancs ininterrompu miroi-
tait sans cesse en descendant vers la terre ; il effaçait
les formes, poudrait les choses d'une mousse de
glace ; et l'on n'entendait plus, dans le grand silence
de la ville calme et ensevelie sous l'hiver que ce
froissement vague innommable et flottant, de la
neige qui tombe, plutôt sensation que bruit, entre-
mêlement d'atomes légers qui semblaient emplir
l'espace, couvrir le monde.

L'homme reparut, avec sa lanterne, tirant au
bout d'une corde un cheval triste qui ne venait pas
volontiers. Il le plaça contre le timon, attacha les
traits, tourna longtemps autour pour assurer les
harnais, car il ne pouvait se servir que d'une main,
l'autre portant sa lumière. Comme il allait chercher
la seconde bête, il remarqua tous ces voyageurs
immobiles, déjà blancs de neige, et leur dit : —
«Pourquoi ne montez-vous pas dans la voiture,
vous serez à l'abri, au moins. »

Ils n'y avaient pas songé, sans doute, et ils se
précipitèrent. Les trois hommes installèrent leurs
femmes dans le fond, montèrent ensuite ; puis les

autres formes indécises et voilées prirent à leur tour les dernières places sans échanger une parole.

Le plancher était couvert de paille où les pieds s'enfoncèrent. Les dames du fond, ayant apporté des petites chaufferettes en cuivre avec un charbon chimique, allumèrent ces appareils, et, pendant quelque temps, à voix basse, elles en énumérèrent les avantages, se répétant des choses qu'elles savaient déjà depuis longtemps.

Enfin, la diligence étant attelée avec six chevaux au lieu de quatre à cause du tirage plus pénible, une voix du dehors demanda : — « Tout le monde est-il monté ? » — Une voix du dedans répondit · — « Oui. » — On partit.

La voiture avançait lentement, lentement, à tout petits pas. Les roues s'enfonçaient dans la neige ; le coffre entier geignait avec des craquements sourds ; les bêtes glissaient, soufflaient, fumaient ; et le fouet gigantesque du cocher claquait sans repos, voltigeait de tous les côtés, se nouant et se déroulant comme un serpent mince, et cinglant brusquement quelque croupe rebondie qui se tendait alors sous un effort plus violent.

Mais le jour imperceptiblement grandissait. Ces flocons légers qu'un voyageur, Rouennais pur sang, avait comparés à une pluie de coton [1], ne tombaient plus. Une lueur sale filtrait à travers de gros nuages

1. *Une pluie de coton* : la comparaison utilisée par le « Rouennais pur sang » est inspirée du textile — et particulièrement des cotonnades — principale production industrielle de Rouen à l'époque.

obscurs et lourds qui rendaient plus éclatante la
blancheur de la campagne où apparaissaient tantôt
une ligne de grands arbres vêtus de givre, tantôt une
chaumière avec un capuchon de neige.

Dans la voiture on se regardait curieusement, à
la triste clarté de cette aurore.

Tout au fond, aux meilleures places, som-
meillaient, en face l'un de l'autre, M. et Mme Loi-
seau, des marchands de vin en gros de la rue
Grand-Pont[1].

Ancien commis d'un patron ruiné dans les affaires,
Loiseau avait acheté le fonds et fait fortune. Il ven-
dait à très bon marché de très mauvais vin aux
petits débitants des campagnes et passait parmi ses
connaissances et ses amis pour un fripon madré, un
vrai Normand plein de ruses et de jovialité.

Sa réputation de filou était si bien établie, qu'un
soir, à la préfecture, M. Tournel, auteur de fables
et de chansons, esprit mordant et fin, une gloire
locale, ayant proposé aux dames qu'il voyait un peu
somnolentes de faire une partie de « Loiseau vole »,
le mot lui-même vola à travers les salons du préfet,
puis, gagnant ceux de la ville, avait fait rire pendant
un mois toutes les mâchoires de la province.

Loiseau était en outre célèbre par ses farces
de toute nature, ses plaisanteries bonnes ou mau-
vaises ; et personne ne pouvait parler de lui sans

1. Ancienne rue commerçante du centre de Rouen (détruite
en 1944). Elle allait de la cathédrale au pont suspendu, aujour-
d'hui pont Boïeldieu.

ajouter immédiatement : — «Il est impayable, ce Loiseau.»

De taille exiguë, il présentait un ventre en ballon surmonté d'une face rougeaude entre deux favoris grisonnants.

Sa femme, grande, forte, résolue, avec la voix haute et la décision rapide, était l'ordre et l'arithmétique de la maison de commerce qu'il animait par son activité joyeuse.

À côté d'eux se tenait, plus digne, appartenant à une caste supérieure, M. Carré-Lamadon, homme considérable, posé dans les cotons, propriétaire de trois filatures, officier de la Légion d'honneur et membre du Conseil général. Il était resté, tout le temps de l'Empire, chef de l'opposition bienveillante, uniquement pour se faire payer plus cher son ralliement à la cause qu'il combattait avec des armes courtoises, selon sa propre expression. Mme Carré-Lamadon, beaucoup plus jeune que son mari, demeurait la consolation des officiers de bonne famille envoyés à Rouen en garnison.

Elle faisait vis-à-vis à son époux, toute petite, toute mignonne, toute jolie, pelotonnée dans ses fourrures, et regardait d'un œil navré l'intérieur lamentable de la voiture.

Ses voisins, le comte et la comtesse Hubert de Bréville, portaient un des noms les plus anciens et les plus nobles de Normandie. Le comte, vieux gentilhomme de grande tournure, s'efforçait d'accentuer, par les artifices de sa toilette, sa ressemblance naturelle avec le roy Henri IV qui, suivant

une légende glorieuse pour la famille, avait rendu grosse une dame de Bréville dont le mari, pour ce fait, était devenu comte et gouverneur de province.

Collègue de M. Carré-Lamadon au Conseil général, le comte Hubert représentait le parti orléaniste[1] dans le département. L'histoire de son mariage avec la fille d'un petit armateur de Nantes était toujours demeurée mystérieuse. Mais comme la comtesse avait grand air, recevait mieux que personne, passait même pour avoir été aimée par un des fils de Louis-Philippe, toute la noblesse lui faisait fête, et son salon demeurait le premier du pays, le seul où se conservât la vieille galanterie, et dont l'entrée fût difficile.

La fortune des Bréville, toute en biens-fonds, atteignait, disait-on, cinq cent mille livres de revenu.

Ces six personnes formaient le fond de la voiture, le côté de la société rentée, sereine et forte, des honnêtes gens autorisés qui ont de la Religion et des Principes.

Par un hasard étrange, toutes les femmes se trouvaient sur le même banc ; et la comtesse avait encore pour voisines deux bonnes sœurs qui égrenaient de longs chapelets en marmottant des *Pater* et des *Ave*. L'une était vieille avec une face défon-

1. *Orléaniste* : royaliste partisan des princes de la famille d'Orléans. Ceux-ci étaient représentés, en 1870, par les trois fils de Louis-Philippe : le duc de Nemours, le prince de Joinville et le duc d'Aumale. Au début du Second Empire, beaucoup d'orléanistes s'étaient ralliés au nouveau régime, avant d'entrer dans l'opposition en 1860.

cée par la petite vérole comme si elle eût reçu à bout
portant une bordée de mitraille en pleine figure.
L'autre, très chétive, avait une tête jolie et maladive
sur une poitrine de phtisique rongée par cette foi
dévorante qui fait les martyrs et les illuminés.

En face des deux religieuses, un homme et une
femme attiraient les regards de tous.

L'homme, bien connu, était Cornudet le démoc[1],
la terreur des gens respectables. Depuis vingt ans, il
trempait sa grande barbe rousse dans les bocks de
tous les cafés démocratiques. Il avait mangé avec
les frères et amis une assez belle fortune qu'il tenait
de son père, ancien confiseur, et il attendait impa-
tiemment la République pour obtenir enfin la place
méritée par tant de consommations révolutionnaires.
Au quatre septembre[2], par suite d'une farce peut-
être, il s'était cru nommé préfet, mais quand il vou-
lut entrer en fonctions, les garçons de bureau,
demeurés seuls maîtres de la place, refusèrent de le
reconnaître, ce qui le contraignit à la retraite. Fort
bon garçon, du reste, inoffensif et serviable, il
s'était occupé avec une ardeur incomparable d'or-
ganiser la défense. Il avait fait creuser des trous
dans les plaines, coucher tous les jeunes arbres des

1. *Démoc* : abréviation familière pour démocrate, partisan du
pouvoir populaire. Il était naturellement mal vu de la bourgeoisie.
2. Le 4 septembre 1870 : date de la déchéance du Second
Empire et de la proclamation de la Troisième République. «Un
coup d'État», conte recueilli dans *Clair de lune*, narre un de ces
événements rocambolesques survenu à l'occasion du change-
ment de régime.

forêts voisines, semé des pièges sur toutes les routes,
et, à l'approche de l'ennemi, satisfait de ses prépa-
ratifs, il s'était vivement replié vers la ville. Il pen-
sait maintenant se rendre plus utile au Havre, où de
nouveaux retranchements allaient être nécessaires.

La femme, une de celles appelées galantes, était
célèbre par son embonpoint précoce qui lui avait
valu le surnom de Boule de suif[1]. Petite, ronde
de partout, grasse à lard, avec des doigts bouffis,
étranglés aux phalanges, pareils à des chapelets de
courtes saucisses ; avec une peau luisante et ten-
due, une gorge énorme qui saillait sous sa robe,
elle restait cependant appétissante et courue, tant
sa fraîcheur faisait plaisir à voir. Sa figure était une
pomme rouge, un bouton de pivoine prêt à fleurir ;
et là dedans s'ouvraient, en haut, deux yeux noirs
magnifiques, ombragés de grands cils épais qui
mettaient une ombre dedans ; en bas, une bouche
charmante, étroite, humide pour le baiser, meublée
de quenottes luisantes et microscopiques.

Elle était de plus, disait-on, pleine de qualités
inappréciables.

Aussitôt qu'elle fut reconnue, des chuchote-
ments coururent parmi les femmes honnêtes, et les
mots de « prostituée », de « honte publique » furent
chuchotés si haut qu'elle leva la tête. Alors elle
promena sur ses voisins un regard tellement provo-

1. Le modèle d'Élisabeth Rousset, dans la nouvelle, est une
prostituée de Rouen nommée Adrienne Legay. Elle portait réel-
lement, dit-on, le surnom de « Boule de suif ». Elle mourut en
1892.

cant et hardi qu'un grand silence aussitôt régna, et
tout le monde baissa les yeux à l'exception de Loi-
seau, qui la guettait d'un air émoustillé.

Mais bientôt la conversation reprit entre les trois
dames que la présence de cette fille avait rendues
subitement amies, presque intimes. Elles devaient
faire, leur semblait-il, comme un faisceau de leurs
dignités d'épouses en face de cette vendue sans
vergogne ; car l'amour légal le prend toujours de
haut avec son libre confrère.

Les trois hommes aussi, rapprochés par un ins-
tinct de conservateurs à l'aspect de Cornudet, par-
laient argent d'un certain ton dédaigneux pour les
pauvres. Le comte Hubert disait les dégâts que lui
avaient fait subir les Prussiens, les pertes qui résul-
teraient du bétail volé et des récoltes perdues, avec
une assurance de grand seigneur dix fois million-
naire que ces ravages gêneraient à peine une année.
M. Carré-Lamadon, fort éprouvé dans l'industrie
cotonnière, avait eu soin d'envoyer six cent mille
francs en Angleterre, une poire pour la soif qu'il se
ménageait à toute occasion. Quant à Loiseau, il
s'était arrangé pour vendre à l'Intendance française
tous les vins communs qui lui restaient en cave, de
sorte que l'État lui devait une somme formidable
qu'il comptait bien toucher au Havre.

Et tous les trois se jetaient des coups d'œil rapides
et amicaux. Bien que de conditions différentes, ils
se sentaient frères par l'argent, de la grande franc-
maçonnerie de ceux qui possèdent, qui font sonner de
l'or en mettant la main dans la poche de leur culotte.

La voiture allait si lentement qu'à dix heures du matin on n'avait pas fait quatre lieues. Les hommes descendirent trois fois pour monter des côtes à pied. On commençait à s'inquiéter, car on devait déjeuner à Tôtes[1] et l'on désespérait maintenant d'y parvenir avant la nuit. Chacun guettait pour apercevoir un cabaret sur la route, quand la diligence sombra dans un amoncellement de neige et il fallut deux heures pour la dégager.

L'appétit grandissait, troublait les esprits ; et aucune gargote, aucun marchand de vin ne se montraient l'approche des Prussiens et le passage des troupes françaises affamées ayant effrayé toutes les industries.

Les messieurs coururent aux provisions dans les fermes au bord du chemin, mais ils n'y trouvèrent pas même de pain, car le paysan défiant cachait ses réserves dans la crainte d'être pillé par les soldats qui, n'ayant rien à se mettre sous la dent, prenaient par force ce qu'ils découvraient.

Vers une heure de l'après-midi, Loiseau annonça que décidément il se sentait un rude creux dans l'estomac. Tout le monde souffrait comme lui depuis longtemps ; et le violent besoin de manger, augmentant toujours, avait tué les conversations.

De temps en temps quelqu'un bâillait ; un autre presque aussitôt l'imitait ; et chacun, à tour de rôle,

1. Sur la route de Dieppe, à 29 km de Rouen. Flaubert avait situé dans ce village les débuts de Charles Bovary comme médecin.

suivant son caractère, son savoir-vivre et sa posi-
tion sociale, ouvrait la bouche avec fracas ou
modestement en portant vite sa main devant le trou
béant d'où sortait une vapeur.

Boule de suif, à plusieurs reprises, se pencha
comme si elle cherchait quelque chose sous ses
jupons. Elle hésitait une seconde, regardait ses voi-
sins, puis se redressait tranquillement. Les figures
étaient pâles et crispées. Loiseau affirma qu'il paye-
rait mille francs un jambonneau. Sa femme fit un
geste comme pour protester ; puis elle se calma. Elle
souffrait toujours en entendant parler d'argent gas-
pillé, et ne comprenait même pas les plaisanteries sur
ce sujet. — « Le fait est que je ne me sens pas bien, dit
le comte, comment n'ai-je pas songé à apporter des
provisions ? » — Chacun se faisait le même reproche.

Cependant Cornudet avait une gourde pleine de
rhum ; il en offrit ; on refusa froidement. Loiseau
seul en accepta deux gouttes, et, lorsqu'il rendit la
gourde, il remercia : — « C'est bon tout de même,
ça réchauffe, et ça trompe l'appétit. » — L'alcool le
mit en belle humeur et il proposa de faire comme
sur le petit navire de la chanson : de manger le plus
gras des voyageurs. Cette allusion indirecte à Boule
de suif choqua les gens bien élevés. On ne répondit
pas ; Cornudet seul eut un sourire. Les deux bonnes
sœurs avaient cessé de marmotter leur rosaire, et,
les mains enfoncées dans leurs grandes manches,
elles se tenaient immobiles, baissant obstinément
les yeux, offrant sans doute au ciel la souffrance
qu'il leur envoyait.

Enfin, à trois heures, comme on se trouvait au milieu d'une plaine interminable, sans un seul village en vue, Boule de suif se baissant vivement, retira de sous la banquette un large panier couvert d'une serviette blanche.

Elle en sortit d'abord une petite assiette de faïence, une fine timbale en argent, puis une vaste terrine dans laquelle deux poulets entiers, tout découpés, avaient confi sous leur gelée ; et l'on apercevait encore dans le panier d'autres bonnes choses enveloppées, des pâtés, des fruits, des friandises, les provisions préparées pour un voyage de trois jours, afin de ne point toucher à la cuisine des auberges. Quatre goulots de bouteilles passaient entre les paquets de nourriture. Elle prit une aile de poulet et, délicatement, se mit à la manger avec un de ces petits pains qu'on appelle « Régence » en Normandie[1].

Tous les regards étaient tendus vers elle. Puis l'odeur se répandit, élargissant les narines, faisant venir aux bouches une salive abondante avec une contraction douloureuse de la mâchoire sous les oreilles. Le mépris des dames pour cette fille devenait féroce, comme une envie de la tuer, ou de la jeter en bas de la voiture, dans la neige, elle, sa timbale, son panier et ses provisions.

Mais Loiseau dévorait des yeux la terrine de poulet. Il dit : — « À la bonne heure, madame a eu plus de précaution que nous. Il y a des personnes qui

1. *Régence* : nom local d'un pain léger consommé avec le café.

savent toujours penser à tout. » — Elle leva la tête vers lui : — « Si vous en désirez, monsieur ? C'est dur de jeûner depuis le matin. » — Il salua : — « Ma foi, franchement, je ne refuse pas, je n'en peux plus. À la guerre comme à la guerre, n'est-ce pas, madame ? » — Et, jetant un regard circulaire, il ajouta : — « Dans des moments comme celui-ci, on est bien aise de trouver des gens qui vous obligent. » — Il avait un journal qu'il étendit pour ne point tacher son pantalon, et sur la pointe d'un couteau toujours logé dans sa poche, il enleva une cuisse toute vernie de gelée, la dépeça des dents, puis la mâcha avec une satisfaction si évidente qu'il y eut dans la voiture un grand soupir de détresse.

Mais Boule de suif, d'une voix humble et douce, proposa aux bonnes sœurs de partager sa collation. Elles acceptèrent toutes les deux instantanément, et, sans lever les yeux, se mirent à manger très vite après avoir balbutié des remerciements. Cornudet ne refusa pas non plus les offres de sa voisine, et l'on forma avec les religieuses une sorte de table en développant des journaux sur les genoux.

Les bouches s'ouvraient et se fermaient sans cesse, avalaient, mastiquaient, engloutissaient férocement. Loiseau, dans son coin, travaillait dur, et, à voix basse, il engageait sa femme à l'imiter. Elle résista longtemps, puis, après une crispation qui lui parcourut les entrailles, elle céda. Alors son mari, arrondissant sa phrase, demanda à leur « charmante compagne » si elle lui permettait d'offrir un petit morceau à Mme Loiseau. Elle dit : — « Mais oui,

certainement, monsieur », avec un sourire aimable,
et tendit la terrine.

Un embarras se produisit lorsqu'on eut débouché
la première bouteille de bordeaux : il n'y avait
qu'une timbale. On se la passa après l'avoir essuyée.
Cornudet seul, par galanterie sans doute, posa ses
lèvres à la place humide encore des lèvres de sa
voisine.

Alors, entourés de gens qui mangeaient, suffo-
qués par les émanations des nourritures, le comte et
la comtesse de Bréville, ainsi que M. et Mme Carré-
Lamadon souffrirent ce supplice odieux qui a gardé
le nom de Tantale. Tout d'un coup la jeune femme
du manufacturier poussa un soupir qui fit retourner
les têtes ; elle était aussi blanche que la neige du
dehors ; ses yeux se fermèrent, son front tomba :
elle avait perdu connaissance. Son mari, affolé,
implorait le secours de tout le monde. Chacun per-
dait l'esprit, quand la plus âgée des bonnes sœurs,
soutenant la tête de la malade, glissa entre ses lèvres
la timbale de Boule de suif et lui fit avaler quelques
gouttes de vin. La jolie dame remua, ouvrit les
yeux, sourit et déclara d'une voix mourante qu'elle
se sentait fort bien maintenant. Mais, afin que cela
ne se renouvelât plus, la religieuse la contraignit à
boire un plein verre de bordeaux, et elle ajouta :
— « C'est la faim, pas autre chose. »

Alors Boule de suif, rougissante et embarrassée,
balbutia en regardant les quatre voyageurs restés à
jeun : — « Mon Dieu, si j'osais offrir à ces mes-
sieurs et à ces dames… » Elle se tut, craignant un

outrage. Loiseau prit la parole : — « Eh, parbleu, dans des cas pareils tout le monde est frère et doit s'aider. Allons, mesdames, pas de cérémonie, acceptez, que diable ! Savons-nous si nous trouverons seulement une maison où passer la nuit ? Du train dont nous allons, nous ne serons pas à Tôtes avant demain midi. » — On hésitait, personne n'osant assumer la responsabilité du « oui ».

Mais le comte trancha la question. Il se tourna vers la grosse fille intimidée, et, prenant son grand air de gentilhomme, il lui dit : — « Nous acceptons avec reconnaissance, madame. »

Le premier pas seul coûtait. Une fois le Rubicon passé on s'en donna carrément. Le panier fut vidé. Il contenait encore un pâté de foies gras, un pâté de mauviettes, un morceau de langue fumée, des poires de Crassane, un pavé de Pont-l'Évêque, des petits fours et une tasse pleine de cornichons et d'oignons au vinaigre : Boule de suif, comme toutes les femmes, adorant les crudités.

On ne pouvait manger les provisions de cette fille sans lui parler. Donc on causa, avec réserve d'abord, puis, comme elle se tenait fort bien, on s'abandonna davantage. Mmes de Bréville et Carré-Lamadon, qui avaient un grand savoir-vivre, se firent gracieuses avec délicatesse. La comtesse surtout montra cette condescendance aimable des très nobles dames qu'aucun contact ne peut salir, et fut charmante. Mais la forte Mme Loiseau, qui avait une âme de gendarme, resta revêche, parlant peu et mangeant beaucoup.

On s'entretint de la guerre naturellement. On raconta des faits horribles des Prussiens, des traits de bravoure des Français; et tous ces gens qui fuyaient rendirent hommage au courage des autres. Les histoires personnelles commencèrent bientôt et Boule de suif raconta, avec une émotion vraie, avec cette chaleur de parole qu'ont parfois les filles pour exprimer leurs emportements naturels, comment elle avait quitté Rouen : — « J'ai cru d'abord que je pourrais rester, disait-elle. J'avais ma maison pleine de provisions, et j'aimais mieux nourrir quelques soldats que m'expatrier je ne sais où. Mais quand je les ai vus, ces Prussiens, ce fut plus fort que moi ! Ils m'ont tourné le sang de colère ; et j'ai pleuré de honte toute la journée. Oh ! si j'étais un homme, allez ! Je les regardais de ma fenêtre, ces gros porcs avec leur casque à pointe, et ma bonne me tenait les mains pour m'empêcher de leur jeter mon mobilier sur le dos. Puis il en est venu pour loger chez moi, alors j'ai sauté à la gorge du premier. Ils ne sont pas plus difficiles à étrangler que d'autres ! Et je l'aurais terminé, celui-là, si l'on ne m'avait pas tirée par les cheveux. Il a fallu me cacher après ça. Enfin, quand j'ai trouvé une occasion, je suis partie, et me voici. »

On la félicita beaucoup. Elle grandissait dans l'estime de ses compagnons qui ne s'étaient pas montrés si crânes ; et Cornudet, en l'écoutant, gardait un sourire approbateur et bienveillant d'apôtre ; de même un prêtre entend un dévot louer Dieu, car les démocrates à longue barbe ont le monopole du

patriotisme comme les hommes en soutane ont celui de la religion. Il parla à son tour d'un ton doctrinaire, avec l'emphase apprise dans les proclamations qu'on collait chaque jour aux murs, et il finit par un morceau d'éloquence où il étrillait magistralement cette « crapule de Badinguet [1] ».

Mais Boule de suif aussitôt se fâcha, car elle était bonapartiste. Elle devenait plus rouge qu'une guigne, et, bégayant d'indignation : — « J'aurais bien voulu vous voir à sa place, vous autres. Ça aurait été du propre, ah oui ! C'est vous qui l'avez trahi, cet homme ! On n'aurait plus qu'à quitter la France si l'on était gouverné par des polissons comme vous ! » — Cornudet, impassible, gardait un sourire dédaigneux et supérieur, mais on sentait que les gros mots allaient arriver quand le comte s'interposa et calma, non sans peine, la fille exaspérée, en proclamant avec autorité que toutes les opinions sincères étaient respectables. Cependant la comtesse et la manufacturière, qui avaient dans l'âme la haine irraisonnée des gens comme il faut pour la République, et cette instinctive tendresse que nourrissent toutes les femmes pour les gouvernements à panache et despotiques, se sentaient, malgré elles, attirées vers cette prostituée pleine de dignité, dont les sentiments ressemblaient si fort aux leurs.

1. Surnom de Napoléon III. Il lui vient du nom de l'ouvrier maçon qui lui céda son vêtement et lui permit de s'évader, en 1846, du fort de Ham où Louis-Philippe le tenait emprisonné.

Le panier était vide. À dix on l'avait tari sans peine, en regrettant qu'il ne fût pas plus grand. La conversation continua quelque temps, un peu refroidie néanmoins depuis qu'on avait fini de manger.

La nuit tombait, l'obscurité peu à peu devint profonde, et le froid, plus sensible pendant les digestions, faisait frissonner Boule de suif, malgré sa graisse. Alors Mme de Bréville lui proposa sa chaufferette dont le charbon, depuis le matin, avait été plusieurs fois renouvelé, et l'autre accepta tout de suite, car elle se sentait les pieds gelés. Mmes Carré-Lamadon et Loiseau donnèrent les leurs aux religieuses.

Le cocher avait allumé ses lanternes. Elles éclairaient d'une lueur vive un nuage de buée au-dessus de la croupe en sueur des timoniers[1], et, des deux côtés de la route, la neige qui semblait se dérouler sous le reflet mobile des lumières.

On ne distinguait plus rien dans la voiture ; mais tout à coup un mouvement se fit entre Boule de suif et Cornudet ; et Loiseau, dont l'œil fouillait l'ombre, crut voir l'homme à la grande barbe s'écarter vivement comme s'il eût reçu quelque bon coup lancé sans bruit.

Des petits points de feu parurent en avant sur la route. C'était Tôtes. On avait marché onze heures, ce qui, avec les deux heures de repos laissées en

1. *Timoniers* : chevaux attelés de part et d'autre du timon (par opposition aux chevaux de volée, attelés en avant du timon).

quatre fois aux chevaux pour manger l'avoine et souffler, faisait quatorze[1]. On entra dans le bourg et devant l'Hôtel du Commerce on s'arrêta[2].

La portière s'ouvrit ! Un bruit bien connu fit tressaillir tous les voyageurs ; c'étaient les heurts d'un fourreau de sabre sur le sol. Aussitôt la voix d'un Allemand cria quelque chose.

Bien que la diligence fût immobile, personne ne descendait, comme si l'on se fût attendu à être massacré à la sortie. Alors le conducteur apparut tenant à la main une de ses lanternes qui éclaira subitement jusqu'au fond de la voiture les deux rangs de têtes effarées, dont les bouches étaient ouvertes et les yeux écarquillés de surprise et d'épouvante.

À côté du cocher se tenait, en pleine lumière, un officier allemand, un grand jeune homme excessivement mince et blond, serré dans son uniforme comme une fille en son corset, et portant sur le côté sa casquette plate et cirée qui le faisait ressembler au chasseur d'un hôtel anglais. Sa moustache démesurée, à longs poils droits, s'amincissant indéfiniment de chaque côté et terminée par un seul fil blond, si mince qu'on n'en apercevait pas la fin, semblait peser sur les coins de sa bouche, et, tirant la joue, imprimait aux lèvres un pli tombant.

Il invita en français d'Alsacien les voyageurs à

1. Le compte est faux : inadvertance de Maupassant !
2. L'original de l'Hôtel du Commerce est l'Hôtel du Cygne, à Tôtes. Voir une reproduction d'époque dans l'*Album Flaubert* de la Bibliothèque de la Pléiade (1972, p. 107).

sortir, disant d'un ton raide : — «Foulez-fous tes-centre, messieurs et tames ?»

Les deux bonnes sœurs obéirent les premières avec une docilité de saintes filles habituées à toutes les soumissions. Le comte et la comtesse parurent ensuite, suivis du manufacturier et de sa femme, puis de Loiseau poussant devant lui sa grande moitié. Celui-ci, en mettant pied à terre, dit à l'officier : — «Bonjour, monsieur», par un sentiment de prudence bien plus que de politesse. L'autre, insolent comme les gens tout-puissants, le regarda sans répondre.

Boule de suif et Cornudet, bien que près de la portière, descendirent les derniers, graves et hautains devant l'ennemi. La grosse fille tâchait de se dominer et d'être calme : le démoc tourmentait d'une main tragique et un peu tremblante sa longue barbe roussâtre. Ils voulaient garder de la dignité, comprenant qu'en ces rencontres-là chacun représente un peu son pays ; et pareillement révoltés par la souplesse de leurs compagnons, elle tâchait de se montrer plus fière que ses voisines, les femmes honnêtes, tandis que lui, sentant bien qu'il devait l'exemple, continuait en toute son attitude sa mission de résistance commencée au défoncement des routes.

On entra dans la vaste cuisine de l'auberge, et l'Allemand, s'étant fait présenter l'autorisation de départ signée par le général en chef et où étaient mentionnés les noms, le signalement et la profession de chaque voyageur, examina longuement

tout ce monde, comparant les personnes aux ren-
seignements écrits.

Puis il dit brusquement : — «C'est pien», et il
disparut.

Alors on respira. On avait faim encore ; le souper
fut commandé. Une demi-heure était nécessaire
pour l'apprêter ; et, pendant que deux servantes
avaient l'air de s'en occuper, on alla visiter les
chambres. Elles se trouvaient toutes dans un long
couloir que terminait une porte vitrée marquée d'un
numéro parlant[1].

Enfin on allait se mettre à table, quand le patron
de l'auberge parut lui-même. C'était un ancien mar-
chand de chevaux, un gros homme asthmatique, qui
avait toujours des sifflements, des enrouements, des
chants de glaires dans le larynx. Son père lui avait
transmis le nom de Follenvie.

Il demanda :

— «Mademoiselle Élisabeth Rousset ?»

Boule de suif tressaillit, se retourna :

— «C'est moi.

— Mademoiselle, l'officier prussien veut vous
parler immédiatement.

— À moi ?

— Oui, si vous êtes bien mademoiselle Élisa-
beth Rousset.»

Elle se troubla, réfléchit une seconde, puis déclara
carrément :

1. Jusqu'à la fin du XIXᵉ siècle, on désignait parfois les toi-
lettes par le numéro 100 inscrit sur la porte, conséquence d'un
déplorable jeu de mots entre *cent* et *sent*.

— « C'est possible, mais je n'irai pas. »

Un mouvement se fit autour d'elle ; chacun discutait, cherchait la cause de cet ordre. Le comte s'approcha :

— « Vous avez tort, madame, car votre refus peut amener des difficultés considérables, non seulement pour vous, mais même pour tous vos compagnons. Il ne faut jamais résister aux gens qui sont les plus forts. Cette démarche assurément ne peut présenter aucun danger ; c'est sans doute pour quelque formalité oubliée. »

Tout le monde se joignit à lui, on la pria, on la pressa, on la sermonna, et l'on finit par la convaincre ; car tous redoutaient les complications qui pourraient résulter d'un coup de tête. Elle dit enfin :

— « C'est pour vous que je le fais, bien sûr ! »

La comtesse lui prit la main :

« Et nous vous en remercions. »

Elle sortit. On l'attendit pour se mettre à table.

Chacun se désolait de n'avoir pas été demandé à la place de cette fille violente et irascible, et préparait mentalement des platitudes pour le cas où on l'appellerait à son tour.

Mais, au bout de dix minutes, elle reparut, soufflant, rouge à suffoquer, exaspérée. Elle balbutiait :

— « Oh la canaille ! la canaille ! »

Tous s'empressaient pour savoir, mais elle ne dit rien ; et comme le comte insistait, elle répondit avec une grande dignité : — « Non, cela ne vous regarde pas, je ne peux pas parler. »

Alors on s'assit autour d'une haute soupière d'où sortait un parfum de choux. Malgré cette alerte, le souper fut gai. Le cidre était bon, le ménage Loiseau et les bonnes sœurs en prirent, par économie. Les autres demandèrent du vin ; Cornudet réclama de la bière. Il avait une façon particulière de déboucher la bouteille, de faire mousser le liquide, de le considérer en penchant le verre, qu'il élevait ensuite entre la lampe et son œil pour bien apprécier la couleur. Quand il buvait, sa grande barbe, qui avait gardé la nuance de son breuvage aimé, semblait tressaillir de tendresse ; ses yeux louchaient pour ne point perdre de vue sa chope, et il avait l'air de remplir l'unique fonction pour laquelle il était né. On eût dit qu'il établissait en son esprit un rapprochement et comme une affinité entre les deux grandes passions qui occupaient toute sa vie : le Pale Ale et la Révolution ; et assurément il ne pouvait déguster l'un sans songer à l'autre.

M. et Mme Follenvie dînaient tout au bout de la table. L'homme, râlant comme une locomotive crevée, avait trop de tirage dans la poitrine pour pouvoir parler en mangeant ; mais la femme ne se taisait jamais. Elle raconta toutes ses impressions à l'arrivée des Prussiens, ce qu'ils faisaient, ce qu'ils disaient, les exécrant, d'abord, parce qu'ils lui coûtaient de l'argent, et, ensuite, parce qu'elle avait deux fils à l'armée. Elle s'adressait surtout à la comtesse, flattée de causer avec une dame de qualité.

Puis elle baissait la voix pour dire les choses délicates, et son mari, de temps en temps, l'inter-

rompait : — «Tu ferais mieux de te taire, madame Follenvie. » — Mais elle n'en tenait aucun compte, et continuait :

— «Oui, madame, ces gens-là, ça ne fait que manger des pommes de terre et du cochon, et puis du cochon et des pommes de terre. Et il ne faut pas croire qu'ils sont propres. — Oh non ! — Ils ordurent partout, sauf le respect que je vous dois. Et si vous les voyiez faire l'exercice pendant des heures et des jours ; ils sont là tous dans un champ : — et marche en avant, et marche en arrière, et tourne par-ci, et tourne par-là. — S'ils cultivaient la terre au moins, ou s'ils travaillaient aux routes dans leur pays ! — Mais non, madame, ces militaires, ça n'est profitable à personne ! Faut-il que le pauvre peuple les nourrisse pour n'apprendre rien qu'à massacrer ! — Je ne suis qu'une vieille femme sans éducation, c'est vrai, mais en les voyant qui s'esquintent le tempérament à piétiner du matin au soir, je me dis : — Quand il y a des gens qui font tant de découvertes pour être utiles, faut-il que d'autres se donnent tant de mal pour être nuisibles ! Vraiment, n'est-ce pas une abomination de tuer des gens, qu'ils soient Prussiens, ou bien Anglais, ou bien Polonais, ou bien Français ? — Si l'on se revenge sur quelqu'un qui vous a fait tort, c'est mal, puisqu'on vous condamne ; mais quand on extermine nos garçons comme du gibier, avec des fusils, c'est donc bien, puisqu'on donne des décorations à celui qui en détruit le plus ? — Non, voyez-vous, je ne comprendrai jamais ça ! »

Cornudet éleva la voix :

— «La guerre est une barbarie quand on attaque un voisin paisible ; c'est un devoir sacré quand on défend la patrie. »

La vieille femme baissa la tête :

— «Oui, quand on se défend, c'est autre chose ; mais si l'on ne devrait pas plutôt tuer tous les rois qui font ça pour leur plaisir ? »

L'œil de Cornudet s'enflamma :

— «Bravo citoyenne ! » dit-il.

M. Carré-Lamadon réfléchissait profondément. Bien qu'il fût fanatique des illustres capitaines, le bon sens de cette paysanne le faisait songer à l'opulence qu'apporteraient dans un pays tant de bras inoccupés et par conséquent ruineux, tant de forces qu'on entretient improductives, si on les employait aux grands travaux industriels qu'il faudra des siècles pour achever.

Mais Loiseau, quittant sa place, alla causer tout bas avec l'aubergiste. Le gros homme riait, toussait, crachait ; son énorme ventre sautillait de joie aux plaisanteries de son voisin, et il lui acheta six feuillettes[1] de bordeaux pour le printemps, quand les Prussiens seraient partis.

Le souper à peine achevé, comme on était brisé de fatigue, on se coucha.

Cependant Loiseau, qui avait observé les choses, fit mettre au lit son épouse, puis colla tantôt son

1. *Feuillette* : tonneau de vin d'une capacité de 135 litres environ.

oreille et tantôt son œil au trou de la serrure, pour
tâcher de découvrir ce qu'il appelait : « les mys-
tères du corridor ».

Au bout d'une heure environ, il entendit un frô-
lement, regarda bien vite, et aperçut Boule de suif
qui paraissait plus replète encore sous un peignoir[1]
de cachemire bleu, bordé de dentelles blanches.
Elle tenait un bougeoir à la main et se dirigeait vers
le gros numéro[2] tout au fond du couloir. Mais une
porte, à côté, s'entrouvrit, et, quand elle revint au
bout de quelques minutes, Cornudet, en bretelles,
la suivait. Ils parlaient bas, puis ils s'arrêtèrent.
Boule de suif semblait défendre l'entrée de sa
chambre avec énergie. Loiseau, malheureusement,
n'entendait pas les paroles, mais, à la fin, comme
ils élevaient la voix, il put en saisir quelques-unes.
Cornudet insistait avec vivacité. Il disait :

— « Voyons, vous êtes bête, qu'est-ce que ça
vous fait ? »

Elle avait l'air indignée et répondit :

— « Non, mon cher, il y a des moments où ces
choses-là ne se font pas ; et puis, ici, ce serait une
honte. »

Il ne comprenait point, sans doute, et demanda
pourquoi. Alors elle s'emporta, élevant encore le
ton :

1. Maupassant avait d'abord écrit (manuscrit) : « Boule de
suif *dont le ventre et les tétons se mêlaient* sous un peignoir » ;
Flaubert avait conseillé d'enlever le mot *tétons* : le disciple a
suivi la suggestion du maître.
2. Voir page 58, note 1.

— « Pourquoi ? Vous ne comprenez pas pourquoi ? Quand il y a des Prussiens dans la maison, dans la chambre à côté, peut-être ? »

Il se tut. Cette pudeur patriotique de catin qui ne se laissait point caresser près de l'ennemi, dut réveiller en son cœur sa dignité défaillante, car, après l'avoir seulement embrassée, il regagna sa porte à pas de loup.

Loiseau, très allumé, quitta la serrure, battit un entrechat dans sa chambre, mit son madras[1], souleva le drap sous lequel gisait la dure carcasse de sa compagne qu'il réveilla d'un baiser en murmurant : — « M'aimes-tu, chérie ? »

Alors toute la maison devint silencieuse. Mais bientôt s'éleva quelque part, dans une direction indéterminée qui pouvait être la cave aussi bien que le grenier, un ronflement puissant, monotone, régulier, un bruit sourd et prolongé, avec des tremblements de chaudière sous pression. M. Follenvie dormait.

Comme on avait décidé qu'on partirait à huit heures le lendemain, tout le monde se trouva dans la cuisine ; mais la voiture, dont la bâche avait un toit de neige, se dressait solitaire au milieu de la cour, sans chevaux et sans conducteur. On chercha en vain celui-ci dans les écuries, dans les fourrages, dans les remises. Alors tous les hommes se résolurent à battre le pays et ils sortirent. Ils se trouvèrent sur la place, avec l'église au fond et, des

1. *Madras* : mouchoir noué autour de la tête.

deux côtés, des maisons basses où l'on aperce-
vait des soldats prussiens. Le premier qu'ils virent
épluchait des pommes de terre. Le second, plus
loin, lavait la boutique du coiffeur. Un autre, barbu
jusqu'aux yeux, embrassait un mioche qui pleurait
et le berçait sur ses genoux pour tâcher de l'apai-
ser ; et les grosses paysannes dont les hommes
étaient à « l'armée de la guerre », indiquaient par
signes à leurs vainqueurs obéissants le travail qu'il
fallait entreprendre : fendre du bois, tremper la
soupe, moudre le café ; un d'eux même lavait le
linge de son hôtesse, une aïeule toute impotente.

Le comte, étonné, interrogea le bedeau qui sortait
du presbytère. Le vieux rat d'église lui répondit :

— « Oh ! ceux-là ne sont pas méchants ; c'est pas
des Prussiens à ce qu'on dit. Ils sont de plus loin ; je
ne sais pas bien d'où ; et ils ont tous laissé une
femme et des enfants au pays ; ça ne les amuse pas,
la guerre, allez ! Je suis sûr qu'on pleure bien aussi
là-bas après les hommes ; et ça fournira une fameuse
misère chez eux comme chez nous. Ici, encore, on
n'est pas trop malheureux pour le moment, parce
qu'ils ne font pas de mal et qu'ils travaillent comme
s'ils étaient dans leurs maisons. Voyez-vous, mon-
sieur, entre pauvres gens, faut bien qu'on s'aide…
C'est les grands qui font la guerre. »

Cornudet, indigné de l'entente cordiale établie
entre les vainqueurs et les vaincus, se retira, préfé-
rant s'enfermer dans l'auberge. Loiseau eut un mot
pour rire : — « Ils repeuplent. » M. Carré-Lamadon
eut un mot grave : — « Ils réparent. » Mais on ne

trouvait pas le cocher. À la fin on le découvrit dans le café du village, attablé fraternellement avec l'ordonnance de l'officier. Le comte l'interpella :

— «Ne vous avait-on pas donné l'ordre d'atteler pour huit heures ?

— Ah bien oui, mais on m'en a donné un autre depuis.

— Lequel ?

— De ne pas atteler du tout.

— Qui vous a donné cet ordre ?

— Ma foi ! le commandant prussien.

— Pourquoi ?

— Je n'en sais rien. Allez lui demander. On me défend d'atteler, moi je n'attelle pas. — Voilà.

— C'est lui-même qui vous a dit cela ?

— Non, monsieur, c'est l'aubergiste qui m'a donné l'ordre de sa part.

— Quand ça ?

— Hier soir, comme j'allais me coucher.»

Les trois hommes rentrèrent fort inquiets.

On demanda M. Follenvie, mais la servante répondit que monsieur, à cause de son asthme, ne se levait jamais avant dix heures. Il avait même formellement défendu de le réveiller plus tôt, excepté en cas d'incendie.

On voulut voir l'officier, mais cela était impossible absolument, bien qu'il logeât dans l'auberge. M. Follenvie seul était autorisé à lui parler pour les affaires civiles. Alors on attendit. Les femmes remontèrent dans leurs chambres, et des futilités les occupèrent.

Cornudet s'installa sous la haute cheminée de la cuisine où flambait un grand feu. Il se fit apporter là une des petites tables du café, une canette, et il tira sa pipe qui jouissait parmi les démocrates d'une considération presque égale à la sienne, comme si elle avait servi la patrie en servant à Cornudet. C'était une superbe pipe en écume admirablement culottée, aussi noire que les dents de son maître, mais parfumée, recourbée, luisante, familière à sa main, et complétant sa physionomie. Et il demeura immobile, les yeux tantôt fixés sur la flamme du foyer, tantôt sur la mousse qui couronnait sa chope ; et chaque fois qu'il avait bu, il passait d'un air satisfait ses longs doigts maigres dans ses longs cheveux gras pendant qu'il humait sa moustache frangée d'écume.

Loiseau, sous prétexte de se dégourdir les jambes, alla placer du vin aux débitants du pays. Le comte et le manufacturier se mirent à causer politique. Ils prévoyaient l'avenir de la France. L'un croyait aux d'Orléans, l'autre à un sauveur inconnu, un héros qui se révélerait quand tout serait désespéré : un du Guesclin, une Jeanne d'Arc peut-être ? ou un autre Napoléon Ier ? Ah ! si le prince impérial n'était pas si jeune [1] ? Cornudet, les écoutant, souriait en homme qui sait le mot des destinées. Sa pipe embaumait la cuisine.

Comme dix heures sonnaient, M. Follenvie parut. On l'interrogea bien vite ; mais il ne put que répéter

1. Le fils de Napoléon III et de l'impératrice Eugénie avait quatorze ans en 1870. Il fut tué au Zoulouland en 1879.

deux ou trois fois, sans une variante, ces paroles :

— L'officier m'a dit comme ça : « Monsieur Follenvie, vous défendrez qu'on attelle demain la voiture de ces voyageurs. Je ne veux pas qu'ils partent sans mon ordre. Vous entendez. Ça suffit. »

Alors on voulut voir l'officier. Le comte lui envoya sa carte où M. Carré-Lamadon ajouta son nom et tous ses titres. Le Prussien fit répondre qu'il admettrait ces deux hommes à lui parler quand il aurait déjeuné, c'est-à-dire vers une heure.

Les dames reparurent et l'on mangea quelque peu, malgré l'inquiétude. Boule de suif semblait malade et prodigieusement troublée.

On achevait le café quand l'ordonnance vint chercher ces messieurs.

Loiseau se joignit aux deux premiers ; mais comme on essayait d'entraîner Cornudet pour donner plus de solennité à leur démarche, il déclara fièrement qu'il entendait n'avoir jamais aucun rapport avec les Allemands ; et il se remit dans sa cheminée, demandant une autre canette.

Les trois hommes montèrent et furent introduits dans la plus belle chambre de l'auberge où l'officier les reçut, étendu dans un fauteuil, les pieds sur la cheminée, fumant une longue pipe de porcelaine, et enveloppé par une robe de chambre flamboyante, dérobée sans doute dans la demeure abandonnée de quelque bourgeois de mauvais goût. Il ne se leva pas, ne les salua pas, ne les regarda pas. Il présentait un magnifique échantillon de la goujaterie naturelle au militaire victorieux.

Au bout de quelques instants il dit enfin :

— « Qu'est-ce que fous foulez ? »

Le comte prit la parole : — « Nous désirons partir, monsieur.

— Non.

— Oserai-je vous demander la cause de ce refus ?

— Parce que che ne feux pas.

— Je vous ferai respectueusement observer, monsieur, que votre général en chef nous a délivré une permission de départ pour gagner Dieppe ; et je ne pense pas que nous ayons rien fait pour mériter vos rigueurs.

— Che ne feux pas... foilà tout... Fous poufez tescentre. »

S'étant inclinés tous les trois ils se retirèrent.

L'après-midi fut lamentable. On ne comprenait rien à ce caprice d'Allemand ; et les idées les plus singulières troublaient les têtes. Tout le monde se tenait dans la cuisine et l'on discutait sans fin, imaginant des choses invraisemblables. On voulait peut-être les garder comme otages — mais dans quel but ? — ou les emmener prisonniers ? ou, plutôt, leur demander une rançon considérable ? À cette pensée une panique les affola. Les plus riches étaient les plus épouvantés, se voyant déjà contraints, pour racheter leur vie, de verser des sacs pleins d'or entre les mains de ce soldat insolent. Ils se creusaient la cervelle pour découvrir des mensonges acceptables, dissimuler leurs richesses, se faire passer pour pauvres, très pauvres. Loiseau enleva sa

chaîne de montre et la cacha dans sa poche. La nuit
qui tombait augmenta les appréhensions. La lampe
fut allumée, et comme on avait encore deux heures
avant le dîner, Mme Loiseau proposa une partie de
trente et un[1]. Ce serait une distraction. On accepta.
Cornudet lui-même, ayant éteint sa pipe par poli-
tesse, y prit part.

Le comte battit les cartes — donna — Boule de
suif avait trente et un d'emblée ; et bientôt l'intérêt
de la partie apaisa la crainte qui hantait les esprits.
Mais Cornudet s'aperçut que le ménage Loiseau
s'entendait pour tricher.

Comme on allait se mettre à table, M. Follenvie
reparut ; et, de sa voix graillonnante, il prononça :
«L'officier prussien fait demander à Mlle Élisa-
beth Rousset si elle n'a pas encore changé d'avis. »

Boule de suif resta debout, toute pâle ; puis, deve-
nant subitement cramoisie, elle eut un tel étouffe-
ment de colère qu'elle ne pouvait plus parler. Enfin
elle éclata : «Vous lui direz à cette crapule, à ce
saligaud, à cette charogne de Prussien, que jamais
je ne voudrai ; vous entendez bien, jamais, jamais,
jamais. »

Le gros aubergiste sortit. Alors Boule de suif fut
entourée, interrogée, sollicitée par tout le monde
de dévoiler le mystère de sa visite. Elle résista
d'abord : mais l'exaspération l'emporta bientôt :
— «Ce qu'il veut ?… ce qu'il veut ? Il veut cou-

1. *Trente et un* : jeu de cartes qui consiste à réunir ou appro-
cher trente et un points.

cher avec moi ! » cria-t-elle. Personne ne se choqua du mot, tant l'indignation fut vive. Cornudet brisa sa chope en la reposant violemment sur la table. C'était une clameur de réprobation contre ce soudard ignoble, un souffle de colère, une union de tous pour la résistance, comme si l'on eût demandé à chacun une partie du sacrifice exigé d'elle. Le comte déclara avec dégoût que ces gens-là se conduisaient à la façon des anciens barbares. Les femmes surtout témoignèrent à Boule de suif une commisération énergique et caressante. Les bonnes sœurs, qui ne se montraient qu'aux repas, avaient baissé la tête et ne disaient rien.

On dîna néanmoins lorsque la première fureur fut apaisée ; mais on parla peu, on songeait.

Les dames se retirèrent de bonne heure ; et les hommes, tout en fumant, organisèrent un écarté[1] auquel fut convié M. Follenvie qu'on avait l'intention d'interroger habilement sur les moyens à employer pour vaincre la résistance de l'officier. Mais il ne songeait qu'à ses cartes, sans rien écouter, sans rien répondre ; et il répétait sans cesse : — « Au jeu, messieurs, au jeu. » Son attention était si tendue qu'il en oubliait de cracher, ce qui lui mettait parfois des points d'orgue dans la poitrine. Ses poumons sifflants donnaient toute la gamme de l'asthme, depuis les notes graves et profondes jusqu'aux enrouements aigus des jeunes coqs essayant de chanter.

1. *Écarté* : jeu où l'on a la faculté de mettre de côté, ou *écarter*, les cartes qui ne conviennent pas.

Il refusa même de monter, quand sa femme, qui tombait de sommeil, vint le chercher. Alors elle partit toute seule, car elle était «du matin», toujours levée avec le soleil, tandis que son homme était «du soir», toujours prêt à passer la nuit avec des amis. Il lui cria : — «Tu placeras mon lait de poule[1] devant le feu», et se remit à sa partie. Quand on vit bien qu'on n'en pourrait rien tirer on déclara qu'il était temps de s'en aller, et chacun gagna son lit.

On se leva encore d'assez bonne heure le lendemain, avec un espoir indéterminé, un désir plus grand de s'en aller, une terreur du jour à passer dans cette horrible petite auberge.

Hélas ! les chevaux restaient à l'écurie, le cocher demeurait invisible. On alla, par désœuvrement, tourner autour de la voiture.

Le déjeuner fut bien triste ; et il s'était produit comme un refroidissement vis-à-vis de Boule de suif, car la nuit, qui porte conseil, avait un peu modifié les jugements. On en voulait presque à cette fille, maintenant, de n'avoir pas été trouver secrètement le Prussien, afin de ménager, au réveil, une bonne surprise à ses compagnons. Quoi de plus simple ? Qui l'eût su, d'ailleurs ? Elle aurait pu sauver les apparences en faisant dire à l'officier qu'elle prenait en pitié leur détresse. Pour elle, ça avait si peu d'importance !

1. Le *lait de poule* est le nom d'une boisson adoucissante faite d'un jaune d'œuf et de sucre battus dans du lait chaud.

Mais personne n'avouait encore ces pensées.

Dans l'après-midi, comme on s'ennuyait à périr, le comte proposa de faire une promenade aux alentours du village. Chacun s'enveloppa avec soin et la petite société partit, à l'exception de Cornudet, qui préférait rester près du feu, et des bonnes sœurs, qui passaient leurs journées dans l'église ou chez le curé.

Le froid, plus intense de jour en jour, piquait cruellement le nez et les oreilles ; les pieds devenaient si douloureux que chaque pas était une souffrance ; et lorsque la campagne se découvrit, elle leur apparut si effroyablement lugubre sous cette blancheur illimitée que tout le monde aussitôt retourna, l'âme glacée et le cœur serré.

Les quatre femmes marchaient devant, les trois hommes suivaient, un peu derrière.

Loiseau, qui comprenait la situation, demanda tout à coup si cette « garce-là » allait les faire rester longtemps encore dans un pareil endroit. Le comte, toujours courtois, dit qu'on ne pouvait exiger d'une femme un sacrifice aussi pénible, et qu'il devait venir d'elle-même. M. Carré-Lamadon remarqua que si les Français faisaient, comme il en était question, un retour offensif par Dieppe, la rencontre ne pourrait avoir lieu qu'à Tôtes. Cette réflexion rendit les deux autres soucieux. — « Si l'on se sauvait à pied », — dit Loiseau. Le comte haussa les épaules : — « Y songez-vous, dans cette neige ? avec nos femmes ? Et puis nous serions tout de suite poursuivis, rattrapés en dix minutes, et

ramenés prisonniers à la merci des soldats.»
— C'était vrai ; on se tut.

Les dames parlaient toilette ; mais une certaine contrainte semblait les désunir.

Tout à coup, au bout de la rue, l'officier parut. Sur la neige qui fermait l'horizon, il profilait sa grande taille de guêpe en uniforme, et marchait, les genoux écartés, de ce mouvement particulier aux militaires qui s'efforcent de ne point maculer leurs bottes soigneusement cirées.

Il s'inclina en passant près des dames, et regarda dédaigneusement les hommes qui eurent, du reste, la dignité de ne se point découvrir, bien que Loiseau ébauchât un geste pour retirer sa coiffure.

Boule de suif était devenue rouge jusqu'aux oreilles ; et les trois femmes mariées ressentaient une grande humiliation d'être ainsi rencontrées par ce soldat, dans la compagnie de cette fille qu'il avait si cavalièrement traitée.

Alors on parla de lui, de sa tournure, de son visage. Mme Carré-Lamadon, qui avait connu beaucoup d'officiers et qui les jugeait en connaisseur, trouvait celui-là pas mal du tout ; elle regrettait même qu'il ne fût pas Français, parce qu'il ferait un fort joli hussard dont toutes les femmes assurément raffoleraient.

Une fois rentrés, on ne sut plus que faire. Des paroles aigres furent même échangées à propos de choses insignifiantes. Le dîner, silencieux, dura peu, et chacun monta se coucher, espérant dormir pour tuer le temps.

On descendit le lendemain avec des visages fatigués et des cœurs exaspérés. Les femmes parlaient à peine à Boule de suif.

Une cloche tinta. C'était pour un baptême. La grosse fille avait un enfant élevé chez des paysans d'Yvetot. Elle ne le voyait pas une fois l'an, et n'y songeait jamais ; mais la pensée de celui qu'on allait baptiser lui jeta au cœur une tendresse subite et violente pour le sien, et elle voulut absolument assister à la cérémonie.

Aussitôt qu'elle fut partie, tout le monde se regarda, puis on rapprocha les chaises, car on sentait bien qu'à la fin il fallait décider quelque chose. Loiseau eut une inspiration : il était d'avis de proposer à l'officier de garder Boule de suif toute seule, et de laisser partir les autres.

M. Follenvie se chargea encore de la commission, mais il redescendit presque aussitôt. L'Allemand, qui connaissait la nature humaine, l'avait mis à la porte. Il prétendait retenir tout le monde tant que son désir ne serait pas satisfait.

Alors le tempérament populacier de Mme Loiseau éclata : — « Nous n'allons pourtant pas mourir de vieillesse ici. Puisque c'est son métier, à cette gueuse, de faire ça avec tous les hommes, je trouve qu'elle n'a pas le droit de refuser l'un plutôt que l'autre. Je vous demande un peu, ça a pris tout ce qu'elle a trouvé dans Rouen, même des cochers ! oui, madame, le cocher de la préfecture ! Je le sais bien, moi, il achète son vin à la maison. Et aujourd'hui qu'il s'agit de nous tirer d'embarras, elle fait

la mijaurée, cette morveuse !… Moi, je trouve qu'il se conduit très bien, cet officier. Il est peut-être privé depuis longtemps ; et nous étions là trois qu'il aurait sans doute préférées. Mais non, il se contente de celle à tout le monde. Il respecte les femmes mariées. Songez donc, il est le maître. Il n'avait qu'à dire : "Je veux", et il pouvait nous prendre de force avec ses soldats. »

Les deux femmes eurent un petit frisson. Les yeux de la jolie Mme Carré-Lamadon brillaient, et elle était un peu pâle, comme si elle se sentait déjà prise de force par l'officier.

Les hommes, qui discutaient à l'écart, se rapprochèrent. Loiseau, furibond, voulait livrer «cette misérable» pieds et poings liés à l'ennemi. Mais le comte, issu de trois générations d'ambassadeurs, et doué d'un physique de diplomate, était partisan de l'habileté : «Il faudrait la décider», — dit-il.

Alors on conspira.

Les femmes se serrèrent, le ton de la voix fut baissé, et la discussion devint générale, chacun donnant son avis. C'était fort convenable du reste. Ces dames surtout trouvaient des délicatesses de tournures, des subtilités d'expression charmantes, pour dire les choses les plus scabreuses. Un étranger n'aurait rien compris tant les précautions du langage étaient observées. Mais la légère tranche de pudeur dont est bardée toute femme du monde ne recouvrant que la surface, elles s'épanouissaient dans cette aventure polissonne, s'amusaient follement au fond, se sentant dans leur élément, tripo-

tant de l'amour avec la sensualité d'un cuisinier gourmand qui prépare le souper d'un autre.

La gaieté revenait d'elle-même, tant l'histoire leur semblait drôle à la fin. Le comte trouva des plaisanteries un peu risquées, mais si bien dites qu'elles faisaient sourire. À son tour Loiseau lâcha quelques grivoiseries plus raides dont on ne se blessa point ; et la pensée brutalement exprimée par sa femme dominait tous les esprits : « Puisque c'est son métier à cette fille, pourquoi refuserait-elle celui-là plus qu'un autre ? » La gentille Mme Carré-Lamadon semblait même penser qu'à sa place elle refuserait celui-là moins qu'un autre.

On prépara longuement le blocus, comme pour une forteresse investie. Chacun convint du rôle qu'il jouerait, des arguments dont il s'appuierait, des manœuvres qu'il devrait exécuter. On régla le plan des attaques, les ruses à employer, et les surprises de l'assaut, pour forcer cette citadelle vivante à recevoir l'ennemi dans la place.

Cornudet cependant restait à l'écart, complètement étranger à cette affaire.

Une attention si profonde tendait les esprits, qu'on n'entendit point rentrer Boule de suif. Mais le comte souffla un léger : « Chut » qui fit relever tous les yeux. Elle était là. On se tut brusquement et un certain embarras empêcha d'abord de lui parler. La comtesse, plus assouplie que les autres aux duplicités des salons, l'interrogea : — « Était-ce amusant, ce baptême ? »

La grosse fille, encore émue, raconta tout, et les

figures, et les attitudes, et l'aspect même de l'église. Elle ajouta : — « C'est si bon de prier quelquefois. »

Cependant, jusqu'au déjeuner, ces dames se contentèrent d'être aimables avec elle, pour augmenter sa confiance et sa docilité à leurs conseils.

Aussitôt à table, on commença les approches. Ce fut d'abord une conversation vague sur le dévouement. On cita des exemples anciens[1] : Judith et Holopherne, puis, sans aucune raison, Lucrèce avec Sextus, Cléopâtre faisant passer par sa couche tous les généraux ennemis, et les réduisant à des servilités d'esclave. Alors se déroula une histoire fantaisiste, éclose dans l'imagination de ces millionnaires ignorants, où les citoyennes de Rome allaient endormir à Capoue Annibal entre leurs bras et, avec lui, ses lieutenants, et les phalanges des mercenaires. On cita toutes les femmes qui ont arrêté des conquérants, fait de leur corps un champ de bataille, un moyen de dominer, une arme, qui ont vaincu par leurs caresses héroïques des êtres hideux ou détestés, et sacrifié leur chasteté à la vengeance et au dévouement.

1. À partir d'ici, Maupassant fait dresser par ses personnages un panorama plus que cursif d'histoire ancienne et biblique. Judith, étant sortie de la ville de Béthulie, assiégée par Holopherne, se rendit auprès de celui-ci, le séduisit et le tua ; le viol de Lucrèce par Sextus Tarquin entraîna la chute de la royauté à Rome ; Cléopâtre sut triompher, sentimentalement parlant, de ses vainqueurs, César et Marc-Antoine ; Tite-Live (livre XXIII, chap. XVIII) rapporte bien que, au lieu de marcher sur Rome, Hannibal laissa ses soldats se délecter à Capoue, mais les femmes romaines n'y contribuèrent en rien.

On parla même en termes voilés de cette Anglaise de grande famille qui s'était laissé inoculer une horrible et contagieuse maladie pour la transmettre à Bonaparte sauvé miraculeusement, par une faiblesse subite, à l'heure du rendez-vous fatal.

Et tout cela était raconté d'une façon convenable et modérée, où parfois éclatait un enthousiasme voulu propre à exciter l'émulation.

On aurait pu croire, à la fin, que le seul rôle de la femme, ici-bas, était un perpétuel sacrifice de sa personne, un abandon continu aux caprices des soldatesques.

Les deux bonnes sœurs ne semblaient point entendre, perdues en des pensées profondes, Boule de suif ne disait rien.

Pendant toute l'après-midi on la laissa réfléchir. Mais au lieu de l'appeler « madame » comme on avait fait jusque-là, on lui disait simplement « mademoiselle », sans que personne sût bien pourquoi, comme si l'on avait voulu la faire descendre d'un degré dans l'estime qu'elle avait escaladée, lui faire sentir sa situation honteuse.

Au moment où l'on servit le potage, M. Follenvie reparut, répétant sa phrase de la veille : — « L'officier prussien fait demander à Mlle Élisabeth Rousset si elle n'a point encore changé d'avis. »

Boule de suif répondit sèchement : — « Non, monsieur. »

Mais au dîner la coalition faiblit. Loiseau eut trois phrases malheureuses. Chacun se battait les flancs pour découvrir des exemples nouveaux et ne

trouvait rien, quand la comtesse, sans préméditation peut-être, éprouvant un vague besoin de rendre hommage à la Religion interrogea la plus âgée des bonnes sœurs sur les grands faits de la vie des saints. Or, beaucoup avaient commis des actes qui seraient des crimes à nos yeux ; mais l'Église absout sans peine ces forfaits quand ils sont accomplis pour la gloire de Dieu, ou pour le bien du prochain. C'était un argument puissant ; la comtesse en profita. Alors, soit par une de ces ententes tacites, de ces complaisances voilées, où excelle quiconque porte un habit ecclésiastique, soit simplement par l'effet d'une inintelligence heureuse, d'une secourable bêtise, la vieille religieuse apporta à la conspiration un formidable appui. On la croyait timide, elle se montra hardie, verbeuse, violente. Celle-là n'était pas troublée par les tâtonnements de la casuistique ; sa doctrine semblait une barre de fer ; sa foi n'hésitait jamais ; sa conscience n'avait point de scrupules. Elle trouvait tout simple le sacrifice d'Abraham, car elle aurait immédiatement tué père et mère sur un ordre venu d'en haut ; et rien, à son avis, ne pouvait déplaire au Seigneur quand l'intention était louable. La comtesse, mettant à profit l'autorité sacrée de sa complice inattendue, lui fit faire comme une paraphrase édifiante de cet axiome de morale : « La fin justifie les moyens. »

Elle l'interrogeait.

— « Alors, ma sœur, vous pensez que Dieu accepte toutes les voies, et pardonne le fait quand le motif est pur ?

— Qui pourrait en douter, madame ? Une action blâmable en soi devient souvent méritoire par la pensée qui l'inspire. »

Et elles continuaient ainsi, démêlant les volontés de Dieu, prévoyant ses décisions, le faisant s'intéresser à des choses qui, vraiment, ne le regardaient guère.

Tout cela était enveloppé, habile, discret. Mais chaque parole de la sainte fille en cornette faisait brèche dans la résistance indignée de la courtisane. Puis, la conversation se détournant un peu, la femme aux chapelets pendants parla des maisons de son ordre, de sa supérieure, d'elle-même, et de sa mignonne voisine, la chère sœur Saint-Nicéphore. On les avait demandées au Havre pour soigner dans les hôpitaux des centaines de soldats atteints de la petite vérole. Elle les dépeignit, ces misérables, détailla leur maladie. Et tandis qu'elles étaient arrêtées en route par les caprices de ce Prussien, un grand nombre de Français pouvaient mourir qu'elles auraient sauvés peut-être ! C'était sa spécialité, à elle, de soigner les militaires ; elle avait été en Crimée, en Italie, en Autriche, et, racontant ses campagnes, elle se révéla tout à coup une de ces religieuses à tambours et à trompettes qui semblaient faites pour suivre les camps, ramasser des blessés dans les remous des batailles, et, mieux qu'un chef, dompter d'un mot les grands soudards indisciplinés ; une vraie bonne sœur Ran-tan-plan dont la figure ravagée, crevée de trous sans nombre, paraissait une image des dévastations de la guerre.

Personne ne dit rien après elle, tant l'effet semblait excellent.

Aussitôt le repas terminé, on remonta bien vite dans les chambres pour ne descendre, le lendemain, qu'assez tard dans la matinée.

Le déjeuner fut tranquille. On donnait à la graine semée la veille le temps de germer et de pousser ses fruits.

La comtesse proposa de faire une promenade dans l'après-midi; alors le comte, comme il était convenu, prit le bras de Boule de suif, et demeura derrière les autres, avec elle.

Il lui parla de ce ton familier, paternel, un peu dédaigneux, que les hommes posés emploient avec les filles, l'appelant: «ma chère enfant», la traitant du haut de sa position sociale, de son honorabilité indiscutée. Il pénétra tout de suite au vif de la question:

— «Donc vous préférez nous laisser ici, exposés comme vous-même à toutes les violences qui suivraient un échec des troupes prussiennes, plutôt que de consentir à une de ces complaisances que vous avez eues si souvent en votre vie?»

Boule de suif ne répondit rien.

Il la prit par la douceur, par le raisonnement, par les sentiments. Il sut rester «monsieur le comte», tout en se montrant galant quand il le fallut, complimenteur, aimable enfin. Il exalta le service qu'elle leur rendrait, parla de leur reconnaissance; puis soudain, la tutoyant gaiement: — «Et tu sais, ma chère, il pourrait se vanter d'avoir goûté d'une jolie

fille comme il n'en trouvera pas beaucoup dans son pays. »

Boule de suif ne répondit pas et rejoignit la société.

Aussitôt rentrée, elle monta chez elle et ne reparut plus. L'inquiétude était extrême. Qu'allait-elle faire ? Si elle résistait, quel embarras !

L'heure du dîner sonna ; on l'attendit en vain. M. Follenvie, entrant alors, annonça que Mlle Rousset se sentait indisposée, et qu'on pouvait se mettre à table. Tout le monde dressa l'oreille. Le comte s'approcha de l'aubergiste, et, tout bas : « Ça y est ? » — « Oui. » — Par convenance, il ne dit rien à ses compagnons, mais il leur fit seulement un léger signe de la tête. Aussitôt un grand soupir de soulagement sortit de toutes les poitrines, une allégresse parut sur les visages. Loiseau cria : — « Saperlipopette ! je paye du champagne si l'on en trouve dans l'établissement » ; — et Mme Loiseau eut une angoisse lorsque le patron revint avec quatre bouteilles aux mains. Chacun était devenu subitement communicatif et bruyant ; une joie égrillarde emplissait les cœurs. Le comte parut s'apercevoir que Mme Carré-Lamadon était charmante, le manufacturier fit des compliments à la comtesse. La conversation fut vive, enjouée, pleine de traits.

Tout à coup, Loiseau, la face anxieuse et levant les bras, hurla : — « Silence ! » — Tout le monde se tut, surpris, presque effrayé déjà. Alors il tendit l'oreille en faisant « Chut » des deux mains, leva les yeux vers le plafond, écouta de nouveau, et

reprit, de sa voix naturelle : — « Rassurez-vous, tout va bien. »

On hésitait à comprendre, mais bientôt un sourire passa.

Au bout d'un quart d'heure il recommença la même farce, la renouvela souvent dans la soirée ; et il faisait semblant d'interpeller quelqu'un à l'étage au-dessus, en lui donnant des conseils à double sens puisés dans son esprit de commis voyageur. Par moments il prenait un air triste pour soupirer : — « Pauvre fille » ; — ou bien il murmurait entre ses dents d'un air rageur : — « Gueux de Prussien, va ! » — Quelquefois, au moment où l'on n'y songeait plus, il poussait d'une voix vibrante plusieurs : — « Assez ! assez ! » — et ajoutait, comme se parlant à lui-même : — « Pourvu que nous la revoyions ; qu'il ne l'en fasse pas mourir, le misérable ! »

Bien que ces plaisanteries fussent d'un goût déplorable, elles amusaient et ne blessaient personne, car l'indignation dépend des milieux comme le reste, et l'atmosphère qui s'était peu à peu créée autour d'eux était chargée de pensées grivoises.

Au dessert, les femmes elles-mêmes firent des allusions spirituelles et discrètes. Les regards luisaient ; on avait bu beaucoup. Le comte, qui conservait même en ses écarts sa grande apparence de gravité, trouva une comparaison fort goûtée sur la fin des hivernages au pôle et la joie des naufragés qui voient s'ouvrir une route vers le sud.

Loiseau, lancé, se leva, un verre de champagne à la main : — « Je bois à notre délivrance ! » —

Tout le monde fut debout ; on l'acclamait. Les deux bonnes sœurs, elles-mêmes, sollicitées par ces dames, consentirent à tremper leurs lèvres dans ce vin mousseux dont elles n'avaient jamais goûté. Elles déclarèrent que cela ressemblait à la limonade gazeuse, mais que c'était plus fin cependant.

Loiseau résuma la situation.

— « C'est malheureux de ne pas avoir de piano parce qu'on pourrait pincer un quadrille[1]. »

Cornudet n'avait pas dit un mot, pas fait un geste ; il paraissait même plongé dans des pensées très graves, et tirait parfois, d'un geste furieux, sa grande barbe qu'il semblait vouloir allonger encore. Enfin, vers minuit, comme on allait se séparer, Loiseau qui titubait, lui tapa soudain sur le ventre et lui dit en bredouillant : — « Vous n'êtes pas farce, vous, ce soir ; vous ne dites rien, citoyen ? » — Mais Cornudet releva brusquement la tête, et parcourant la société d'un regard luisant et terrible : — « Je vous dis à tous que vous venez de faire une infamie ! » — Il se leva, gagna la porte, répéta encore une fois : « Une infamie ! » et disparut.

Cela jeta un froid d'abord. Loiseau interloqué restait bête ; mais il reprit son aplomb, puis tout à coup, se tordit en répétant : — « Ils sont trop verts mon vieux, ils sont trop verts. » — Comme on ne

1. *Pincer un quadrille* : expression populaire pour dire *s'essayer à* ou *exécuter* un quadrille (danse en vogue au XIXᵉ siècle où chaque groupe de danseurs, en nombre pair, exécute diverses figures codifiées).

comprenait pas, il raconta les «mystères du corri-
dor». Alors il y eut une reprise de gaieté formi-
dable. Ces dames s'amusaient comme des folles.
Le comte et M. Carré-Lamadon pleuraient à force
de rire. Ils ne pouvaient croire.

— «Comment! Vous êtes sûr? Il voulait…

— Je vous dis que je l'ai vu.

— Et, elle a refusé…

— Parce que le Prussien était dans la chambre à
côté.

— Pas possible?

— Je vous le jure.»

Le comte étouffait. L'industriel se comprimait le
ventre à deux mains. Loiseau continuait :

— «Et, vous comprenez, ce soir, il ne la trouve
pas drôle, mais pas du tout.»

Et tous les trois repartaient, malades, essoufflés.

On se sépara là-dessus. Mais Mme Loiseau, qui
était de la nature des orties, fit remarquer à son
mari, au moment où ils se couchaient, que «cette
chipie» de petite Carré-Lamadon avait ri jaune
toute la soirée : — «Tu sais, les femmes, quand ça
en tient pour l'uniforme, qu'il soit Français ou bien
Prussien ça leur est, ma foi, bien égal. Si ce n'est
pas une pitié, Seigneur Dieu!»

Et toute la nuit, dans l'obscurité du corridor cou-
rurent comme des frémissements, des bruits légers
à peine sensibles, pareils à des souffles, des effleu-
rements de pieds nus, d'imperceptibles craquements.
Et l'on ne dormit que très tard, assurément, car
des filets de lumière glissèrent longtemps sous les

portes. Le champagne a de ces effets-là ; il trouble, dit-on, le sommeil.

Le lendemain, un clair soleil d'hiver rendait la neige éblouissante. La diligence, attelée enfin, attendait devant la porte, tandis qu'une armée de pigeons blancs, rengorgés dans leurs plumes épaisses, avec un œil rose, taché, au milieu, d'un point noir, se promenaient gravement entre les jambes des six chevaux, et cherchaient leur vie dans le crottin fumant qu'ils éparpillaient.

Le cocher, enveloppé dans sa peau de mouton, grillait une pipe sur le siège, et tous les voyageurs radieux faisaient rapidement empaqueter des provisions pour le reste du voyage.

On n'attendait plus que Boule de suif. Elle parut.

Elle semblait un peu troublée, honteuse ; et elle s'avança timidement vers ses compagnons, qui, tous, d'un même mouvement, se détournèrent comme s'ils ne l'avaient pas aperçue. Le comte prit avec dignité le bras de sa femme et l'éloigna de ce contact impur.

La grosse fille s'arrêta, stupéfaite ; alors, ramassant tout son courage, elle aborda la femme du manufacturier d'un « bonjour, madame » humblement murmuré. L'autre fit de la tête seule un petit salut impertinent qu'elle accompagna d'un regard de vertu outragée. Tout le monde semblait affairé, et l'on se tenait loin d'elle comme si elle eût apporté une infection dans ses jupes. Puis on se précipita vers la voiture où elle arriva seule, la dernière, et reprit en silence la place qu'elle avait occupée pendant la première partie de la route.

On semblait ne pas la voir, ne pas la connaître ; mais Mme Loiseau, la considérant de loin avec indignation, dit à mi-voix à son mari : — « Heureusement que je ne suis pas à côté d'elle. »

La lourde voiture s'ébranla, et le voyage recommença.

On ne parla point d'abord. Boule de suif n'osait pas lever les yeux. Elle se sentait en même temps indignée contre tous ses voisins, et humiliée d'avoir cédé, souillée par les baisers de ce Prussien entre les bras duquel on l'avait hypocritement jetée.

Mais la comtesse, se tournant vers Mme Carré-Lamadon, rompit bientôt ce pénible silence.

— « Vous connaissez, je crois, Mme d'Étrelles ?

— Oui, c'est une de mes amies.

— Quelle charmante femme !

— Ravissante ! Une vraie nature d'élite, fort instruite d'ailleurs, et artiste jusqu'au bout des doigts ; elle chante à ravir et dessine dans la perfection. »

Le manufacturier causait avec le comte, et au milieu du fracas des vitres un mot parfois jaillissait : « Coupon — échéance — prime — à terme. »

Loiseau, qui avait chipé le vieux jeu de cartes de l'auberge engraissé par cinq ans de frottement sur les tables mal essuyées, attaqua un bésigue[1] avec sa femme.

Les bonnes sœurs prirent à leur ceinture le long rosaire qui pendait, firent ensemble le signe de la

1. *Bésigue* : jeu de cartes analogue à celui communément appelé « mariage ».

croix, et tout à coup leurs lèvres se mirent à remuer vivement se hâtant de plus en plus, précipitant leur vague murmure comme pour une course d'*oremus* ; et de temps en temps elles baisaient une médaille, se signaient de nouveau, puis recommençaient leur marmottement rapide et continu.

Cornudet songeait, immobile.

Au bout de trois heures de route, Loiseau ramassa ses cartes : — « Il fait faim », dit-il.

Alors sa femme atteignit un paquet ficelé d'où elle fit sortir un morceau de veau froid. Elle le découpa proprement par tranches minces et fermes, et tous deux se mirent à manger.

— « Si nous en faisions autant », — dit la comtesse. On y consentit et elle déballa les provisions préparées pour les deux ménages. C'était, dans un de ces vases allongés dont le couvercle porte un lièvre en faïence, pour indiquer qu'un lièvre en pâté gît au-dessous, une charcuterie succulente, où de blanches rivières de lard traversaient la chair brune du gibier, mêlée à d'autres viandes hachées fin. Un beau carré de gruyère, apporté dans un journal, gardait imprimé : « faits divers » sur sa pâte onctueuse.

Les deux bonnes sœurs développèrent un rond de saucisson qui sentait l'ail ; et Cornudet, plongeant les deux mains en même temps dans les vastes poches de son paletot sac, tira de l'une quatre œufs durs et de l'autre le croûton d'un pain. Il détacha la coque, la jeta sous ses pieds dans la paille et se mit à mordre à même les œufs, faisant

tomber sur sa vaste barbe des parcelles de jaune
clair qui semblaient, là-dedans, des étoiles.

Boule de suif, dans la hâte et l'effarement de son
lever, n'avait pu songer à rien; et elle regardait,
exaspérée, suffoquant de rage, tous ces gens qui
mangeaient placidement. Une colère tumultueuse
la crispa d'abord, et elle ouvrit la bouche pour leur
crier leur fait avec un flot d'injures qui lui montait
aux lèvres; mais elle ne pouvait pas parler tant
l'exaspération l'étranglait.

Personne ne la regardait, ne songeait à elle. Elle
se sentait noyée dans le mépris de ces gredins hon-
nêtes qui l'avaient sacrifiée d'abord, rejetée ensuite,
comme une chose malpropre et inutile. Alors elle
songea à son grand panier tout plein de bonnes
choses qu'ils avaient goulûment dévorées, à ses
deux poulets luisants de gelée, à ses pâtés, à ses
poires, à ses quatre bouteilles de bordeaux; et sa
fureur tombant soudain, comme une corde trop ten-
due qui casse, elle se sentit prête à pleurer. Elle fit
des efforts terribles, se raidit, avala ses sanglots
comme les enfants, mais les pleurs montaient, lui-
saient au bord de ses paupières, et bientôt deux
grosses larmes se détachant des yeux roulèrent len-
tement sur ses joues. D'autres les suivirent plus
rapides, coulant comme les gouttes d'eau qui fil-
trent d'une roche, et tombant régulièrement sur la
courbe rebondie de sa poitrine. Elle restait droite, le
regard fixe, la face rigide et pâle, espérant qu'on ne
la verrait pas.

Mais la comtesse s'en aperçut et prévint son

mari d'un signe. Il haussa les épaules comme pour dire : «Que voulez-vous, ce n'est pas ma faute.» Mme Loiseau eut un rire muet de triomphe et murmura : — «Elle pleure sa honte.»

Les deux bonnes sœurs s'étaient remises à prier, après avoir roulé dans un papier le reste de leur saucisson.

Alors Cornudet, qui digérait ses œufs, étendit ses longues jambes sous la banquette d'en face, se renversa, croisa ses bras, sourit comme un homme qui vient de trouver une bonne farce, et se mit à siffloter la *Marseillaise*[1].

Toutes les figures se rembrunirent. Le chant populaire, assurément, ne plaisait point à ses voisins. Ils devinrent nerveux, agacés, et avaient l'air prêts à hurler comme des chiens qui entendent un orgue de barbarie. Il s'en aperçut, ne s'arrêta plus. Parfois même il fredonnait les paroles :

> *Amour sacré de la patrie,*
> *Conduis, soutiens, nos bras vengeurs,*
> *Liberté, liberté chérie,*
> *Combats avec tes défenseurs !*

On fuyait plus vite, la neige étant plus dure ; et jusqu'à Dieppe, pendant les longues heures mornes du voyage, à travers les cahots du chemin, par la

1. En 1880, *La Marseillaise* n'est hymne national que depuis un an seulement. Avant cette date, elle gardait, pour certains, un caractère séditieux.

nuit tombante, puis dans l'obscurité profonde de la voiture, il continua, avec une obstination féroce, son sifflement vengeur et monotone, contraignant les esprits las et exaspérés à suivre le chant d'un bout à l'autre, à se rappeler chaque parole qu'ils appliquaient sur chaque mesure.

Et Boule de suif pleurait toujours; et parfois un sanglot qu'elle n'avait pu retenir passait, entre deux couplets, dans les ténèbres.

AUPRÈS D'UN MORT [1]

Il s'en allait mourant, comme meurent les poitrinaires. Je le voyais chaque jour s'asseoir, vers deux heures, sous les fenêtres de l'hôtel, en face de la mer tranquille, sur un banc de la promenade. Il restait quelque temps immobile dans la chaleur du soleil, contemplant d'un œil morne la Méditerranée. Parfois il jetait un regard sur la haute montagne aux sommets vaporeux, qui enferme Menton ; puis il croisait, d'un mouvement très lent, ses longues jambes, si maigres qu'elles semblaient deux os,

1. Première publication dans *Gil Blas* du 30 janvier 1883. L'influence de Schopenhauer (1788-1860) sur Maupassant est considérable. Il doit au philosophe allemand l'essentiel de son pessimisme. Il le connaît à travers la traduction des *Pensées et fragments* par J. Bourdeau (1880). C'est à la préface de ce dernier qu'il emprunte probablement plusieurs détails du présent conte. Les grandes lignes de la pensée de Schopenhauer étaient alors largement répandues, non seulement chez les écrivains, mais aussi parmi le grand public. Sur cette question, voir : René-Pierre Colin, *Schopenhauer en France*, Presses Universitaires de Lyon, 1979 ; et Anne Henry, «L'Héritage français d'un vieux prophète», *Critique*, déc. 1988.

autour desquels flottait le drap du pantalon, et il ouvrait un livre, toujours le même [1].

Alors il ne remuait plus, il lisait, il lisait de l'œil et de la pensée ; tout son pauvre corps expirant semblait lire, toute son âme s'enfonçait, se perdait, disparaissait dans ce livre jusqu'à l'heure où l'air rafraîchi le faisait un peu tousser. Alors il se levait et rentrait.

C'était un grand Allemand à barbe blonde, qui déjeunait et dînait dans sa chambre, et ne parlait à personne.

Une vague curiosité m'attira vers lui. Je m'assis un jour à son côté, ayant pris aussi, pour me donner une contenance, un volume des poésies de Musset.

Et je me mis à parcourir *Rolla*.

Mon voisin me dit tout à coup, en bon français :

— Savez-vous l'allemand, monsieur ?

— Nullement, monsieur.

— Je le regrette. Puisque le hasard nous met côte à côte, je vous aurais prêté, je vous aurais fait voir une chose inestimable : ce livre que je tiens là.

— Qu'est-ce donc ?

— C'est un exemplaire de mon maître Schopenhauer, annoté de sa main. Toutes les marges, comme vous le voyez, sont couvertes de son écriture.

Je pris le livre avec respect et je contemplai ces formes incompréhensibles pour moi, mais qui

1. « Première neige » reprendra les mêmes notations, qu'on trouve aussi dans le volume *Sur l'eau* (Folio classique, p. 56).

révélaient l'immortelle pensée du plus grand sac-
cageur de rêves qui ait passé sur la terre.

Et les vers de Musset éclatèrent dans ma mémoire :

Dors-tu content, Voltaire, et ton hideux sourire
Voltige-t-il encore sur tes os décharnés [1] *?*

Et je comparais involontairement le sarcasme
enfantin, le sarcasme religieux de Voltaire à l'irré-
sistible ironie du philosophe allemand dont l'in-
fluence est désormais ineffaçable.

Qu'on proteste et qu'on se fâche, qu'on s'in-
digne ou qu'on s'exalte, Schopenhauer a marqué
l'humanité du sceau de son dédain et de son désen-
chantement.

Jouisseur désabusé, il a renversé les croyances,
les espoirs, les poésies, les chimères, détruit les aspi-
rations, ravagé la confiance des âmes, tué l'amour,
abattu le culte idéal de la femme, crevé les illusions
des cœurs, accompli la plus gigantesque besogne de
sceptique qui ait jamais été faite. Il a tout traversé
de sa moquerie, et tout vidé. Et aujourd'hui même,
ceux qui l'exècrent semblent porter, malgré eux, en
leurs esprits, des parcelles de sa pensée [2].

— Vous avez donc connu particulièrement Scho-
penhauer ? dis-je à l'Allemand.

1. Ces deux vers célèbres sont extraits de la IVe partie de
Rolla.
2. On trouverait des opinions analogues sur l'influence de
Schopenhauer chez Paul Bourget, Edmond de Goncourt et Zola.

Il sourit tristement.

— Jusqu'à sa mort, monsieur.

Et il me parla de lui, il me raconta l'impression presque surnaturelle que faisait cet être étrange à tous ceux qui l'approchaient.

Il me dit l'entrevue du vieux démolisseur avec un politicien français[1], républicain doctrinaire, qui voulut voir cet homme et le trouva dans une brasserie tumultueuse, assis au milieu de disciples, sec, ridé, riant d'un inoubliable rire, mordant et déchirant les idées et les croyances d'une seule parole, comme un chien d'un coup de dents déchire les tissus avec lesquels il joue.

Il me répéta le mot de ce Français, s'en allant effaré, épouvanté et s'écriant :

« J'ai cru passer une heure avec le diable. »

Puis il ajouta :

— Il avait, en effet, monsieur, un effrayant sourire, qui nous fit peur, même après sa mort. C'est une anecdote presque inconnue que je peux vous conter si elle vous intéresse.

Et il commença, d'une voix fatiguée, que des quintes de toux interrompaient par moments :

— Schopenhauer venait de mourir, et il fut décidé que nous le veillerions tour à tour, deux par deux, jusqu'au matin.

1. Challemel-Lacour, qui avait écrit un article sur Schopenhauer dans *La Revue des Deux Mondes* (15 mars 1870), et à propos duquel J. Bourdeau cite une anecdote semblable.

Il était couché dans une grande chambre très simple, vaste et sombre. Deux bougies brûlaient sur la table de nuit.

C'est à minuit que je pris la garde, avec un de nos camarades. Les deux amis que nous remplacions sortirent, et nous vînmes nous asseoir au pied du lit.

La figure n'était point changée. Elle riait. Ce pli que nous connaissions si bien se creusait au coin des lèvres, et il nous semblait qu'il allait ouvrir les yeux, remuer, parler. Sa pensée ou plutôt ses pensées nous enveloppaient; nous nous sentions plus que jamais dans l'atmosphère de son génie, envahis, possédés par lui. Sa domination nous semblait même plus souveraine maintenant qu'il était mort. Un mystère se mêlait à la puissance de cet incomparable esprit.

Le corps de ces hommes-là disparaît, mais ils restent, eux; et, dans la nuit qui suit l'arrêt de leur cœur, je vous assure, monsieur, qu'ils sont effrayants.

Et, tout bas, nous parlions de lui, nous rappelant des paroles, des formules, ces surprenantes maximes qui semblent des lumières jetées, par quelques mots, dans les ténèbres de la Vie inconnue.

— Il me semble qu'il va parler, dit mon camarade. Et nous regardions, avec une inquiétude touchant à la peur, le visage immobile et riant toujours.

Peu à peu nous nous sentions mal à l'aise, oppressés, défaillants. Je balbutiai :

— Je ne sais pas ce que j'ai, mais je t'assure que je suis malade.

Et nous nous aperçûmes alors que le cadavre sentait mauvais.

Alors mon compagnon me proposa de passer dans la chambre voisine, en laissant la porte ouverte ; et j'acceptai.

Je pris une des bougies qui brûlaient sur la table de nuit et je laissai la seconde, et nous allâmes nous asseoir à l'autre bout de l'autre pièce, de façon à voir de notre place le lit et le mort, en pleine lumière.

Mais il nous obsédait toujours ; on eût dit que son être immatériel, dégagé, libre, tout-puissant et dominateur, rôdait autour de nous. Et parfois aussi l'odeur infâme du corps décomposé nous arrivait, nous pénétrait, écœurante et vague.

Tout à coup, un frisson nous passa dans les os : un bruit, un petit bruit était venu de la chambre du mort. Nos regards furent aussitôt sur lui, et nous vîmes, oui, monsieur, nous vîmes parfaitement l'un et l'autre, quelque chose de blanc courir sur le lit, tomber à terre sur le tapis, et disparaître sous un fauteuil.

Nous fûmes debout avant d'avoir eu le temps de penser à rien, fous d'une terreur stupide, prêts à fuir. Puis nous nous sommes regardés. Nous étions horriblement pâles. Nos cœurs battaient à soulever le drap de nos habits. Je parlai le premier.

— Tu as vu ?…

— Oui, j'ai vu.

— Est-ce qu'il n'est pas mort ?

— Mais puisqu'il entre en putréfaction ?

— Qu'allons-nous faire ?

Mon compagnon prononça en hésitant :

— Il faut aller voir.

Je pris notre bougie, et j'entrai le premier, fouillant de l'œil toute la grande pièce aux coins noirs. Rien ne remuait plus ; et je m'approchai du lit. Mais je demeurai saisi de stupeur et d'épouvante ; Schopenhauer ne riait plus ! Il grimaçait d'une horrible façon, la bouche serrée, les joues creusées profondément. Je balbutiai :

— Il n'est pas mort !

Mais l'odeur épouvantable me montait au nez, me suffoquait. Et je ne remuais plus, le regardant fixement, effaré comme devant une apparition.

Alors mon compagnon, ayant pris l'autre bougie, se pencha. Puis il me toucha le bras sans dire un mot. Je suivis son regard, et j'aperçus à terre, sous le fauteuil à côté du lit, tout blanc sur le sombre tapis, ouvert comme pour mordre, le râtelier de Schopenhauer.

Le travail de la décomposition, desserrant les mâchoires, l'avait fait jaillir de la bouche.

J'ai eu vraiment peur, ce jour-là, monsieur[1].

Et, comme le soleil s'approchait de la mer étincelante, l'Allemand phtisique se leva, me salua, et regagna l'hôtel.

1. Le thème de la peur va devenir de plus en plus important, chez Maupassant, à partir de cette date.

LA SERRE [1]

M. et Mme Lerebour avaient le même âge. Mais monsieur paraissait plus jeune, bien qu'il fût le plus affaibli des deux. Ils vivaient près de Mantes dans une jolie campagne [2] qu'ils avaient créée après fortune faite en vendant des rouenneries [3].

La maison était entourée d'un beau jardin contenant basse-cour, kiosques chinois et une petite serre tout au bout de la propriété. M. Lerebour était court, rond et jovial, d'une jovialité de boutiquier bon vivant. Sa femme, maigre, volontaire et toujours mécontente, n'était point parvenue à vaincre la bonne humeur de son mari. Elle se teignait les cheveux, lisait parfois des romans qui lui faisaient passer des rêves dans l'âme bien qu'elle affectât de mépriser ces sortes d'écrits. On la déclarait pas-

1. Préoriginale : *Gil Blas*, 26 juin 1883.
2. Le mot *campagne* a le sens de maison de campagne, propriété rurale.
3. Les *rouenneries* étaient des toiles de coton de couleur, originellement fabriquées à Rouen.

sionnée, sans qu'elle eût jamais rien fait pour auto-
riser cette opinion. Mais son époux disait parfois :
« Ma femme, c'est une gaillarde ! » avec un certain
air entendu qui éveillait des suppositions.

Depuis quelques années cependant elle se mon-
trait agressive avec M. Lerebour, toujours irritée et
dure, comme si un chagrin secret et inavouable l'eût
torturée. Une sorte de mésintelligence en résulta. Ils
ne se parlaient plus qu'à peine, et madame, qui
s'appelait Palmyre, accablait sans cesse monsieur,
qui s'appelait Gustave, de compliments désobli-
geants, d'allusions blessantes, de paroles acerbes,
sans raison apparente.

Il courbait le dos, ennuyé mais gai quand même,
doué d'un tel fonds de contentement qu'il pre-
nait son parti de ces tracasseries intimes. Il se
demandait cependant quelle cause inconnue pou-
vait aigrir ainsi de plus en plus sa compagne, car
il sentait bien que son irritation avait une raison
cachée, mais si difficile à pénétrer qu'il y perdait
ses efforts.

Il lui demandait souvent : « Voyons, ma bonne,
dis-moi ce que tu as contre moi ! Je sens que tu me
dissimules quelque chose. »

Elle répondait invariablement : « Mais je n'ai
rien, absolument rien. D'ailleurs, si j'avais quelque
sujet de mécontentement, ce serait à toi de le devi-
ner. Je n'aime pas les hommes qui ne comprennent
rien, qui sont tellement mous et incapables qu'il
faut venir à leur aide pour qu'ils saisissent la
moindre des choses. »

Il murmurait, découragé : « Je vois bien que tu ne veux rien dire. »

Et il s'éloignait en cherchant le mystère.

Les nuits surtout devenaient très pénibles pour lui ; car ils partageaient toujours le même lit, comme on fait dans les bons et simples ménages. Il n'était point alors de vexations dont elle n'usât à son égard. Elle choisissait le moment où ils étaient étendus côte à côte pour l'accabler de ses railleries les plus vives. Elle lui reprochait principalement d'engraisser : « Tu tiens toute la place, tant tu deviens gros. Et tu me sues dans le dos comme du lard fondu. Si tu crois que cela m'est agréable ! »

Elle le forçait à se relever sous le moindre prétexte, l'envoyant chercher en bas un journal qu'elle avait oublié, ou la bouteille d'eau de fleurs d'oranger qu'il ne trouvait pas, car elle l'avait cachée. Et elle s'écriait d'un ton furieux et sarcastique : « Tu devrais pourtant savoir où on trouve ça, grand nigaud ! » Lorsqu'il avait erré pendant une heure dans la maison endormie et qu'il remontait les mains vides, elle lui disait pour tout remerciement : « Allons, recouche-toi, ça te fera maigrir de te promener un peu, tu deviens flasque comme une éponge. »

Elle le réveillait à tout moment en affirmant qu'elle souffrait de crampes d'estomac, et exigeait qu'il lui frictionnât le ventre avec de la flanelle imbibée d'eau de Cologne. Il s'efforçait de la guérir, désolé de la voir malade ; et il proposait d'aller réveiller Céleste, leur bonne. Alors, elle se fâchait tout à fait, criant : « Faut-il qu'il soit bête, ce din-

don-là. Allons! c'est fini, je n'ai plus mal, rendors-toi, grande chiffe. »

Il demandait : « C'est bien sûr que tu ne souffres plus ? »

Elle lui jetait durement dans la figure : « Oui, tais-toi, laisse-moi dormir. Ne m'embête pas davantage. Tu es incapable de rien faire, même de frictionner une femme. »

Il se désespérait : « Mais… ma chérie… »

Elle s'exaspérait : « Pas de mais… Assez, n'est-ce pas. Fiche-moi la paix, maintenant. »

Et elle se tournait vers le mur.

*

Or une nuit, elle le secoua si brusquement, qu'il fit un bond de peur et se trouva sur son séant avec une rapidité qui ne lui était pas habituelle.

Il balbutia : « Quoi ?.. Qu'y a-t-il ?… »

Elle le tenait par le bras et le pinçait à le faire crier. Elle lui souffla dans l'oreille : « J'ai entendu du bruit dans la maison. »

Accoutumé aux fréquentes alertes de Mme Lerebour, il ne s'inquiéta pas outre mesure, et demanda tranquillement : « Quel bruit, ma chérie ? »

Elle tremblait, comme affolée, et répondit : « Du bruit… mais du bruit… des bruits de pas… Il y a quelqu'un. »

Il demeurait incrédule : « Quelqu'un ? Tu crois ? Mais non ; tu dois te tromper. Qui veux-tu que ce soit, d'ailleurs ? »

Elle frémissait : « Qui ?... qui ?... Mais des voleurs, imbécile ! »

Il se renfonça doucement dans ses draps : « Mais non, ma chérie, il n'y a personne, tu as rêvé, sans doute. »

Alors, elle rejeta la couverture, et, sautant du lit, exaspérée : « Mais tu es donc aussi lâche qu'incapable ! Dans tous les cas, je ne me laisserai pas massacrer grâce à ta pusillanimité. »

Et saisissant les pinces de la cheminée, elle se porta debout, devant la porte verrouillée, dans une attitude de combat.

Ému par cet exemple de vaillance, honteux peut-être, il se leva à son tour en rechignant, et, sans quitter son bonnet de coton, il prit la pelle et se plaça vis-à-vis de sa moitié.

Ils attendirent vingt minutes dans le plus grand silence. Aucun bruit nouveau ne troubla le repos de la maison. Alors, madame, furieuse, regagna son lit en déclarant : « Je suis sûre pourtant qu'il y avait quelqu'un. »

Pour éviter quelque querelle, il ne fit aucune allusion pendant le jour à cette panique.

Mais, la nuit suivante, Mme Lerebour réveilla son mari avec plus de violence encore que la veille, et, haletante, elle bégayait : « Gustave, Gustave, on vient d'ouvrir la porte du jardin. »

Étonné de cette persistance, il crut sa femme atteinte de somnambulisme et il allait s'efforcer de secouer ce sommeil dangereux quand il lui sembla

entendre, en effet, un bruit léger sous les murs de la maison.

Il se leva, courut à la fenêtre, et il vit, oui, il vit une ombre blanche qui traversait vivement une allée.

Il murmura, défaillant : « Il y a quelqu'un ! » Puis il reprit ses sens, s'affermit, et, soulevé tout à coup par une formidable colère de propriétaire dont on a violé la clôture, il prononça : « Attendez, attendez, vous allez voir ! »

Il s'élança vers le secrétaire, l'ouvrit, prit son revolver, et se précipita dans l'escalier.

Sa femme éperdue le suivait en criant : « Gustave, Gustave, ne m'abandonne pas, ne me laisse pas seule, Gustave ! Gustave ! »

Mais il ne l'écoutait guère ; il tenait déjà la porte du jardin.

Alors elle remonta bien vite se barricader dans la chambre conjugale.

*

Elle attendit cinq minutes, dix minutes, un quart d'heure. Une terreur folle l'envahissait. Ils l'avaient tué sans doute, saisi, garrotté, étranglé. Elle eût mieux aimé entendre retentir les six coups de revolver, savoir qu'il se battait, qu'il se défendait. Mais ce grand silence, ce silence effrayant de la campagne la bouleversait.

Elle sonna Céleste. Céleste ne vint pas, ne répondit point. Elle sonna de nouveau, défaillante, prête à

perdre connaissance. La maison entière demeura muette.

Elle colla contre la vitre son front brûlant, cherchant à pénétrer les ténèbres du dehors. Elle ne distinguait rien que les ombres plus noires des massifs à côté des traces grises des chemins.

La demie de minuit sonna. Son mari était absent depuis quarante-cinq minutes. Elle ne le reverrait plus ! Non ! certainement elle ne le reverrait plus ! Et elle tomba à genoux en sanglotant.

Deux coups légers contre la porte de la chambre la firent se redresser d'un bond. M. Lerebour l'appelait : « Ouvre donc, Palmyre, c'est moi. » Elle s'élança, ouvrit, et, debout devant lui, les poings sur les hanches, les yeux encore pleins de larmes : « D'où viens-tu ? sale bête ! Ah ! tu me laisses comme ça à crever de peur toute seule ; ah ! tu ne t'inquiètes pas plus de moi que si je n'existais pas !… »

Il avait refermé la porte ; et il riait, il riait comme un fou, les deux joues fendues par sa bouche, les mains sur son ventre, les yeux humides.

Mme Lerebour, stupéfaite, se tut.

Il bégayait : « C'était… c'était… Céleste qui avait un… un… un rendez-vous dans la serre… Si tu savais ce que… ce que… ce que j'ai vu[1]… »

Elle était devenue blême, étouffant d'indignation. « Hein ?… tu dis ?… Céleste ?… chez moi ?…

1. La notation de ce rendez-vous dans la serre fait écho à un célèbre passage de *La Curée* (IVᵉ partie) ; un peu auparavant, dans le roman de Zola, il est question de la bonne de Renée Saccard, nommée Céleste comme ici. Simple hasard ?

dans ma… ma… ma maison… dans ma… ma… dans ma serre. Et tu n'as pas tué l'homme, un complice ! Tu avais un revolver et tu ne l'as pas tué ?… Chez moi… chez moi !… »

Elle s'assit, n'en pouvant plus.

Il battit un entrechat, fit les castagnettes avec ses doigts, claqua de la langue, et, riant toujours : « Si tu savais… si tu savais… »

Brusquement, il l'embrassa.

Elle se débarrassa de lui. Et, la voix coupée par la colère : « Je ne veux pas que cette fille reste un jour de plus chez moi, tu entends ? Pas un jour… pas une heure ! Quand elle va rentrer, nous allons la jeter dehors… »

M. Lerebour avait saisi sa femme par la taille et il lui plantait des rangs de baisers dans le cou, des baisers à bruits, comme jadis. Elle se tut de nouveau, percluse d'étonnement. Mais lui, la tenant à pleins bras, l'entraînait doucement vers le lit…

Vers neuf heures et demie du matin, Céleste, étonnée de ne pas voir encore ses maîtres qui se levaient toujours de bonne heure, vint frapper doucement à leur porte.

Ils étaient couchés, et ils causaient gaiement côte à côte. Elle demeura saisie, et demanda : « Madame, c'est le café au lait. »

Mme Lerebour prononça d'une voix très douce : « Apporte-le ici, ma fille, nous sommes un peu fatigués, nous avons très mal dormi. »

À peine la bonne fut-elle sortie que M. Lerebour

se remit à rire en chatouillant sa femme et répétant : « Si tu savais ! Oh ! si tu savais ! » Mais elle lui prit les mains : « Voyons, reste tranquille, mon chéri, si tu ris tant que ça, tu vas te faire du mal. »

Et elle l'embrassa, doucement, sur les yeux.

Mme Lerebour n'a plus d'aigreurs. Par les nuits claires, quelquefois, les deux époux vont, à pas furtifs, le long des massifs et des plates-bandes jusqu'à la petite serre au bout du jardin. Et ils restent là blottis l'un près de l'autre contre le vitrage comme s'ils regardaient au dedans une chose étrange et pleine d'intérêt.

Ils ont augmenté les gages de Céleste.

M. Lerebour a maigri.

LA MOUSTACHE[1]

Château de Solles, lundi 30 juillet 1883[2]

Ma chère Lucie, rien de nouveau. Nous vivons
dans le salon en regardant tomber la pluie[3]. On ne
peut guère sortir par ces temps affreux ; alors nous
jouons la comédie. Qu'elles sont bêtes, ô ma ché-
rie, les pièces de salon du répertoire actuel. Tout y
est forcé, grossier, lourd. Les plaisanteries portent
à la façon des boulets de canon, en cassant tout.
Pas d'esprit, pas de naturel, pas de bonne humeur,

1. Première publication dans *Gil Blas* du 31 juillet 1883.
Repris dans la deuxième édition du recueil *Toine* (1886).
2. Le nom du château paraît imaginaire. En revanche, le
30 juillet 1883 était bien un lundi ; de plus, c'était précisément
le jour où paraissait ce conte, car les numéros de *Gil Blas*
étaient datés du lendemain (on achetait donc le 30 le numéro
marqué du 31). Le lecteur avait vraiment l'impression d'une
lettre « au présent ».
3. Cette année-là, juillet fut, effectivement, frais et pluvieux ;
on voit, sur cet exemple, quels éléments de vraisemblance
(aujourd'hui imperceptibles) Maupassant utilisait à l'égard de
ses lecteurs.

aucune élégance[1]. Ces hommes de lettres, vraiment, ne savent rien du monde. Ils ignorent tout à fait comment on pense et comment on parle chez nous. Je leur permettrais parfaitement de mépriser nos usages, nos conventions et nos manières, mais je ne leur permets point de ne les pas connaître. Pour être fins, ils font des jeux de mots qui seraient bons à dérider une caserne ; pour être gais, ils nous servent de l'esprit qu'ils ont dû cueillir sur les hauteurs du boulevard extérieur dans ces brasseries dites d'artistes où on répète, depuis cinquante ans, les mêmes paradoxes d'étudiants[2].

Enfin nous jouons la comédie. Comme nous ne sommes que deux femmes, mon mari remplit les rôles de soubrette, et pour cela il s'est rasé. Tu ne te figures pas, ma chère Lucie, comme ça le change ! Je ne le reconnais plus… ni le jour ni la nuit. S'il ne laissait pas repousser immédiatement sa moustache, je crois que je lui deviendrais infidèle, tant il me déplaît ainsi.

Vraiment, un homme sans moustache n'est plus un homme. Je n'aime pas beaucoup la barbe ; elle

1. Saynètes et monologues, pièces pour théâtres de campagne, dont Tresse et Ollendorff publiaient des volumes, sont visés ici. La plupart étaient d'une affligeante médiocrité.
2. C'est sur le boulevard de Clichy que l'on trouvait les plus célèbres de ces brasseries d'artistes, notamment la Nouvelle-Athènes que fréquentaient les futurs impressionnistes. C'est dans l'entourage d'un de ces établissements (le café La Rochefoucauld) que Maupassant fit la connaissance du peintre Gervex. L'atmosphère de ces débits de boissons est évoquée dans « Une soirée » (ci-dessous, p. 138 et note 1).

donne presque toujours l'air négligé, mais la moustache, oh! la moustache est indispensable à une physionomie virile. Non, jamais tu ne pourrais imaginer comme cette petite brosse de poils sur la lèvre est utile à l'œil et... aux... relations entre époux. Il m'est venu sur cette matière un tas de réflexions que je n'ose guère t'écrire. Je te les dirai volontiers... tout bas. Mais les mots sont si difficiles à trouver pour exprimer certaines choses, et certains d'entre eux, qu'on ne peut guère remplacer, ont sur le papier une si vilaine figure, que je ne peux les tracer. Et puis, le sujet est si difficile, si délicat, si scabreux qu'il faudrait une science infinie pour l'aborder sans danger.

Enfin! tant pis si tu ne me comprends pas. Et puis, ma chère, tâche un peu de lire entre les lignes.

Oui, quand mon mari m'est arrivé rasé, j'ai compris d'abord que je n'aurais jamais de faiblesse pour un cabotin, ni pour un prédicateur, fût-il le père Didon, le plus séduisant de tous[1]! Puis, quand je me suis trouvée, plus tard, seule avec lui (mon mari), ce fut bien pis. Oh! ma chère Lucie, ne te laisse jamais embrasser par un homme sans moustaches; ses baisers n'ont aucun goût, aucun, aucun! Cela n'a plus ce charme, ce moelleux et ce... poivre, oui, ce poivre du vrai baiser. La moustache en est le piment.

1. Le Père Henri Didon (1840-1900), célèbre prédicateur dominicain, faisait l'admiration des dames de la bonne société. Maupassant lui rendit visite, en 1880, au monastère de Corbara, en Corse. Sur cette «séduction» du religieux, lire la chronique «Galanterie sacrée» (*Gil Blas*, 17 novembre 1881).

Figure-toi qu'on t'applique sur la lèvre un parchemin sec… ou humide. Voilà la caresse de l'homme rasé. Elle n'en vaut plus la peine assurément.

D'où vient donc la séduction de la moustache, me diras-tu? Le sais-je? D'abord elle chatouille d'une façon délicieuse. On la sent avant la bouche et elle vous fait passer dans tout le corps jusqu'au bout des pieds un frisson charmant. C'est elle qui caresse, qui fait frémir et tressaillir la peau, qui donne aux nerfs cette vibration exquise qui fait pousser ce petit «ah!» comme si on avait grand froid.

Et sur le cou! Oui, as-tu jamais senti une moustache sur ton cou! Cela vous grise et vous crispe, vous descend dans le dos, vous court au bout des doigts. On se tord, on secoue ses épaules, on renverse la tête; on voudrait fuir et rester; c'est adorable et irritant! Mais que c'est bon!

Et puis encore… vraiment, je n'ose plus? Un mari qui vous aime, mais là, tout à fait, sait trouver un tas de petits coins où cacher des baisers, des petits coins dont on ne s'aviserait guère toute seule. Eh bien, sans moustache, ces baisers-là perdent aussi beaucoup de leur goût, sans compter qu'ils deviennent presque inconvenants! Explique cela comme tu pourras. Quant à moi, voici la raison que j'en ai trouvée. Une lèvre sans moustaches est nue comme un corps sans vêtements; et, il faut toujours des vêtements, très peu si tu veux, mais il en faut!

Le créateur (je n'ose point écrire un autre mot en parlant de ces choses), le créateur a eu soin de voi-

ler ainsi tous les abris de notre chair où devait se cacher l'amour. Une bouche rasée me paraît ressembler à un bois abattu autour de quelque fontaine où l'on allait boire et dormir.

Cela me rappelle une phrase (d'un homme politique) qui me trotte depuis trois mois dans la cervelle. Mon mari, qui suit les journaux, m'a lu, un soir, un bien singulier discours de notre ministre de l'Agriculture qui s'appelait alors M. Méline[1]. A-t-il été remplacé par quelque autre ? Je l'ignore.

Je n'écoutais pas, mais ce nom, Méline, m'a frappée. Il m'a rappelé, je ne sais trop pourquoi, les *Scènes de la vie de bohème*[2]. J'ai cru qu'il s'agissait d'une grisette. Voilà comment quelques bribes de ce morceau me sont entrées dans la tête. Donc M. Méline faisait aux habitants d'Amiens[3], je crois, cette déclaration dont je cherchais jusqu'ici le sens : « Il n'y a pas de patriotisme sans agriculture ! » Eh bien, ce sens, je l'ai trouvé tout à l'heure ; et je te déclare à mon tour qu'il n'y a pas d'amour sans moustache. Quand on le dit comme ça, ça semble drôle, n'est-ce pas ?

Il n'y a point d'amour sans moustache !

« Il n'y a point de patriotisme sans agriculture »,

1. Jules Méline (1838-1925) était ministre de l'Agriculture depuis février 1883. Il le resta jusqu'en 1885.
2. Célèbre roman d'Henri Murger, publié en revue de 1847 à 1849. Maupassant a déjà fait allusion, dans « Au printemps » (dans le recueil *La Maison Tellier*), à la pièce tirée de cette œuvre.
3. Il est exact que Méline s'est rendu à Amiens, en mai 1883, à l'occasion du concours régional.

affirmait M. Méline ; et il avait raison, ce ministre, je le pénètre à présent !

À un tout autre point de vue, la moustache est essentielle. Elle détermine la physionomie. Elle vous donne l'air doux, tendre, violent, croquemitaine, bambocheur, entreprenant ! L'homme barbu, vraiment barbu, celui qui porte tout son poil (oh ! le vilain mot) sur les joues n'a jamais de finesse dans le visage, les traits étant cachés. Et la forme de la mâchoire et du menton dit bien des choses, à qui sait voir.

L'homme à moustaches garde son allure propre et sa finesse en même temps.

Et que d'aspects variés elles ont, ces moustaches ! Tantôt elles sont retournées, frisées, coquettes. Celles-là semblent aimer les femmes avant tout !

Tantôt elles sont pointues, aiguës comme des aiguilles, menaçantes. Celles-là préfèrent le vin, les chevaux et les batailles.

Tantôt elles sont énormes, tombantes, effroyables. Ces grosses-là dissimulent généralement un caractère excellent, une bonté qui touche à la faiblesse et une douceur qui confine à la timidité.

Et puis, ce que j'adore d'abord dans la moustache, c'est qu'elle est française, bien française. Elle nous vient de nos pères les Gaulois, et elle est demeurée le signe de notre caractère national enfin.

Elle est hâbleuse, galante et brave. Elle se mouille gentiment au vin et sait rire avec élégance, tandis que les larges mâchoires barbues sont lourdes en tout ce qu'elles font.

Tiens, je me rappelle une chose qui m'a fait pleurer toutes mes larmes, et qui m'a fait aussi, je m'en aperçois à présent, aimer les moustaches sur les lèvres des hommes.

C'était pendant la guerre[1], chez papa. J'étais jeune fille, alors. Un jour on se battit près du château. J'avais entendu depuis le matin le canon et la fusillade, et le soir un colonel allemand entra chez nous et s'y installa. Puis il partit le lendemain. On vint prévenir père qu'il y avait beaucoup de morts dans les champs. Il les fit ramasser et apporter chez nous pour les enterrer ensemble. On les couchait, tout le long de la grande avenue de sapins, des deux côtés, à mesure qu'on les apportait ; et comme ils commençaient à sentir mauvais, on leur jetait de la terre sur le corps en attendant qu'on eût creusé la grande fosse. De la sorte, on n'apercevait plus que leurs têtes qui semblaient sortir du sol, jaunes comme lui, avec leurs yeux fermés.

Je voulus les voir ; mais quand j'aperçus ces deux grandes lignes de figures affreuses, je crus que j'allais me trouver mal : puis je me mis à les examiner, une à une, cherchant à deviner ce qu'avaient été ces hommes.

Les uniformes étaient ensevelis, cachés sous la terre, et pourtant tout à coup, oui, ma chérie, tout à coup je reconnus les Français, à leur moustache !

Quelques-uns s'étaient rasés le jour même du combat, comme s'ils eussent voulu être coquets

1. *La guerre* : celle de 1870.

jusqu'au dernier moment! Leur barbe cependant avait un peu repoussé, car tu sais qu'elle pousse encore après la mort. D'autres semblaient l'avoir de huit jours; mais tous enfin portaient la moustache française, bien distincte, la fière moustache, qui semblait dire : «Ne me confonds pas avec mon ami barbu, petite, je suis un frère.»

Et j'ai pleuré, oh! j'ai pleuré bien plus que si je ne les avais pas reconnus ainsi, ces pauvres morts.

J'ai eu tort de te conter cela. Me voici triste maintenant et incapable de bavarder plus longtemps. Allons, adieu, ma chère Lucie, je t'embrasse de tout mon cœur. Vive la moustache[1]!

<div style="text-align:right">Jeanne.</div>

Pour copie conforme :
<div style="text-align:right">Guy de Maupassant[2].</div>

1. Ce conte est une fantaisie sans rime ni raison, passant volontairement du coq à l'âne, à la façon de ces jeunes femmes que Maupassant adore pour leur physique plus que pour leur esprit.

2. Dans *Gil Blas*, ce conte était signé Maufrigneuse. Ce pseudonyme balzacien est celui sous lequel Maupassant publia la plupart de ses contes du *Gil Blas*. Cet anonymat ne trompait personne.

UN DUEL [1]

La guerre était finie ; les Allemands occupaient la France ; le pays palpitait comme un lutteur vaincu tombé sous le genou du vainqueur [2].

De Paris affolé, affamé, désespéré, les premiers trains sortaient, allant aux frontières nouvelles [3], traversant avec lenteur les campagnes et les villages. Les premiers voyageurs regardaient par les portières les plaines ruinées et les hameaux incendiés. Devant les portes des maisons restées debout, des soldats prussiens, coiffés du casque noir à la pointe de cuivre, fumaient leur pipe, à cheval sur des chaises. D'autres travaillaient ou causaient comme s'ils eussent fait partie des familles. Quand on passait les villes, on voyait des régiments entiers manœuvrant sur les places, et, malgré le bruit des

1. Paru dans *Le Gaulois* du 14 août 1883.
2. Les préliminaires de paix furent ratifiés par l'Assemblée le 1er mars 1871. Les Allemands se retirèrent de Paris le 2.
3. Au moment de conclure la paix, Bismarck avait exigé de la France la cession de l'Alsace et d'un tiers de la Lorraine.

roues, les commandements rauques arrivaient par instants.

M. Dubuis, qui avait fait partie de la garde nationale[1] de Paris pendant toute la durée du siège, allait rejoindre en Suisse sa femme et sa fille, envoyées par prudence à l'étranger, avant l'invasion.

La famine et les fatigues n'avaient point diminué son gros ventre de marchand riche et pacifique. Il avait subi les événements terribles avec une résignation désolée et des phrases amères sur la sauvagerie des hommes. Maintenant qu'il gagnait la frontière, la guerre finie, il voyait pour la première fois des Prussiens, bien qu'il eût fait son devoir sur les remparts et monté bien des gardes par les nuits froides.

Il regardait avec une terreur irritée ces hommes armés et barbus installés comme chez eux sur la terre de France, et il se sentait à l'âme une sorte de fièvre de patriotisme impuissant, en même temps que ce grand besoin, que cet instinct nouveau de prudence qui ne nous a plus quittés.

Dans son compartiment, deux Anglais, venus pour voir, regardaient de leurs yeux tranquilles et curieux. Ils étaient gros aussi tous deux et causaient en leur langue, parcourant parfois leur guide, qu'ils lisaient à haute voix en cherchant à bien reconnaître les lieux indiqués.

Tout à coup, le train s'étant arrêté à la gare d'une petite ville, un officier prussien monta avec

1. Voir «Boule de Suif», note 1 de la page 32.

son grand bruit de sabre sur le double marchepied du wagon. Il était grand, serré dans son uniforme et barbu jusqu'aux yeux. Son poil roux semblait flamber, et ses longues moustaches, plus pâles, s'élançaient des deux côtés du visage qu'elles coupaient en travers.

Les Anglais aussitôt se mirent à le contempler avec des sourires de curiosité satisfaite, tandis que M. Dubuis faisait semblant de lire un journal. Il se tenait blotti dans son coin, comme un voleur en face d'un gendarme.

Le train se remit en marche. Les Anglais continuaient à causer, à chercher les lieux précis des batailles ; et soudain, comme l'un d'eux tendait le bras vers l'horizon en indiquant un village, l'officier prussien prononça en français, en étendant ses longues jambes et se renversant sur le dos :

— Ché tué touze Français tans ce fillage. Ché bris plus te cent brisonniers.

Les Anglais, tout à fait intéressés, demandèrent aussitôt :

— Aoh ! comment s'appelé, cette village ?

Le Prussien répondit : « Pharsbourg[1]. »

Il reprit :

— Ché bris ces bolissons de Français bar les oreilles.

Et il regardait M. Dubuis en riant orgueilleusement dans son poil.

1. Ce nom évoque celui de Phalsbourg, près de Saverne, qui se rendit célèbre, durant l'hiver de 1870 par une résistance acharnée à l'armée prussienne.

Le train roulait, traversant toujours des hameaux occupés. On voyait les soldats allemands le long des routes, au bord des champs, debout au coin des barrières, ou causant devant les cafés. Ils couvraient la terre comme les sauterelles d'Afrique.

L'officier tendit la main :

— Si ch'afrais le gommandement, ch'aurais bris Paris, et brûlé tout, et tué tout le monde. Blus de France !

Les Anglais, par politesse, répondirent simplement :

— Aoh ! yes.

Il continua :

— Tans vingt ans, toute l'Europe, toute, abartiendra à nous. La Brusse blus forte que tous.

Les Anglais, inquiets, ne répondaient plus. Leurs faces, devenues impassibles, semblaient de cire entre leurs longs favoris. Alors l'officier prussien se mit à rire. Et, toujours renversé sur le dos, il blagua. Il blaguait la France écrasée, insultait les ennemis à terre ; il blaguait l'Autriche vaincue naguère[1] ; il blaguait la défense acharnée et impuissante des départements ; il blaguait les mobiles[2], l'artillerie inutile. Il annonça que Bismarck allait bâtir une ville de fer avec les canons capturés. Et soudain il mit ses bottes contre la cuisse de M. Dubuis, qui détournait les yeux, rouge jusqu'aux oreilles.

1. L'Autriche fut défaite par les Prussiens à Sadowa, en 1866.
2. Voir « Boule de suif », note 1 de la page 32.

Les Anglais semblaient devenus indifférents à tout comme s'ils s'étaient trouvés brusquement renfermés dans leur île, loin des bruits du monde.

L'officier tira sa pipe et, regardant fixement le Français :

— Vous n'auriez bas de tabac !

M. Dubuis répondit :

— Non, monsieur !

L'Allemand reprit :

— Je fous brie t'aller en acheter gand le gonvoi s'arrêtera.

Et il se mit à rire de nouveau :

— Je vous tonnerai un bourboire.

Le train siffla, ralentissant sa marche. On passait devant les bâtiments incendiés d'une gare ; puis on s'arrêta tout à fait.

L'Allemand ouvrit la portière et, prenant par le bras M. Dubuis :

— Allez faire ma gommission, fite, fite !

Un détachement prussien occupait la station. D'autres soldats regardaient, debout le long des grilles de bois. La machine déjà sifflait pour repartir. Alors, brusquement, M. Dubuis s'élança sur le quai et, malgré les gestes du chef de gare, il se précipita dans le compartiment voisin.

*

Il était seul ! Il ouvrit son gilet, tant son cœur battait, et il s'essuya le front, haletant.

Le train s'arrêta de nouveau dans une station. Et

tout à coup l'officier parut à la portière et monta,
suivi bientôt des deux Anglais que la curiosité
poussait. L'Allemand s'assit en face du Français
et, riant toujours :

— Fous n'afez pas foulu faire ma gommission.

M. Dubuis répondit :

— Non, monsieur !

Le train venait de repartir.

L'officier dit :

— Che fais gouper fotre moustache pour bour-
rer ma pipe.

Et il avança la main vers la figure de son voisin.

Les Anglais, toujours impassibles, regardaient
de leurs yeux fixes.

Déjà, l'Allemand avait pris une pincée de poils
et tirait dessus, quand M. Dubuis, d'un revers de
main, lui releva le bras et, le saisissant au collet,
le rejeta sur la banquette. Puis, fou de colère, les
tempes gonflées, les yeux pleins de sang, l'étran-
glant toujours d'une main, il se mit avec l'autre,
fermée, à lui taper furieusement des coups de
poing par la figure. Le Prussien se débattait, tâchait
de tirer son sabre, d'étreindre son adversaire cou-
ché sur lui. Mais M. Dubuis l'écrasait du poids
énorme de son ventre, et tapait, tapait sans repos,
sans prendre haleine, sans savoir où tombaient
ses coups. Le sang coulait ; l'Allemand, étranglé,
râlait, crachait ses dents, essayait, mais en vain, de
rejeter ce gros homme exaspéré, qui l'assommait.

Les Anglais s'étaient levés et rapprochés pour
mieux voir. Ils se tenaient debout, pleins de joie et

de curiosité, prêts à parier pour ou contre chacun des combattants.

Et soudain M. Dubuis, épuisé par un pareil effort, se releva et se rassit sans dire un mot.

Le Prussien ne se jeta pas sur lui, tant il demeurait effaré, stupide d'étonnement et de douleur. Quand il eut repris haleine, il prononça :

— Si fous ne foulez pas me rentre raison avec le bistolet, che vous tuerai !

M. Dubuis répondit :

— Quand vous voudrez. Je veux bien.

L'Allemand reprit :

— Foici la fille [1] de Strasbourg, che brandrai deux officiers bour témoins, ché le temps avant que le train rebarte.

M. Dubuis, qui soufflait autant que la machine, dit aux Anglais :

— Voulez-vous être mes témoins ?

Tous deux répondirent ensemble :

— Aoh ! yes !

Et le train s'arrêta.

En une minute, le Prussien avait trouvé deux camarades qui apportèrent des pistolets, et on gagna les remparts.

Les Anglais sans cesse tiraient leur montre, pressant le pas, hâtant les préparatifs, inquiets de l'heure pour ne point manquer le départ.

M. Dubuis n'avait jamais tenu un pistolet. On le plaça à vingt pas de son ennemi. On lui demanda :

1. Il faut lire : *ville*, naturellement.

— Êtes-vous prêt ?

En répondant « oui, monsieur ! », il s'aperçut qu'un des Anglais avait ouvert son parapluie pour se garantir du soleil.

Une voix commanda :

— Feu !

M. Dubuis tira, au hasard, sans attendre, et il aperçut avec stupeur le Prussien, debout en face de lui, qui chancelait, levait les bras et tombait raide sur le nez. Il l'avait tué.

Un Anglais cria un « Aoh ! » vibrant de joie, de curiosité satisfaite et d'impatience heureuse. L'autre, qui tenait toujours sa montre à la main, saisit M. Dubuis par le bras, et l'entraîna, au pas gymnastique, vers la gare.

Le premier Anglais marquait le pas, tout en courant, les poings fermés, les coudes au corps.

— Une, deux ! une, deux !

Et tous trois de front trottaient, malgré leurs ventres, comme trois grotesques[1] d'un journal pour rire.

Le train partait. Ils sautèrent dans leur voiture. Alors, les Anglais, ôtant leurs toques de voyage, les levèrent en les agitant, puis, trois fois de suite, ils crièrent :

Hip, hip, hip, hurrah !

Puis ils tendirent gravement, l'un après l'autre, la main droite à M. Dubuis, et ils retournèrent s'asseoir côte à côte dans leur coin.

1. *Grotesques* : caricatures (même emploi p. 291).

L'AMI PATIENCE [1]

— Sais-tu ce qu'est devenu Leremy?
— Il est capitaine au 6ᵉ dragons.
— Et Pinson?
— Sous-préfet.
— Et Racollet?
— Mort.

Nous cherchions d'autres noms qui nous rappelaient des figures jeunes coiffées du képi à galons d'or. Nous avions retrouvé plus tard quelques-uns de ces camarades barbus, chauves, mariés, pères de plusieurs enfants ; et ces rencontres avec ces changements nous avaient donné des frissons désagréables, nous montrant comme la vie est courte, comme tout passe, comme tout change.

Mon ami demanda :
— Et Patience, le gros Patience?

Je poussai une sorte de hurlement :

1. Publié dans *Gil Blas* du 4 septembre 1883, sous le titre «L'Ami», repris avec le titre définitif dans *Toine* (1ʳᵉ éd. 1886).

— Oh ! quant à celui-là, écoute un peu. J'étais, voici quatre ou cinq ans, en tournée d'inspection à Limoges, attendant l'heure du dîner. Assis devant le grand café de la place du Théâtre[1], je m'ennuyais ferme. Les commerçants s'en venaient, à deux, trois ou quatre, prendre l'absinthe ou le vermouth, parlaient tout haut de leurs affaires et de celles des autres, riaient violemment ou baissaient le ton pour se communiquer des choses importantes et délicates.

Je me disais : « Que vais-je faire après dîner ? » Et je songeais à la longue soirée dans cette ville de province, à la promenade lente et sinistre à travers les rues inconnues, à la tristesse accablante qui se dégage, pour le voyageur solitaire, de ces gens qui passent et qui vous sont étrangers en tout, par tout, par la forme du veston provincial, du chapeau et de la culotte, par les habitudes et l'accent local, tristesse pénétrante venue aussi des maisons, des boutiques, des voitures aux formes singulières, des bruits ordinaires auxquels on n'est point accoutumé, tristesse harcelante qui vous fait presser peu à peu le pas comme si on était perdu dans un pays dangereux qui vous oppresse, vous fait désirer l'hôtel, le hideux hôtel dont la chambre a conservé mille odeurs suspectes, dont le lit fait hésiter, dont la cuvette garde un cheveu collé dans la poussière du fond.

Je songeais à tout cela en regardant allumer le

1. L'emplacement évoqué par Maupassant n'existe plus. Après démolition des vieux bâtiments, on a élevé autour d'une vaste place (aujourd'hui, place de la République) des immeubles neufs et un théâtre de conception moderne.

gaz, sentant ma détresse d'isolé accrue par la tombée des ombres. Que vais-je faire après dîner? J'étais seul, tout seul, perdu lamentablement.

Un gros homme vint s'asseoir à la table voisine, et il commanda d'une voix formidable :

— Garçon, mon bitter[1] !

Le *mon* sonna dans la phrase comme un coup de canon. Je compris aussitôt que tout était à lui, bien à lui, dans l'existence, et pas à un autre, qu'il avait son caractère, nom d'un nom, son appétit, son pantalon, *son* n'importe quoi d'une façon propre, absolue, plus complète que n'importe qui. Puis il regarda autour de lui d'un air satisfait. On lui apporta son bitter, et il appela :

— Mon journal !

Je me demandais : « Quel peut bien être son journal? » Le titre, certes, allait me révéler son opinion, ses théories, ses principes, ses marottes, ses naïvetés.

Le garçon apporta « le *Temps* »[2]. Je fus surpris. Pourquoi le *Temps*, journal grave, gris, doctrinaire, pondéré? Je pensai :

— C'est donc un homme sage, de mœurs sérieuses, d'habitudes régulières, un bon bourgeois, enfin.

Il posa sur son nez des lunettes d'or, se renversa

1. *Bitter* : alcool de genièvre, très répandu au siècle dernier, dans lequel ont macéré de la gentiane, de l'orange amère et du quinquina.
2. *Le Temps* avait été fondé en 1861. Il comptait parmi ses collaborateurs les journalistes les plus célèbres de l'époque. Il disparut en 1942. Sa formule a été reprise par l'actuel *Monde*.

et, avant de commencer à lire, il jeta de nouveau un regard circulaire. Il m'aperçut et se mit aussitôt à me considérer d'une façon insistante et gênante. J'allais même lui demander la raison de cette attention, quand il me cria de sa place :

— Nom d'une pipe, c'est bien Gontran Lardois.

Je répondis :

— Oui, monsieur, vous ne vous trompez pas.

Alors il se leva brusquement, et s'en vint, les mains tendues :

— Ah ! mon vieux, comment vas-tu ?

Je demeurais fort gêné, ne le reconnaissant pas du tout. Je balbutiai :

— Mais… très bien… et… vous ?

Il se mit à rire :

— Je parie que tu ne me reconnais pas ?

— Non, pas tout à fait… Il me semble… cependant.

Il me tapa sur l'épaule :

— Allons, pas de blague. Je suis Patience, Robert Patience, ton copain, ton camarade.

Je le reconnus. Oui, Robert Patience, mon camarade de collège. C'était cela. Je serrai la main qu'il me tendait :

— Et toi, tu vas bien ?

— Moi, comme un charme.

Son sourire chantait le triomphe.

Il demanda :

— Qu'est-ce que tu viens faire ici ?

J'expliquai que j'étais inspecteur des finances en tournée.

Il reprit, montrant ma décoration :

— Alors, tu as réussi ?

Je répondis :

— Oui, pas mal, et toi ?

— Oh ! moi, très bien !

— Qu'est-ce que tu fais ?

— Je suis dans les affaires.

— Tu gagnes de l'argent ?

— Beaucoup, je suis très riche. Mais, viens donc me demander à déjeuner, demain matin, midi, 17, rue du Coq-qui-Chante [1] ; tu verras mon installation.

Il parut hésiter une seconde, puis reprit :

— Tu es toujours le bon zig d'autrefois ?

— Mais… je l'espère !

— Pas marié, n'est-ce pas ?

— Non.

— Tant mieux. Et tu aimes toujours la joie et les pommes de terre ?

Je commençais à le trouver déplorablement commun. Je répondis néanmoins :

— Mais oui.

— Et les belles filles ?

— Quant à ça, oui.

Il se mit à rire d'un bon rire satisfait :

— Tant mieux, tant mieux. Te rappelles-tu notre première farce à Bordeaux, quand nous avons été souper à l'estaminet Roupie ? Hein, quelle noce ?

1. Il n'existe et, que je sache, n'a jamais existé, à Limoges, de rue du Coq-qui-Chante. Maupassant fait ici allusion à une vieille gauloiserie qui prend tout son sens une fois révélée la destination de la maison de l'ami Patience.

Je me rappelais, en effet, cette noce ; et ce souvenir m'égaya. D'autres faits me revinrent à la mémoire, d'autres encore ; nous disions :

— Dis donc, et cette fois où nous avons enfermé le pion dans la cave du père Latoque[1] ?

Et il riait, tapait du poing sur la table, reprenait :

— Oui… oui… oui…, et te rappelles-tu la gueule du professeur de géographie, M. Marin, quand nous avons fait partir un pétard dans la mappemonde, au moment où il pérorait sur les principaux volcans du globe ?

Mais, brusquement, je lui demandai :

— Et toi, es-tu marié ?

Il cria :

— Depuis dix ans, mon cher, et j'ai quatre enfants, des mioches étonnants ; mais tu les verras avec la mère.

Nous parlions fort ; les voisins se retournaient pour nous considérer avec étonnement.

Tout à coup, mon ami regarda l'heure à sa montre, un chronomètre gros comme une citrouille, et il cria :

— Tonnerre, c'est embêtant, mais il faut que je te quitte ; le soir, je ne suis pas libre.

Il se leva, me prit les deux mains, les secoua comme s'il voulait m'arracher les bras, et prononça :

— À demain, midi, c'est entendu !

— C'est entendu.

1. La Tôque était aussi le surnom d'un des plus anciens amis de Maupassant, Robert Pinchon. La similitude est peut-être un simple hasard.

*

Je passai la matinée à travailler chez le trésorier-
payeur général. Il voulait me retenir à déjeuner,
mais j'annonçai que j'avais rendez-vous chez un
ami. Devant sortir, il m'accompagna.

Je lui demandai :

— Savez-vous où est la rue du Coq-qui-Chante ?

Il répondit :

— Oui, c'est à cinq minutes d'ici. Comme je
n'ai rien à faire, je vais vous conduire.

Et nous nous mîmes en route.

J'atteignis bientôt la rue cherchée. Elle était
grande, assez belle, sur la limite de la ville et des
champs. Je regardais les maisons et j'aperçus le 17.
C'était une sorte d'hôtel avec un jardin derrière. La
façade ornée de fresques à la mode italienne me parut
de mauvais goût. On voyait des déesses penchant
des urnes, d'autres dont un nuage cachait les beautés
secrètes. Deux amours de pierre tenaient le numéro.

Je dis au trésorier-payeur général :

— C'est ici que je vais.

Et je tendis la main pour le quitter. Il fit un geste
brusque et singulier, mais ne dit rien et serra la
main que je lui présentais.

Je sonnai. Une bonne apparut. Je demandai :

— Monsieur Patience, s'il vous plaît ?

Elle répondit :

— C'est ici, monsieur... C'est à lui-même que
vous désirez parler ?

— Mais, oui.

Le vestibule était également orné de peintures dues au pinceau de quelque artiste du lieu. Des Paul et des Virginie s'embrassaient sous des palmiers noyés dans une lumière rose. Une lanterne orientale et hideuse pendait au plafond. Plusieurs portes étaient masquées par des tentures éclatantes.

Mais ce qui me frappait surtout, c'était l'odeur. Une odeur écœurante et parfumée, rappelant la poudre de riz et la moisissure des caves. Une odeur indéfinissable dans une atmosphère lourde, accablante comme celle des étuves où l'on pétrit des corps humains. Je montai, derrière la bonne, un escalier de marbre que couvrait un tapis de genre oriental, et on m'introduisit dans un somptueux salon.

Resté seul, je regardai autour de moi.

La pièce était richement meublée, mais avec une prétention de parvenu polisson. Des gravures du siècle dernier, assez belles, d'ailleurs, représentaient des femmes à haute coiffure poudrée, à moitié nues, surprises par des messieurs galants en des postures intéressantes. Une autre dame, couchée en un grand lit ravagé, batifolait du pied avec un petit chien noyé dans les draps ; une autre résistait avec complaisance à son amant, dont la main fuyait sous les jupes. Un dessin montrait quatre pieds dont les corps se devinaient, cachés derrière un rideau[1]. La

1. L'art du XVIIIe siècle avait été remis en honneur par les Goncourt. On peut aisément identifier quelques-unes de ces gravures libertines : par exemple, la jeune femme au chien évoque un célèbre dessin de Fragonard, *La Femme au carlin*.

vaste pièce, entourée de divans moelleux, était tout
entière imprégnée de cette odeur énervante et fade
qui m'avait déjà saisi. Quelque chose de suspect se
dégageait des murs, des étoffes, du luxe exagéré,
de tout.

Je m'approchai de la fenêtre pour regarder le jar-
din, dont j'apercevais les arbres. Il était fort grand,
ombragé, superbe. Un large chemin contournait un
gazon où s'égrenait dans l'air un jet d'eau, entrait
sous des massifs, en ressortait plus loin. Et tout à
coup, là-bas, tout au fond, entre deux taillis d'ar-
bustes, trois femmes apparurent. Elles marchaient
lentement, se tenant par le bras, vêtues de longs pei-
gnoirs blancs ennuagés de dentelles. Deux étaient
blondes et l'autre brune. Elles rentrèrent aussitôt
sous les arbres. Je demeurai saisi, ravi, devant cette
courte et charmante apparition qui fit surgir en moi
tout un monde poétique. Elles s'étaient montrées à
peine, dans le jour qu'il fallait, dans ce cadre de
feuilles, dans ce fond de parc secret et délicieux.
J'avais revu, d'un seul coup, les belles dames de
l'autre siècle errant sous les charmilles, ces belles
dames dont les gravures galantes des murs rappe-
laient les légères amours. Et je pensais au temps
heureux, fleuri, spirituel et tendre où les mœurs
étaient si douces et les lèvres si faciles.

Une grosse voix me fit bondir sur place. Patience
était entré et, radieux, me tendit les mains.

Il me regarda au fond des yeux de l'air sournois
qu'on prend pour les confidences amoureuses, et,
d'un geste large et circulaire, d'un geste de Napo-

léon, il me montra son salon somptueux, son parc, les trois femmes qui repassaient au fond, puis, d'une voix triomphante où chantait l'orgueil :

— Et dire que j'ai commencé avec rien… ma femme et ma belle-sœur.

UNE SOIRÉE [1]

Maître Saval, notaire à Vernon, aimait passionnément la musique. Jeune encore, chauve déjà, rasé toujours avec soin, un peu gros, comme il sied, portant un pince-nez d'or au lieu des antiques lunettes, actif, galant et joyeux, il passait dans Vernon pour un artiste. Il touchait du piano et jouait du violon, donnait des soirées musicales où l'on interprétait les opéras nouveaux.

Il avait même ce qu'on appelle un filet de voix, rien qu'un filet, un tout petit filet ; mais il le conduisait avec tant de goût que les « Bravo ! Exquis ! Surprenant ! Adorable ! » jaillissaient de toutes les bouches, dès qu'il avait murmuré la dernière note.

Il était abonné chez un éditeur de musique de Paris, qui lui adressait les nouveautés, et il envoyait de temps en temps à la haute société de la ville des petits billets ainsi tournés :

1. Première publication dans *Le Gaulois* du 21 septembre 1883.

« Vous êtes prié d'assister, lundi soir, chez M^e Saval, notaire, à la première audition, à Vernon, du *Saïs* [1]. »

Quelques officiers, doués de jolie voix, faisaient les chœurs. Deux ou trois dames du cru chantaient aussi. Le notaire remplissait le rôle de chef d'orchestre avec tant de sûreté, que le chef de musique du 190^e de ligne avait dit de lui, un jour, au café de l'Europe :

— Oh ! M^e Saval, c'est un maître. Il est bien malheureux qu'il n'ait pas embrassé la carrière des arts.

Quand on citait son nom dans un salon, il se trouvait toujours quelqu'un pour déclarer :

— Ce n'est pas un amateur, c'est un artiste, un véritable artiste.

Et deux ou trois personnes répétaient, avec une conviction profonde :

— Oh ! oui, un véritable artiste ; en appuyant beaucoup sur « véritable ».

Chaque fois qu'une œuvre nouvelle était interprétée sur une grande scène de Paris, M^e Saval faisait le voyage.

Or, l'an dernier, il voulut, selon sa coutume, aller entendre *Henri VIII* [2]. Il prit donc l'express qui arrive à Paris à quatre heures et trente minutes, étant résolu à repartir par le train de minuit trente-

1. *Le Saïs*, « conte arabe », paroles et musiques de Madeleine Olagnier, fut créé à la Renaissance le 18 décembre 1881.
2. *Henri VIII* est un opéra de Camille Saint-Saëns, livret de Léonce Détroyat et Armand Silvestre. Il avait été créé le 5 mars 1883, donc quelques mois avant la date de ce conte.

cinq, pour ne point coucher à l'hôtel. Il avait endossé chez lui la tenue de soirée, habit noir et cravate blanche, qu'il dissimulait sous son pardessus au col relevé.

Dès qu'il eut mis le pied rue d'Amsterdam[1], il se sentit tout joyeux. Il se disait :

— Décidément l'air de Paris ne ressemble à aucun air. Il a un je ne sais quoi de montant, d'excitant, de grisant qui vous donne une drôle d'envie de gambader et de faire bien autre chose encore. Dès que je débarque ici, il me semble, tout d'un coup, que je viens de boire une bouteille de champagne. Quelle vie on pourrait mener dans cette ville, au milieu des artistes ! Heureux les élus, les grands hommes qui jouissent de la renommée dans une pareille ville ! Quelle existence est la leur !

Et il faisait des projets ; il aurait voulu connaître quelques-uns de ces hommes célèbres[2], pour parler d'eux à Vernon et passer de temps en temps une soirée chez eux lorsqu'il venait à Paris.

Mais tout à coup une idée le frappa. Il avait entendu citer de petits cafés du boulevard extérieur où se réunissaient des peintres déjà connus, des hommes de lettres, même des musiciens, et il se mit à monter vers Montmartre d'un pas lent.

1. *Rue d'Amsterdam* : rue qui longe la gare Saint-Lazare où arrive le train de Vernon.
2. Dans «Les Dimanches d'un bourgeois de Paris» (1880), Maupassant avait profité de ce désir bourgeois d'approcher les célébrités pour décrire la maison de Zola et celle du peintre Meissonier.

Il avait deux heures devant lui. Il voulait voir. Il passa devant les brasseries fréquentées par les derniers bohèmes, regardant les têtes, cherchant à deviner les artistes. Enfin il entra au Rat-Mort, alléché par le titre[1].

Cinq ou six femmes accoudées sur les tables de marbre parlaient bas de leurs affaires d'amour, des querelles de Lucie avec Hortense, de la gredinerie d'Octave. Elles étaient mûres, trop grasses ou trop maigres, fatiguées, usées. On les devinait presque chauves ; et elles buvaient des bocks, comme des hommes.

M⁰ Saval s'assit loin d'elles, et attendit, car l'heure de l'absinthe approchait.

Un grand jeune homme vint bientôt se placer près de lui. La patronne l'appela « M. Romantin »[2]. Le notaire tressaillit. Est-ce ce Romantin qui venait d'avoir une première médaille au dernier Salon[3] ?

Le jeune homme, d'un geste, fit venir le garçon :
— Tu vas me donner à dîner tout de suite, et

1. Parmi les cafés artistiques des boulevards extérieurs, on peut citer le Chat-Noir et, surtout, deux établissements fréquentés par les impressionnistes : le Guerbois et la Nouvelle-Athènes. Le café du Rat-Mort, situé à Pigalle, tirait sa célébrité d'un plafond de Léon Goupil, représentant un rat mort.
2. Il n'existe pas de peintre de ce nom ; tout au plus la sonorité évoque-t-elle Desboutin, ou Guillaumin.
3. *Salon* : exposition annuelle de peinture qui s'ouvrait traditionnellement au début du mois de mai. Elle était le refuge de l'académisme et n'accueillait que parcimonieusement les représentants des écoles modernes, impressionniste notamment. Maupassant écrivit un compte rendu du Salon de 1886 qu'on peut lire dans les *Chroniques*, coll. 10/18, U.G.E., tome III.

puis tu porteras à mon nouvel atelier, 15, boulevard de Clichy, trente bouteilles de bière et le jambon que j'ai commandé ce matin. Nous allons pendre la crémaillère.

Mᵉ Saval aussitôt se fit servir à dîner. Puis il ôta son pardessus, montrant un habit et sa cravate blanche.

Son voisin ne paraissait point le remarquer. Il avait pris un journal et lisait. Mᵉ Saval le regardait de côté, brûlant du désir de lui parler.

Deux jeunes hommes entrèrent, vêtus de vestes de velours rouge, et portant des barbes en pointe à la Henri III. Ils s'assirent en face de Romantin.

Le premier dit :

— C'est pour ce soir ?

Romantin lui serra la main :

— Je te crois, mon vieux, et tout le monde y sera. J'ai Bonnat, Guillemet, Gervex, Béraud, Hébert, Duez, Clairin, Jean-Paul Laurens[1] ; ce sera une fête épatante. Et des femmes, tu verras ! Toutes les actrices sans exception, toutes celles qui n'ont rien à faire ce soir, bien entendu.

1. Quelques-uns parmi les peintres célèbres ou officiels du temps : Léon Bonnat (1833-1922), portraitiste minutieux ; Antoine Guillemet (1842-1918), paysagiste ; Henri Gervex (1852-1929), auteur de tableaux anecdotiques ; Jean Béraud (1849-1935), peintre de la vie bourgeoise contemporaine ; Ernest Hébert (1817-1908), le plus officiel de tous ; Ernest Duez (1843-1896), peintre de genre ; Georges Clairin (1843-1920), portraitiste et auteur de peintures murales (Opéra, Sorbonne, Hôtel de Ville de Paris) ; Jean-Paul Laurens (1838-1921), auteur lui aussi de peintures murales (Panthéon).

Le patron de l'établissement s'était approché.

— Vous la pendez souvent, cette crémaillère ?

Le peintre répondit :

— Je vous crois, tous les trois mois, à chaque terme.

M^e Saval n'y tint plus, et, d'une voix hésitante :

— Je vous demande pardon de vous déranger, monsieur, mais j'ai entendu prononcer votre nom et je serais fort désireux de savoir si vous êtes bien M. Romantin dont j'ai tant admiré l'œuvre au dernier Salon.

L'artiste répondit :

— Lui-même, en personne, monsieur.

Le notaire alors fit un compliment bien tourné, prouvant qu'il avait des lettres.

Le peintre, séduit, répondit par des politesses. On causa.

Romantin en revint à sa crémaillère, détaillant les magnificences de la fête.

M^e Saval l'interrogea sur tous les hommes qu'il allait recevoir, ajoutant :

— Ce serait pour un étranger une extraordinaire bonne fortune que de rencontrer, d'un seul coup, tant de célébrités réunies chez un artiste de votre valeur.

Romantin, conquis, répondit :

— Si ça peut vous être agréable, venez.

M^e Saval accepta avec enthousiasme, pensant :

— J'aurai toujours le temps de voir *Henri VIII*.

Tous deux avaient achevé leur repas. Le notaire s'acharna à payer les deux notes, voulant répondre

aux gracieusetés de son voisin. Il paya aussi les consommations des jeunes gens en velours rouge ; puis il sortit avec son peintre.

*

Ils s'arrêtèrent devant une maison très longue et peu élevée, dont tout le premier étage avait l'air d'une serre interminable. Six ateliers s'alignaient à la file, en façade sur le boulevard.

Romantin entra le premier, monta l'escalier, ouvrit une porte, alluma une allumette, puis une bougie.

Ils se trouvaient dans une pièce démesurée dont le mobilier consistait en trois chaises, deux chevalets, et quelques esquisses posées par terre, le long des murs. Me Saval, stupéfait, restait immobile sur la porte.

Le peintre prononça :

— Voilà, — nous avons la place ; mais tout est à faire.

Puis, examinant le haut appartement nu dont le plafond se perdait dans l'ombre, il déclara :

— On pourrait tirer un grand parti de cet atelier.

Il en fit le tour en le contemplant avec la plus grande attention, puis reprit :

— J'ai bien une maîtresse qui aurait pu nous aider. Pour draper des étoffes, les femmes sont incomparables ; mais je l'ai envoyée à la campagne pour aujourd'hui, afin de m'en débarrasser ce soir.

Ce n'est pas qu'elle m'ennuie, mais elle manque par trop d'usage : cela m'aurait gêné pour mes invités.

Il réfléchit quelques secondes, puis ajouta :

— C'est une bonne fille, mais pas commode. Si elle savait que je reçois du monde, elle m'arracherait les yeux.

Mᵉ Saval n'avait point fait un mouvement : il ne comprenait pas.

L'artiste s'approcha de lui.

— Puisque je vous ai invité, vous allez m'aider à quelque chose.

Le notaire déclara :

— Usez de moi comme vous voudrez. Je suis à votre disposition.

Romantin ôta sa jaquette.

— Eh bien, citoyen, à l'ouvrage. Nous allons d'abord nettoyer.

Il alla derrière le chevalet qui portait une toile représentant un chat, et prit un balai très usé.

— Tenez, balayez pendant que je vais me préoccuper de l'éclairage.

Mᵉ Saval prit le balai, le considéra, et se mit à frotter maladroitement le parquet en soulevant un ouragan de poussière.

Romantin, indigné, l'arrêta :

— Vous ne savez donc pas balayer, sacrebleu ! Tenez, regardez-moi.

Et il commença à rouler devant lui des tas d'ordure grise, comme s'il n'eût fait que cela toute sa vie, puis il rendit le balai au notaire, qui l'imita.

En cinq minutes, une telle fumée de poussière
emplissait l'atelier que Romantin demanda :

— Où êtes-vous ? Je ne vous vois plus.

Me Saval, qui toussait, se rapprocha. Le peintre
lui dit :

— Comment vous y prendriez-vous pour faire
un lustre ?

L'autre, abasourdi, demanda :

— Quel lustre ?

— Mais un lustre pour éclairer, un lustre avec
des bougies.

Le notaire ne comprenait point. Il répondit ·

— Je ne sais pas.

Le peintre se mit à gambader en jouant des cas-
tagnettes avec ses doigts :

— Eh bien ! moi, j'ai trouvé, monseigneur.

Puis il reprit avec plus de calme :

— Vous avez bien cinq francs sur vous ?

Me Saval répondit :

— Mais oui.

L'artiste reprit :

— Eh bien ! vous allez m'acheter pour cinq
francs de bougies pendant que je vais aller chez le
tonnelier.

Et il poussa dehors le notaire en habit. Au bout de
cinq minutes, ils étaient revenus rapportant, l'un
des bougies, l'autre un cercle de futaille. Puis
Romantin plongea dans un placard et en tira une
vingtaine de bouteilles vides, qu'il attacha en cou-
ronne autour du cercle. Il descendit ensuite emprun-
ter une échelle à la concierge, après avoir expliqué

qu'il avait obtenu les faveurs de la vieille femme en faisant le portrait de son chat exposé sur le chevalet.

Lorsqu'il fut remonté avec un escabeau, il demanda à Mᵉ Saval :

— Êtes-vous souple ?

L'autre, sans comprendre, répondit :

— Mais oui.

— Eh bien, vous allez grimper là-dessus et m'attacher ce lustre-là à l'anneau du plafond. Puis vous mettrez une bougie dans chaque bouteille, et vous allumerez. Je vous dis que j'ai le génie de l'éclairage. Mais retirez votre habit, sacrebleu ! vous avez l'air d'un larbin.

La porte s'ouvrit brutalement ; une femme parut, les yeux brillants, et demeura debout sur le seuil.

Romantin la considérait avec une épouvante dans le regard.

Elle attendit quelques secondes, croisa les bras sur sa poitrine ; puis d'une voix aiguë, vibrante, exaspérée :

— Ah ! sale mufle, c'est comme ça que tu me lâches ?

Romantin ne répondit pas. Elle reprit :

— Ah ! gredin. Tu faisais le gentil encore en m'envoyant à la campagne. Tu vas voir un peu comme je vais l'arranger ta fête. Oui, c'est moi qui vas les recevoir tes amis...

Elle s'animait :

— Je vas leur en flanquer par la figure des bouteilles et des bougies...

Romantin prononça d'une voix douce :

— Mathilde…

Mais elle ne l'écoutait pas. Elle continuait :

— Attends un peu, mon gaillard, attends un peu !

Romantin s'approcha, essayant de lui prendre les mains :

— Mathilde…

Mais elle était lancée, maintenant ; elle allait, elle allait, vidant sa hotte aux gros mots et son sac aux reproches. Cela coulait de sa bouche comme un ruisseau qui roule des ordures. Les paroles précipitées semblaient se battre pour sortir. Elle bredouillait, bégayait, bafouillait, retrouvant soudain de la voix pour jeter une injure, un juron.

Il lui avait saisi les mains, sans qu'elle s'en aperçût ; elle ne semblait même pas le voir, tout occupée à parler, à soulager son cœur. Et soudain elle pleura. Les larmes lui coulaient des yeux sans qu'elle arrêtât le flux de ses plaintes. Mais les mots avaient pris des intonations criardes et fausses, des notes mouillées. Puis des sanglots l'interrompirent. Elle repartit encore deux ou trois fois, arrêtée soudain par un étranglement, et enfin se tut, dans un débordement de larmes.

Alors il la serra dans ses bras, lui baisant les cheveux, attendri lui-même.

— Mathilde, ma petite Mathilde, écoute. Tu vas être bien raisonnable. Tu sais, si je donne une fête, c'est pour remercier ces messieurs pour ma médaille du Salon. Je ne peux pas recevoir de femmes. Tu devrais comprendre ça. Avec les artistes, ça n'est pas comme avec tout le monde.

Elle balbutia dans ses pleurs :

— Pourquoi ne me l'as-tu pas dit ?

Il reprit :

— C'était pour ne point te fâcher, ne point te faire de peine. Écoute, je vais te reconduire chez toi. Tu seras bien sage, bien gentille, tu resteras tranquillement à m'attendre dans le dodo et je reviendrai sitôt que ce sera fini.

Elle murmura :

— Oui, mais tu ne recommenceras pas ?

— Non, je te le jure.

Il se tourna vers Mᵉ Saval, qui venait d'accrocher enfin le lustre :

— Mon cher ami, je reviens dans cinq minutes. Si quelqu'un arrivait en mon absence, faites les honneurs pour moi, n'est-ce pas ?

Et il entraîna Mathilde, qui s'essuyait les yeux et se mouchait coup sur coup.

*

Resté seul, Mᵉ Saval acheva de mettre de l'ordre autour de lui. Puis il alluma les bougies et attendit.

Il attendit un quart d'heure, une demi-heure, une heure. Romantin ne revenait pas. Puis, tout à coup, ce fut dans l'escalier un bruit effroyable, une chanson hurlée en chœur par vingt bouches, et un pas rythmé comme celui d'un régiment prussien. Les secousses régulières des pieds ébranlaient la maison tout entière. La porte s'ouvrit, une foule parut. Hommes et femmes à la file, se tenant par les bras,

deux par deux, et tapant du talon en cadence, s'avancèrent dans l'atelier, comme un serpent qui se déroule. Ils hurlaient :

> *Entrez dans mon établissement,*
> *Bonnes d'enfants et soldats !*[1]...

M^e Saval, éperdu, en grande tenue, restait debout sous le lustre. La procession l'aperçut et poussa un hurlement : « Un larbin ! un larbin ! » et se mit à tourner autour de lui, l'enfermant dans un cercle de vociférations. Puis on se prit par la main et on dansa une ronde affolée.

Il essayait de s'expliquer :

— Messieurs... messieurs... mesdames...

Mais on ne l'écoutait pas. On tournait, on sautait, on braillait.

À la fin la danse s'arrêta.

M^e Saval prononça :

— Messieurs...

Un grand garçon blond et barbu jusqu'au nez lui coupa la parole :

— Comment vous appelez-vous, mon ami ?

Le notaire, effaré, prononça :

— Je suis M^e Saval.

Une voix cria :

— Tu veux dire Baptiste.

Une femme dit :

1. Citation extraite de *La Femme à barbe* (1866), air popularisé par la chanteuse Thérésa.

— Laissez-le donc tranquille, ce garçon ; il va se fâcher à la fin. Il est payé pour nous servir et pas pour se faire moquer de lui.

Alors M^e Saval s'aperçut que chaque invité apportait ses provisions. L'un tenait une bouteille et l'autre un pâté. Celui-ci un pain, celui-là un jambon.

Le grand garçon blond lui mit dans les bras un saucisson démesuré et commanda :

— Tiens, va dresser le buffet dans le coin, là-bas. Tu mettras les bouteilles à gauche et les provisions à droite.

Saval, perdant la tête, s'écria :

— Mais, messieurs, je suis un notaire !

Il y eut un instant de silence, puis un rire fou. Un monsieur soupçonneux demanda :

— Comment êtes-vous ici ?

Il s'expliqua, raconta son projet d'écouter l'opéra, son départ de Vernon, son arrivée à Paris, toute sa soirée.

On s'était assis autour de lui pour l'écouter ; on lui lançait des mots ; on l'appelait Schéhérazade[1].

Romantin ne revenait pas. D'autres invités arrivaient. On leur présentait M^e Saval pour qu'il recommençât son histoire. Il refusait, on le forçait à raconter ; on l'attacha sur une des trois chaises, entre deux femmes qui lui versaient sans cesse à boire. Il buvait, il riait, il parlait, il chantait aussi. Il voulut danser avec sa chaise, il tomba.

À partir de ce moment, il oublia tout. Il lui sem-

1. *Schéhérazade* : conteuse des *Mille et une nuits*.

bla pourtant qu'on le déshabillait, qu'on le couchait, et qu'il avait mal au cœur.

*

Il faisait grand jour quand il s'éveilla, étendu, au fond d'un placard dans un lit qu'il ne connaissait pas.

Une vieille femme, un balai à la main, le regardait d'un air furieux. À la fin, elle prononça :

— Salop, va ! Salop ! Si c'est permis de se soûler comme ça !

Il s'assit sur son séant, il se sentait mal à son aise. Il demanda :

— Où suis-je ?

— Où vous êtes, salop ? Vous êtes gris. Allez-vous bientôt décaniller, et plus vite que ça !

Il voulut se lever. Il était nu, dans ce lit. Ses habits avaient disparu. Il prononça :

— Madame, je… !

Puis il se souvint… Que faire ! Il demanda :

— Monsieur Romantin n'est pas rentré ?

La concierge vociféra :

— Voulez-vous bien décaniller, qu'il ne vous trouve pas ici, au moins !

Me Saval, confus, déclara :

— Je n'ai plus mes habits. On me les a pris.

Il dut attendre, expliquer son cas, prévenir des amis, emprunter de l'argent pour se vêtir. Il ne repartit que le soir.

Et quand on parle musique chez lui, dans son beau salon de Vernon, il déclare avec autorité que la peinture est un art fort inférieur.

UNE VENDETTA [1]

La veuve de Paolo Saverini habitait seule avec
son fils une petite maison pauvre sur les remparts
de Bonifacio [2]. La ville, bâtie sur une avancée de la
montagne, suspendue même par places au-dessus
de la mer, regarde, par-dessus le détroit hérissé
d'écueils, la côte plus basse de la Sardaigne. À ses
pieds, de l'autre côté, la contournant presque entiè-
rement, une coupure de la falaise, qui ressemble à
un gigantesque corridor, lui sert de port, amène jus-
qu'aux premières maisons, après un long circuit
entre deux murailles abruptes, les petits bateaux
pêcheurs italiens ou sardes, et, chaque quinzaine, le
vieux vapeur poussif qui fait le service d'Ajaccio.
 Sur la montagne blanche, le tas de maisons pose
une tache plus blanche encore. Elles ont l'air de

 1. Préoriginale : *Le Gaulois*, 14 octobre 1883. Recueilli pour
la première fois dans *Contes du jour et de la nuit* (1885).
 2. Maupassant s'est rendu en Corse durant la fin de l'été
1880. Ce séjour lui a inspiré plusieurs contes et un long passage
d'*Une vie*.

nids d'oiseaux sauvages, accrochées ainsi sur ce roc, dominant ce paysage terrible où ne s'aventurent guère les navires. Le vent, sans repos, fatigue la mer, fatigue la côte nue, rongée par lui, à peine vêtue d'herbe ; il s'engouffre dans le détroit, dont il ravage les deux bords. Les traînées d'écume pâle, accrochées aux pointes noires des innombrables rocs qui percent partout les vagues, ont l'air de lambeaux de toiles flottant et palpitant à la surface de l'eau.

La maison de la veuve Saverini, soudée au bord même de la falaise, ouvrait ses trois fenêtres sur cet horizon sauvage et désolé.

Elle vivait là, seule, avec son fils Antoine et leur chienne « Sémillante », grande bête maigre, aux poils longs et rudes, de la race des gardeurs de troupeaux. Elle servait au jeune homme pour chasser.

Un soir, après une dispute, Antoine Saverini fut tué traîtreusement, d'un coup de couteau, par Nicolas Ravolati, qui, la nuit même, gagna la Sardaigne.

Quand la vieille mère reçut le corps de son enfant, que des passants lui rapportèrent, elle ne pleura pas, mais elle demeura longtemps immobile à le regarder, puis étendant sa main ridée sur le cadavre, elle lui promit la vendetta. Elle ne voulut point qu'on restât avec elle, et elle s'enferma auprès du corps avec la chienne, qui hurlait. Elle hurlait, cette bête, d'une façon continue, debout au pied du lit, la tête tendue vers son maître, et la queue serrée entre les pattes. Elle ne bougeait pas plus que la mère, qui, penchée maintenant sur le corps, l'œil

fixe, pleurait de grosses larmes muettes en le contemplant.

Le jeune homme, sur le dos, vêtu de sa veste de gros drap trouée et déchirée à la poitrine, semblait dormir ; mais il avait du sang partout : sur la chemise arrachée pour les premiers soins ; sur son gilet, sur sa culotte, sur la face, sur les mains. Des caillots de sang s'étaient figés dans la barbe et dans les cheveux.

La vieille mère se mit à lui parler. Au bruit de cette voix, la chienne se tut.

— Va, va, tu seras vengé, mon petit, mon garçon, mon pauvre enfant. Dors, dors, tu seras vengé, entends-tu ? C'est la mère qui le promet ! Et elle tient toujours sa parole, la mère, tu le sais bien

Et lentement elle se pencha vers lui, collant ses lèvres froides sur les lèvres mortes.

Alors, Sémillante se remit à gémir. Elle poussait une longue plainte monotone, déchirante, horrible.

Elles restèrent là, toutes les deux, la femme et la bête, jusqu'au matin.

Antoine Saverini fut enterré le lendemain, et bientôt on ne parla plus de lui dans Bonifacio.

*

Il n'avait laissé ni frère ni proches cousins. Aucun homme n'était là pour poursuivre la vendetta. Seule, la mère y pensait, la vieille.

De l'autre côté du détroit, elle voyait du matin au soir un point blanc sur la côte. C'est un petit village

sarde, Longosardo[1], où se réfugient les bandits corses traqués de trop près. Ils peuplent presque seuls ce hameau, en face des côtes de leur patrie, et ils attendent là le moment de revenir, de retourner au maquis. C'est dans ce village, elle le savait, que s'était réfugié Nicolas Ravolati.

Toute seule, tout le long du jour, assise à sa fenêtre, elle regardait là-bas en songeant à la vengeance. Comment ferait-elle sans personne, infirme, si près de la mort ? Mais elle avait promis, elle avait juré sur le cadavre. Elle ne pouvait oublier, elle ne pouvait attendre. Que ferait-elle ? Elle ne dormait plus la nuit ; elle n'avait plus ni repos ni apaisement ; elle cherchait, obstinée. La chienne, à ses pieds, sommeillait, et, parfois, levant la tête, hurlait au loin. Depuis que son maître n'était plus là, elle hurlait souvent ainsi, comme si elle l'eût appelé, comme si son âme de bête, inconsolable, eût aussi gardé le souvenir que rien n'efface.

Or, une nuit, comme Sémillante se remettait à gémir, la mère, tout à coup, eut une idée, une idée de sauvage vindicatif et féroce. Elle la médita jusqu'au matin ; puis, levée dès les approches du jour, elle se rendit à l'église. Elle pria, prosternée sur le pavé, abattue devant Dieu, le suppliant de l'aider, de la soutenir, de donner à son pauvre corps usé la force qu'il lui fallait pour venger le fils.

1. Petit village de 500 habitants environ, à l'époque où le conte a été écrit, situé au nord de la Sardaigne et à l'entrée ouest du détroit de Bonifacio.

Puis elle rentra. Elle avait dans sa cour un ancien baril défoncé, qui recueillait l'eau des gouttières ; elle le renversa, le vida, l'assujettit contre le sol avec des pieux et des pierres ; puis elle enchaîna Sémillante à cette niche, et elle rentra.

Elle marchait maintenant, sans repos, dans sa chambre, l'œil fixé toujours sur la côte de Sardaigne. Il était là-bas, l'assassin.

La chienne, tout le jour et toute la nuit, hurla. La vieille, au matin, lui porta de l'eau dans une jatte ; mais rien de plus : pas de soupe, pas de pain.

La journée encore s'écoula. Sémillante, exténuée, dormait. Le lendemain, elle avait les yeux luisants, le poil hérissé, et elle tirait éperdument sur sa chaîne.

La vieille ne lui donna encore rien à manger. La bête, devenue furieuse, aboyait d'une voix rauque. La nuit encore se passa.

Alors, au jour levé, la mère Saverini alla chez le voisin prier qu'on lui donnât deux bottes de paille. Elle prit de vieilles hardes qu'avait portées autrefois son mari, et les bourra de fourrage, pour simuler un corps humain.

Ayant piqué un bâton dans le sol, devant la niche de Sémillante, elle noua dessus ce mannequin, qui semblait ainsi se tenir debout. Puis elle figura la tête au moyen d'un paquet de vieux linge.

La chienne, surprise, regardait cet homme de paille, et se taisait, bien que dévorée de faim.

Alors la vieille alla acheter chez le charcutier un long morceau de boudin noir. Rentrée chez elle,

elle alluma un feu de bois dans sa cour, auprès de la niche, et fit griller son boudin. Sémillante, affolée, bondissait, écumait, les yeux fixés sur le gril, dont le fumet lui entrait au ventre.

Puis la mère fit de cette bouillie fumante une cravate à l'homme de paille. Elle la lui ficela longtemps autour du cou, comme pour la lui entrer dedans. Quand ce fut fini, elle déchaîna la chienne.

D'un saut formidable, la bête atteignit la gorge du mannequin, et, les pattes sur les épaules, se mit à la déchirer. Elle retombait, un morceau de sa proie à la gueule, puis s'élançait de nouveau, enfonçait ses crocs dans les cordes, arrachait quelques parcelles de nourriture, retombait encore, et rebondissait, acharnée. Elle enlevait le visage par grands coups de dents, mettait en lambeaux le col entier.

La vieille, immobile et muette, regardait, l'œil allumé. Puis elle renchaîna sa bête, la fit encore jeûner deux jours, et recommença cet étrange exercice.

Pendant trois mois, elle l'habitua à cette sorte de lutte, à ce repas conquis à coups de crocs. Elle ne l'enchaînait plus maintenant, mais elle la lançait d'un geste sur le mannequin.

Elle lui avait appris à le déchirer, à le dévorer, sans même qu'aucune nourriture fût cachée en sa gorge. Elle lui donnait ensuite, comme récompense, le boudin grillé pour elle.

Dès qu'elle apercevait l'homme, Sémillante frémissait, puis tournait les yeux vers sa maîtresse, qui lui criait : « Va ! » d'une voix sifflante, en levant le doigt.

*

Quand elle jugea le temps venu, la mère Saverini alla se confesser et communia un dimanche matin, avec une ferveur extatique ; puis, ayant revêtu des habits de mâle, semblable à un vieux pauvre dégue-nillé, elle fit marché avec un pêcheur sarde, qui la conduisit, accompagnée de sa chienne, de l'autre côté du détroit.

Elle avait, dans un sac de toile, un grand mor-ceau de boudin. Sémillante jeûnait depuis deux jours. La vieille femme, à tout moment, lui faisait sentir la nourriture odorante, et l'excitait.

Elles entrèrent dans Longosardo. La Corse allait en boitillant. Elle se présenta chez un boulanger et demanda la demeure de Nicolas Ravolati. Il avait repris son ancien métier, celui de menuisier. Il tra-vaillait seul au fond de sa boutique.

La vieille poussa la porte et l'appela :

— Hé ! Nicolas !

Il se tourna ; alors, lâchant sa chienne, elle cria ·

— Va, va, dévore, dévore !

L'animal, affolé, s'élança, saisit la gorge. L'homme étendit les bras, l'étreignit, roula par terre. Pendant quelques secondes, il se tordit, bat-tant le sol de ses pieds ; puis il demeura immobile, pendant que Sémillante lui fouillait le cou, qu'elle arrachait par lambeaux. Deux voisins, assis sur leur porte, se rappelèrent parfaitement avoir vu sortir un vieux pauvre avec un chien noir efflanqué qui

mangeait, tout en marchant, quelque chose de brun que lui donnait son maître.

La vieille, le soir, était rentrée chez elle. Elle dormit bien, cette nuit-là[1].

1. La vendetta est encore évoquée par l'auteur dans «Histoire corse» et «Un bandit corse» (voir *Contes et nouvelles*, t. I, Bibliothèque de la Pléiade).

LE VENGEUR[1]

Quand M. Antoine Leuillet épousa Mme veuve Mathilde Souris, il était amoureux d'elle depuis bientôt dix ans.

M. Souris avait été son ami, son vieux camarade de collège. Leuillet l'aimait beaucoup, mais le trouvait un peu godiche. Il disait souvent : « Ce pauvre Souris n'a pas inventé la poudre. »

Quand Souris épousa Mlle Mathilde Duval, Leuillet fut surpris et un peu vexé, car il avait pour elle un léger béguin. C'était la fille d'une voisine, ancienne mercière retirée avec une toute petite fortune. Elle était jolie, fine, intelligente. Elle prit Souris pour son argent.

Alors Leuillet eut d'autres espoirs. Il fit la cour à la femme de son ami. Il était bien de sa personne, pas bête, riche aussi. Il se croyait sûr du succès ; il échoua. Alors il devint amoureux tout à fait, un amoureux que son intimité avec le mari rendait

1. Publié dans *Gil Blas*, 6 novembre 1883.

discret, timide, embarrassé. Mme Souris crut qu'il ne pensait plus à elle avec des idées entreprenantes et devint franchement son amie. Cela dura neuf ans.

Or, un matin, un commissionnaire[1] apporta à Leuillet un mot éperdu de la pauvre femme. Souris venait de mourir subitement de la rupture d'un anévrisme.

Il eut une secousse épouvantable, car ils étaient du même âge, mais presque aussitôt une sensation de joie profonde, de soulagement infini, de délivrance lui pénétra le corps et l'âme. Mme Souris était libre.

Il sut montrer cependant l'air affligé qu'il fallait, il attendit le temps voulu, observa toutes les convenances. Au bout de quinze mois, il épousa la veuve.

On jugea cet acte naturel et même généreux. C'était le fait d'un bon ami et d'un honnête homme.

Il fut heureux enfin, tout à fait heureux.

*

Ils vécurent dans la plus cordiale intimité, s'étant compris et appréciés du premier coup. Ils n'avaient rien de secret l'un pour l'autre et se racontaient leurs plus intimes pensées. Leuillet aimait sa femme maintenant d'un amour tranquille et confiant; il l'aimait comme une compagne tendre et dévouée

1. *Commissionnaire* : autrefois, homme qui se chargeait des commissions du public, et particulièrement du port des lettres.

qui est une égale et une confidente. Mais il lui restait à l'âme une singulière et inexplicable rancune contre feu Souris qui avait possédé cette femme le premier, qui avait eu la fleur de sa jeunesse et de son âme, qui l'avait même un peu dépoétisée. Le souvenir du mari mort gâtait la félicité du mari vivant ; et cette jalousie posthume harcelait maintenant jour et nuit le cœur de Leuillet.

Il en arrivait à parler sans cesse de Souris, à demander sur lui mille détails intimes et secrets, à vouloir tout connaître de ses habitudes et de sa personne. Et il le poursuivait de railleries jusqu'au fond de son tombeau, rappelant avec complaisance ses travers, insistant sur ses ridicules, appuyant sur ses défauts

À tout moment il appelait sa femme, d'un bout à l'autre de la maison :

— Hé ! Mathilde ?

— Voilà, mon ami.

— Viens me dire un mot.

Elle arrivait, toujours souriante, sachant bien qu'on allait parler de Souris et flattant cette manie inoffensive de son nouvel époux.

— Dis donc, te rappelles-tu un jour où Souris a voulu me démontrer comme quoi les petits hommes sont toujours plus aimés que les grands.

Et il se lançait en des réflexions désagréables pour le défunt qui était petit, et discrètement avantageuses pour lui, Leuillet, qui était grand.

Et Mme Leuillet lui laissait entendre qu'il avait bien raison, bien raison ; et elle riait de tout son

cœur, se moquant doucement de l'ancien époux pour le plus grand plaisir du nouveau qui finissait toujours par ajouter :

— C'est égal, ce Souris, quel godiche.

*

Ils étaient heureux, tout à fait heureux. Et Leuillet ne cessait de prouver à sa femme son amour inapaisé par toutes les manifestations d'usage.

Or, une nuit, comme ils ne parvenaient point à s'endormir, émus tous deux par un regain de jeunesse, Leuillet, qui tenait sa femme étroitement serrée en ses bras et qui l'embrassait à pleines lèvres, lui demanda tout à coup :

— Dis donc, chérie.

— Hein ?

— Souris… c'est difficile ce que je vais te demander, — Souris était-il bien… bien amoureux ?

Elle lui rendit un gros baiser, et murmura : « Pas tant que toi, mon chat. »

Il fut flatté dans son amour-propre d'homme et reprit : « Il devait être… godiche… dis ? »

Elle ne répondit pas. Elle eut seulement un petit rire de malice en cachant sa figure dans le cou de son mari.

Il demanda : « Il devait être très godiche, et pas… pas… comment dirais-je… pas habile ? »

Elle fit de la tête un léger mouvement qui signifiait : « Non… pas habile du tout. »

Il reprit : « Il devait bien t'ennuyer, la nuit, hein ? »

Elle eut, cette fois, un accès de franchise en répondant : « Oh ! oui ! »

Il l'embrassa de nouveau pour cette parole et murmura : « Quelle brute c'était ! Tu n'étais pas heureuse avec lui ? »

Elle répondit : « Non. Ça n'était pas gai tous les jours. »

Leuillet se sentit enchanté, établissant en son esprit une comparaison toute à son avantage entre l'ancienne situation de sa femme et la nouvelle.

Il demeura quelque temps sans parler, puis il eut une secousse de gaieté, et demanda :

— Dis donc ?

— Quoi ?

— Veux-tu être bien franche, bien franche avec moi ?

— Mais oui, mon ami.

— Eh bien, là, vrai, est-ce que tu n'as jamais eu la tentation de le... de le... de le tromper, cet imbécile de Souris ?

Mme Leuillet fit un petit « Oh ! » de pudeur et se cacha encore plus étroitement dans la poitrine de son mari. Mais il s'aperçut qu'elle riait.

Il insista. — Là, vraiment, avoue-le ? Il avait si bien une tête de cocu, cet animal-là ! Ce serait si drôle, si drôle ! Ce bon Souris. Voyons, voyons, ma chérie, tu peux bien me dire ça, à moi, à moi, surtout.

Il insistait sur « à moi », pensant bien que si elle avait eu quelque goût pour tromper Souris, c'est avec lui, Leuillet, qu'elle l'aurait fait ; et il frémis-

sait de plaisir dans l'attente de cet aveu, sûr que, si elle n'avait pas été la femme vertueuse qu'elle était, il l'aurait obtenue alors.

Mais elle ne répondait pas, riant toujours comme au souvenir d'une chose infiniment comique.

Leuillet, à son tour, se mit à rire à cette pensée qu'il aurait pu faire Souris cocu! Quel bon tour! Quelle belle farce! Ah, oui, la bonne farce, vraiment!

Il balbutiait, tout secoué par sa joie: «Ce pauvre Souris, ce pauvre Souris, ah, oui, il en avait la tête; ah, oui, ah, oui!»

Mme Leuillet maintenant se tordait sous les draps, riant à pleurer, poussant presque des cris.

Et Leuillet répétait: «Allons, avoue-le, avoue-le. Sois franche. Tu comprends bien que ça ne peut pas m'être désagréable, à moi.»

Alors elle balbutia, en étouffant: «Oui, oui.»

Son mari insistait: «Oui, quoi? voyons, dis tout.»

Elle ne rit plus que d'une façon discrète et, haussant la bouche jusqu'aux oreilles de Leuillet qui s'attendait à une agréable confidence, elle murmura: «Oui... je l'ai trompé.»

Il sentit un frisson de glace qui lui courut jusque dans les os, et bredouilla, éperdu: «Tu... tu... l'as... trompé... tout à fait?»

Elle crut encore qu'il trouvait la chose infiniment plaisante et répondit: «Oui... tout à fait... tout à fait.»

Il fut obligé de s'asseoir dans le lit tant il se sen-

tit saisi, la respiration coupée, bouleversé comme s'il venait d'apprendre qu'il était lui-même cocu.

Il ne dit rien d'abord ; puis, au bout de quelques secondes, il prononça simplement : « Ah ! »

Elle avait aussi cessé de rire, comprenant trop tard sa faute.

Leuillet, enfin, demanda : « Et avec qui ? »

Elle demeura muette, cherchant une argumentation.

Il reprit : « Avec qui ? »

Elle dit enfin : « Avec un jeune homme. »

Il se tourna vers elle brusquement, et, d'une voix sèche : « Je pense bien que ce n'est pas avec une cuisinière. Je te demande quel jeune homme, entends-tu ? »

Elle ne répondit rien. Il saisit le drap dont elle se couvrait la tête et le rejeta au milieu du lit, répétant :

— Je veux savoir avec quel jeune homme, entends-tu ?

Alors elle prononça péniblement : « Je voulais rire. »

Mais il frémissait de colère : « Quoi ? Comment ? Tu voulais rire ? Tu te moquais de moi, alors ? Mais je ne me paye pas de ces défaites-là, entends-tu ? Je te demande le nom du jeune homme ? »

Elle ne répondit pas, demeurant sur le dos, immobile.

Il lui prit le bras qu'il serra vivement : « M'entends-tu, à la fin ? Je prétends que tu me répondes quand je te parle. »

Alors elle prononça nerveusement : « Je crois que tu deviens fou, laisse-moi tranquille ! »

Il tremblait de fureur, ne sachant plus que dire, exaspéré, et il la secouait de toute sa force, répétant : « M'entends-tu ? m'entends-tu ? »

Elle fit pour se dégager un geste brusque, et du bout des doigts atteignit le nez de son mari. Il eut une rage, se croyant frappé, et d'un élan il se rua sur elle.

Il la tenait maintenant sous lui, la giflant de toute sa force et criant : « Tiens, tiens, tiens, voilà, voilà, gueuse, catin ! catin ! »

Puis quand il fut essoufflé, à bout d'énergie, il se leva, et se dirigea vers la commode pour se préparer un verre d'eau sucrée à la fleur d'oranger, car il se sentait brisé à défaillir.

Et elle pleurait au fond du lit, poussant de gros sanglots, sentant tout son bonheur fini, par sa faute.

Alors, au milieu des larmes, elle balbutia :

« Écoute, Antoine, viens ici, je t'ai menti, tu vas comprendre, écoute. »

Et, prête à la défense maintenant, armée de raisons et de ruses, elle souleva un peu sa tête ébouriffée dans son bonnet chaviré.

Et lui, se tournant vers elle, s'approcha, honteux d'avoir frappé, mais sentant vivre au fond de son cœur de mari une haine inépuisable contre cette femme qui avait trompé l'autre, Souris[1].

1. Ce thème de la jalousie rétrospective d'un homme à l'égard d'un autre sera repris par Maupassant dans une chronique du *Figaro* (12 juin 1884) et dans *Bel-Ami* où sera décrite la rancune de Duroy à l'égard du premier mari de Madeleine Forestier (IIe partie, chap. II).

L'ATTENTE [1]

On causait, entre hommes, après dîner, dans le fumoir. On parlait de successions inattendues, d'héritages bizarres. Alors M. Le Brument, qu'on appelait tantôt l'illustre maître, tantôt l'illustre avocat, vint s'adosser à la cheminée.

— J'ai, dit-il, à rechercher en ce moment un héritier disparu dans des circonstances particulièrement terribles. C'est là un de ces drames simples et féroces de la vie commune ; une histoire qui peut arriver tous les jours, et qui est cependant une des plus épouvantables que je connaisse. La voici :

*

Je fus appelé, voici à peu près six mois, auprès d'une mourante. Elle me dit :

— Monsieur, je voudrais vous charger de la mission la plus délicate, la plus difficile et la plus

1. Préoriginale : *Le Gaulois*, 11 novembre 1883.

longue qui soit. Prenez, s'il vous plaît, connaissance de mon testament, là, sur cette table. Une somme de cinq mille francs vous est léguée, comme honoraires, si vous ne réussissez pas, et de cent mille francs si vous réussissez. Il faut retrouver mon fils après ma mort.

Elle me pria de l'aider à s'asseoir dans son lit, pour parler plus facilement, car sa voix saccadée, essoufflée, sifflait dans sa gorge.

Je me trouvais dans une maison fort riche. La chambre luxueuse, d'un luxe simple, était capitonnée avec des étoffes épaisses comme des murs, si douces à l'œil qu'elles donnaient une sensation de caresse, si muettes que les paroles semblaient y entrer, y disparaître, y mourir.

L'agonisante reprit :

— Vous êtes le premier être à qui je vais dire mon horrible histoire. Je tâcherai d'avoir la force d'aller jusqu'au bout. Il faut que vous n'ignoriez rien pour avoir, vous que je sais être un homme de cœur en même temps qu'un homme du monde, le désir sincère de m'aider de tout votre pouvoir.

« Écoutez-moi.

« Avant mon mariage, j'avais aimé un jeune homme dont ma famille repoussa la demande, parce qu'il n'était pas assez riche. J'épousai, peu de temps après, un homme fort riche. Je l'épousai par ignorance, par crainte, par obéissance, par nonchalance, comme épousent les jeunes filles.

« J'en eus un enfant, un garçon. Mon mari mourut au bout de quelques années.

«Celui que j'avais aimé s'était marié à son tour.
Quand il me vit veuve, il éprouva une horrible dou-
leur de n'être plus libre. Il me vint voir, il pleura et
sanglota devant moi à me briser le cœur. Il devint
mon ami. J'aurais dû, peut-être, ne le pas recevoir.
Que voulez-vous? j'étais seule, si triste, si seule,
si désespérée! Et je l'aimais encore. Comme on
souffre, parfois!

«Je n'avais que lui au monde, mes parents étant
morts aussi. Il venait souvent; il passait des soirs
entiers auprès de moi. Je n'aurais pas dû le laisser
venir si souvent, puisqu'il était marié. Mais je
n'avais pas la force de l'en empêcher.

«Que vous dirai-je?... il devint mon amant!
Comment cela s'est-il fait? Est-ce que je le sais?
Est-ce qu'on sait! Croyez-vous qu'il puisse en
être autrement quand deux créatures humaines sont
poussées l'une vers l'autre par cette force irrésis-
tible de l'amour partagé? Croyez-vous, monsieur,
qu'on puisse toujours résister, toujours lutter, tou-
jours refuser ce que demande avec des prières, des
supplications, des larmes, des paroles affolantes,
des agenouillements, des emportements de passion,
l'homme qu'on adore, qu'on voudrait voir heureux
en ses moindres désirs, qu'on voudrait accabler de
toutes les joies possibles et qu'on désespère, pour
obéir à l'honneur du monde? Quelle force il fau-
drait, quel renoncement au bonheur, quelle abnéga-
tion, et même quel égoïsme d'honnêteté, n'est-il
pas vrai?

«Enfin, monsieur, je fus sa maîtresse; et je fus

heureuse. Pendant douze ans, je fus heureuse. J'étais devenue, et c'est là ma plus grande faiblesse et ma grande lâcheté, j'étais devenue l'amie de sa femme.

« Nous élevions mon fils ensemble, nous en faisions un homme, un homme véritable, intelligent, plein de sens et de volonté, d'idées généreuses et larges. L'enfant atteignit dix-sept ans.

« Lui, le jeune homme, aimait mon… mon amant presque autant que je l'aimais moi-même, car il avait été également chéri et soigné par nous deux. Il l'appelait : « Bon ami[1] » et le respectait infiniment, n'ayant jamais reçu de lui que des enseignements sages et des exemples de droiture, d'honneur et de probité. Il le considérait comme un vieux, loyal et dévoué camarade de sa mère, comme une sorte de père moral, de tuteur, de protecteur, que sais-je ?

« Peut-être ne s'était-il jamais rien demandé, accoutumé dès son plus jeune âge à voir cet homme dans la maison, près de moi, près de lui, occupé de nous sans cesse.

« Un soir, nous devions dîner tous les trois ensemble (c'étaient là mes plus grandes fêtes), et je les attendais tous les deux, me demandant lequel arriverait le premier. La porte s'ouvrit ; c'était mon vieil ami. J'allai vers lui, les bras tendus ; et il me mit sur les lèvres un long baiser de bonheur.

« Tout à coup un bruit, un frôlement, presque

1. Un surnom est en train de se former qui, à peine modifié, deviendra le titre du roman *Bel-Ami* : c'est ainsi que la petite Laurine appelle Duroy.

rien, cette sensation mystérieuse qui indique la présence d'une personne, nous fit tressaillir et nous retourner d'une secousse. Jean, mon fils, était là, debout, livide, nous regardant.

«Ce fut une seconde atroce d'affolement. Je reculai, tendant les mains vers mon enfant comme pour une prière. Je ne le vis plus. Il était parti.

«Nous sommes demeurés face à face, atterrés, incapables de parler. Je m'affaissai sur un fauteuil et j'avais envie, une envie confuse et puissante de fuir, de m'en aller dans la nuit, de disparaître pour toujours. Puis des sanglots convulsifs m'emplirent la gorge, et je pleurai, secouée de spasmes, l'âme déchirée, tous les nerfs tordus par cette horrible sensation d'un irrémédiable malheur et par cette honte épouvantable qui tombe sur le cœur d'une mère en ces moments-là.

«Lui… restait effaré devant moi, n'osant ni m'approcher, ni me parler, ni me toucher, de peur que l'enfant ne revînt. Il dit enfin :

«— Je vais le chercher… lui dire… lui faire comprendre… Enfin il faut que je le voie… qu'il sache…

«Et il sortit.

«J'attendis… j'attendis éperdue, tressaillant aux moindres bruits, soulevée de peur, et je ne sais de quelle émotion indicible et intolérable à chacun des petits craquements du feu dans la cheminée.

«J'attendis une heure, deux heures, sentant grandir en mon cœur une épouvante inconnue, une angoisse telle que je ne souhaiterais point au plus

criminel des hommes dix minutes de ces moments-là. Où était mon enfant ? Que faisait-il ?

« Vers minuit, un commissionnaire m'apporta un billet de mon amant. Je le sais encore par cœur.

« "Votre fils est-il rentré ? Je ne l'ai pas trouvé. Je suis en bas. Je ne veux pas monter à cette heure."

« J'écrivis, au crayon, sur le même papier :

« "Jean n'est pas revenu ; il faut que vous le retrouviez."

« Et je passai toute la nuit sur mon fauteuil, attendant.

« Je devenais folle. J'avais envie de hurler, de courir, de me rouler par terre. Et je ne faisais pas un mouvement, attendant toujours. Qu'allait-il arriver ? Je cherchais à le savoir, à le deviner. Mais je ne le prévoyais point, malgré mes efforts, malgré les tortures de mon âme !

« J'avais peur maintenant qu'ils ne se rencontrassent. Que feraient-ils ? Que ferait l'enfant ? Des doutes effrayants me déchiraient, des suppositions affreuses.

« Vous comprenez bien cela, n'est-ce pas, monsieur ?

« Ma femme de chambre, qui ne savait rien, qui ne comprenait rien, venait sans cesse, me croyant folle sans doute. Je la renvoyais d'une parole ou d'un geste. Elle alla chercher le médecin, qui me trouva tordue dans une crise de nerfs.

« On me mit au lit. J'eus une fièvre cérébrale[1].

1. Même réaction, en des circonstances différentes, chez Jeanne, l'héroïne d'*Une vie* (chap. VII).

« Quand je repris connaissance après une longue maladie, j'aperçus près de mon lit mon... amant... seul. Je criai : "Mon fils ?... où est mon fils ?" Il ne répondit pas. Je balbutiai :

« — Mort... mort... Il s'est tué ?

« Il répondit :

« — Non, non, je vous le jure. Mais nous ne l'avons pas pu rejoindre, malgré mes efforts.

« Alors, je prononçai, exaspérée soudain, indignée même, car on a de ces colères inexplicables et déraisonnables :

« — Je vous défends de revenir, de me revoir, si vous ne le retrouvez pas ; allez-vous-en.

« Il sortit.

« Je ne les ai jamais revus ni l'un ni l'autre, monsieur, et je vis ainsi depuis vingt ans.

« Vous figurez-vous cela ? Comprenez-vous ce supplice monstrueux, ce lent et constant déchirement de mon cœur de mère, de mon cœur de femme, cette attente abominable et sans fin... sans fin !... Non... — elle va finir... car je meurs. Je meurs sans les avoir revus... ni l'un... ni l'autre !

« Lui, mon ami, m'a écrit chaque jour depuis vingt ans ; et, moi, je n'ai jamais voulu le recevoir, même une seconde ; car il me semble que, s'il revenait ici, c'est juste à ce moment-là que je verrais reparaître mon fils ! — Mon fils ! — mon fils ! — Est-il mort ? Est-il vivant ? Où se cache-t-il ? Là-bas, peut-être, derrière les grandes mers, dans un pays si lointain que je n'en sais même pas le nom ! Pense-t-il à moi ?... Oh ! s'il savait ! Que les

enfants sont cruels! A-t-il compris à quelle épouvantable souffrance il me condamnait; dans quel désespoir, dans quelle torture il me jetait vivante, et jeune encore, pour jusqu'à mes derniers jours, moi sa mère, qui l'aimais de toute la violence de l'amour maternel. Que c'est cruel, dites[1]?

«Vous lui direz tout cela, monsieur. Vous lui répéterez mes dernières paroles:

«— Mon enfant, mon cher, cher enfant, sois moins dur pour les pauvres créatures. La vie est déjà assez brutale et féroce! Mon cher enfant, songe à ce qu'a été l'existence de ta mère, de ta pauvre mère, à partir du jour où tu l'as quittée. Mon cher enfant, pardonne-lui, et aime-la, maintenant qu'elle est morte, car elle a subi la plus affreuse des pénitences.»

Elle haletait, frémissante, comme si elle eût parlé à son fils, debout devant elle. Puis elle ajouta:

— Vous lui direz encore, monsieur, que je n'ai jamais revu... l'autre.

Elle se tut encore, puis reprit d'une voix brisée:

— Laissez-moi maintenant, je vous prie. Je voudrais mourir seule, puisqu'ils ne sont point auprès de moi.

Mᵉ Le Brument ajouta:

— Et je suis sorti, messieurs, en pleurant comme

1. On comparera ces propos à ceux que tient la vieille femme de «Rencontre» (dans le recueil *Les Sœurs Rondoli*), conte paru en mai 1882.

une bête, si fort que mon cocher se retournait pour me regarder.

Et dire que, tous les jours, il se passe autour de nous un tas de drames comme celui-là !

Je n'ai pas retrouvé le fils… ce fils… Pensez-en ce que vous voudrez ; moi, je dis : ce fils… criminel.

PREMIÈRE NEIGE [1]

La longue promenade de la Croisette s'arrondit au bord de l'eau bleue. Là-bas, à droite, l'Esterel s'avance au loin dans la mer. Il barre la vue, fermant l'horizon par le joli décor méridional de ses sommets pointus, nombreux et bizarres.

À gauche, les îles Sainte-Marguerite et Saint-Honorat [2], couchées dans l'eau, montrent leur dos couvert de sapins.

Et tout le long du large golfe, tout le long des grandes montagnes assises autour de Cannes, le peuple blanc des villas semble endormi dans le soleil. On les voit au loin, les maisons claires, semées du haut en bas des monts tachant de points de neige la verdure sombre.

Les plus proches de l'eau ouvrent leurs grilles

1. Paru dans *Le Gaulois*, 11 décembre 1883.
2. *Sainte-Marguerite et Saint-Honorat* : ces îles font partie du groupe des îles de Lérins, face à la baie de Cannes. À partir du début de 1884, Maupassant éprouvera une particulière attirance pour la côte méditerranéenne.

sur la vaste promenade que viennent baigner les
flots tranquilles. Il fait bon, il fait doux. C'est un
tiède jour d'hiver où passe à peine un rayon de
fraîcheur. Par-dessus les mers des jardins, on aper-
çoit les orangers et les citronniers pleins de fruits
d'or. Des dames vont à pas lents sur le sable de
l'avenue, suivies d'enfants qui roulent des cer-
ceaux, ou causant avec des messieurs[1].

*

Une jeune femme vient de sortir de sa petite et
coquette maison dont la porte est sur la Croisette.
Elle s'arrête un instant à regarder les promeneurs,
sourit et gagne, d'une allure accablée, un banc vide
en face de la mer. Fatiguée d'avoir fait vingt pas,
elle s'assied en haletant. Son pâle visage semble
celui d'une morte. Elle tousse, et porte à ses lèvres
ses doigts transparents comme pour arrêter ces
secousses qui l'épuisent.

Elle regarde le ciel plein de soleil et d'hiron-
delles, les sommets capricieux de l'Esterel là-bas,
et, tout près, la mer si bleue, si tranquille, si belle.

Elle sourit encore, et murmure :

— Oh ! que je suis heureuse.

Elle sait pourtant qu'elle va mourir, qu'elle ne
verra point le printemps, que, dans un an, le long

1. Ce spectacle offert par les tuberculeux, sur la Côte d'Azur,
a déjà été évoqué dans « Auprès d'un mort ». Mais il sera surtout
repris, avec même description de la Croisette et de l'Esterel,
dans *Sur l'eau* (Folio classique, p. 56).

de la même promenade, ces mêmes gens qui passent devant elle viendront encore respirer l'air tiède de ce doux pays, avec leurs enfants un peu plus grands, avec le cœur toujours rempli d'espoirs, de tendresses, de bonheur, tandis qu'au fond d'un cercueil de chêne la pauvre chair qui lui reste encore aujourd'hui sera tombée en pourriture, laissant ses os seulement couchés dans la robe de soie qu'elle a choisie pour linceul.

Elle ne sera plus. Toutes les choses de la vie continueront pour d'autres. Ce sera fini pour elle, fini pour toujours. Elle ne sera plus. Elle sourit, et respire tant qu'elle peut, de ses poumons malades, les souffles parfumés des jardins.

Et elle songe.

*

Elle se souvient. On l'a mariée, voici quatre ans, avec un gentilhomme normand. C'était un fort garçon barbu, coloré, large d'épaules, d'esprit court et de joyeuse humeur.

On les accoupla pour des raisons de fortune qu'elle ne connut point. Elle aurait volontiers dit « non ». Elle fit « oui » d'un mouvement de tête, pour ne point contrarier père et mère. Elle était Parisienne, gaie, heureuse de vivre.

Son mari l'emmena en son château normand. C'était un vaste bâtiment de pierre entouré de grands arbres très vieux. Un haut massif de sapins arrêtait le regard en face. Sur la droite, une trouée

donnait vue sur la plaine qui s'étalait, toute nue, jusqu'aux fermes lointaines. Un chemin de traverse passait devant la barrière et conduisait à la grand-route éloignée de trois kilomètres.

Oh! elle se rappelle tout : son arrivée, sa première journée en sa nouvelle demeure, et sa vie isolée ensuite.

Quand elle descendit de voiture, elle regarda le vieux bâtiment et déclara, en riant :

— Ça n'est pas gai !

Son mari se mit à rire à son tour et répondit :

— Bast! on s'y fait. Tu verras. Je ne m'y ennuie jamais, moi.

Ce jour-là, ils passèrent le temps à s'embrasser, et elle ne le trouva pas trop long. Le lendemain ils recommencèrent et toute la semaine, vraiment, fut mangée par les caresses.

Puis elle s'occupa d'organiser son intérieur. Cela dura bien un mois. Les jours passaient, l'un après l'autre, en des occupations insignifiantes et cependant absorbantes. Elle apprenait la valeur et l'importance des petites choses de la vie. Elle sut qu'on peut s'intéresser au prix des œufs qui coûtent quelques centimes de plus ou de moins suivant les saisons.

C'était l'été. Elle allait aux champs voir moissonner. La gaieté du soleil entretenait celle de son cœur.

L'automne vint. Son mari se mit à chasser. Il sortait le matin avec ses deux chiens Médor et Mirza. Elle restait seule alors, sans s'attrister d'ailleurs de

l'absence d'Henry. Elle l'aimait bien, pourtant, mais il ne lui manquait pas. Quand il rentrait, les chiens surtout absorbaient sa tendresse. Elle les soignait chaque soir avec une affection de mère, les caressait sans fin, leur donnait mille petits noms charmants qu'elle n'eût point eu l'idée d'employer pour son mari.

Il lui racontait invariablement sa chasse. Il désignait les places où il avait rencontré les perdrix ; s'étonnait de n'avoir point trouvé de lièvre dans le trèfle de Joseph Ledentu, ou bien paraissait indigné du procédé de M. Lechapelier, du Havre, qui suivait sans cesse la lisière de ses terres pour tirer le gibier levé par lui, Henry de Parville.

Elle répondait :

— Oui, vraiment, ce n'est pas bien, en pensant à autre chose.

L'hiver vint, l'hiver normand, froid et pluvieux. Les interminables averses tombaient sur les ardoises du grand toit anguleux, dressé comme une lame vers le ciel. Les chemins semblaient des fleuves de boue ; la campagne, une plaine de boue ; et on n'entendait aucun bruit que celui de l'eau tombant ; on ne voyait aucun mouvement que le vol tourbillonnant des corbeaux qui se déroulait comme un nuage, s'abattait dans un champ, puis repartait.

Vers quatre heures, l'armée des bêtes sombres et volantes venait se percher dans les grands hêtres à gauche du château, en poussant des cris assourdissants. Pendant près d'une heure, ils voletaient de cime en cime, semblaient se battre, croassaient,

mettaient dans le branchage grisâtre un mouve-
ment noir.

Elle les regardait, chaque soir, le cœur serré,
toute pénétrée par la lugubre mélancolie de la nuit
tombant sur les terres désertes.

Puis elle sonnait pour qu'on apportât la lampe ; et
elle se rapprochait du feu. Elle brûlait des mon-
ceaux de bois sans parvenir à échauffer les pièces
immenses envahies par l'humidité. Et elle avait
froid tout le jour, partout, au salon, aux repas, dans
sa chambre. Elle avait froid, jusqu'aux os, lui sem-
blait-il. Son mari ne rentrait que pour dîner, car il
chassait sans cesse, ou bien s'occupait des semences,
des labours, de toutes les choses de la campagne.

Il rentrait joyeux et crotté, se frottait les mains,
déclarait :

— Quel fichu temps !

Ou bien :

— C'est bon d'avoir du feu !

Ou parfois il demandait :

— Qu'est-ce qu'on dit aujourd'hui ? Est-on
contente ?

Il était heureux, bien portant, sans désirs, ne
rêvant pas autre chose que cette vie simple, saine et
tranquille.

Vers décembre, quand les neiges arrivèrent, elle
souffrit tellement de l'air glacé du château, du
vieux château qui semblait s'être refroidi avec les
siècles, comme font les humains avec les ans,
qu'elle demanda, un soir à son mari :

— Dis donc, Henry, tu devrais bien faire mettre

ici un calorifère ; cela sécherait les murs. Je t'assure que je ne peux pas me réchauffer du matin au soir.

Il demeura d'abord interdit à cette idée extravagante d'installer un calorifère en son manoir. Il lui eût semblé plus naturel de servir ses chiens dans de la vaisselle plate. Puis il poussa, de toute la vigueur de sa poitrine, un rire énorme en répétant :

— Un calorifère ici ! Un calorifère ici ! Ah ! ah ! ah ! quelle bonne farce !

Elle insistait :

— Je t'assure qu'on gèle, mon ami ; tu ne t'en aperçois pas, parce que tu es toujours en mouvement, mais on gèle.

Il répondit, en riant toujours :

— Bast ! on s'y fait, et d'ailleurs c'est excellent pour la santé. Tu ne t'en porteras que mieux. Nous ne sommes pas des Parisiens, sacrebleu ! pour vivre dans les tisons. Et, d'ailleurs, voici le printemps tout à l'heure.

*

Vers le commencement de janvier un grand malheur la frappa. Son père et sa mère moururent d'un accident de voiture. Elle vint à Paris pour les funérailles. Et le chagrin occupa seul son esprit pendant six mois environ.

La douceur des beaux jours finit par la réveiller, et elle se laissa vivre dans un alanguissement triste jusqu'à l'automne.

Quand revinrent les froids, elle envisagea, pour

la première fois, le sombre avenir. Que ferait-elle ? Rien. Qu'arriverait-il désormais pour elle ? Rien. Quelle attente, quelle espérance pouvaient ranimer son cœur ? Aucune. Un médecin, consulté, avait déclaré qu'elle n'aurait jamais d'enfants.

Plus âpre, plus pénétrant encore que l'autre année, le froid la faisait continuellement souffrir. Elle tendait aux grandes flammes ses mains grelottantes. Le feu flamboyant lui brûlait le visage ; mais des souffles glacés semblaient se glisser dans son dos, pénétrer entre la chair et les étoffes. Et elle frémissait de la tête aux pieds. Des courants d'air innombrables paraissaient installés dans les appartements, des courants d'air vivants, sournois, acharnés comme des ennemis. Elle les rencontrait à tout instant ; ils lui soufflaient sans cesse, tantôt sur le visage, tantôt sur les mains, tantôt sur le cou, leur haine perfide et gelée.

Elle parla de nouveau d'un calorifère ; mais son mari l'écouta comme si elle lui eût demandé la lune. L'installation d'un appareil semblable à Parville lui paraissait aussi impossible que la découverte de la pierre philosophale.

Ayant été à Rouen, un jour, pour affaires, il rapporta à sa femme une mignonne chaufferette de cuivre qu'il appelait en riant un « calorifère portatif » ; et il jugeait que cela suffirait désormais à l'empêcher d'avoir jamais froid.

Vers la fin de décembre, elle comprit qu'elle ne pourrait vivre ainsi toujours, et elle demanda timidement, un soir, en disant :

— Dis donc, mon ami, est-ce que nous n'irons point passer une semaine ou deux à Paris avant le printemps ?

Il fut stupéfait.

— À Paris ? à Paris ? Mais pour quoi faire ? Ah ! mais non, par exemple ! On est trop bien ici, chez soi. Quelles drôles d'idées tu as par moments !

Elle balbutia :

— Cela nous distrairait un peu.

Il ne comprenait pas :

— Qu'est-ce qu'il te faut pour te distraire ? Des théâtres, des soirées, des dîners en ville ? Tu savais pourtant bien en venant ici que tu ne devais pas t'attendre à des distractions de cette nature !

Elle vit un reproche dans ces paroles et dans le ton dont elles étaient dites. Elle se tut. Elle était timide et douce, sans révoltes et sans volonté.

En janvier, les froids revinrent avec violence. Puis la neige couvrit la terre.

Un soir, comme elle regardait le grand nuage tournoyant des corbeaux se déployer autour des arbres, elle se mit, malgré elle, à pleurer.

Son mari entrait. Il demanda tout surpris :

— Qu'est-ce que tu as donc ?

Il était heureux, lui, tout à fait heureux, n'ayant jamais rêvé une autre vie, d'autres plaisirs. Il était né dans ce triste pays, il y avait grandi, il s'y trouvait bien, chez lui, à son aise de corps et d'esprit.

Il ne comprenait pas qu'on pût désirer des événements, avoir soif de joies changeantes ; il ne comprenait point qu'il ne semble pas naturel à cer-

tains êtres de demeurer aux mêmes lieux pendant les quatre saisons ; il semblait ne pas savoir que le printemps, que l'été, que l'automne, que l'hiver ont, pour des multitudes de personnes, des plaisirs nouveaux en des contrées nouvelles.

Elle ne pouvait rien répondre et s'essuyait vivement les yeux. Elle balbutia enfin, éperdue :

— J'ai… je… je suis un peu triste… je m'ennuie un peu…

Mais une terreur la saisit d'avoir dit cela, et elle ajouta bien vite :

— Et puis… j'ai… j'ai un peu froid.

À cette parole, il s'irrita :

— Ah ! oui… toujours ton idée de calorifère. Mais voyons, sacrebleu ! tu n'as seulement pas eu un rhume depuis que tu es ici.

*

La nuit vint. Elle monta dans sa chambre, car elle avait exigé une chambre séparée. Elle se coucha. Même en son lit, elle avait froid. Elle pensait :

— Ce sera ainsi toujours, toujours, jusqu'à la mort.

Et elle songeait à son mari. Comment avait-il pu lui dire cela :

« Tu n'as seulement pas eu un rhume depuis que tu es ici. »

Il fallait donc qu'elle fût malade, qu'elle toussât pour qu'il comprît qu'elle souffrait !

Et une indignation la saisit, une indignation exaspérée de faible, de timide.

Il fallait qu'elle toussât. Alors il aurait pitié d'elle, sans doute. Eh bien ! elle tousserait ; il l'entendrait tousser ; il faudrait appeler le médecin ; il verrait cela, son mari, il verrait !

Elle s'était levée nu-jambes, nu-pieds, et une idée enfantine la fit sourire :

— Je veux un calorifère, et je l'aurai. Je tousserai tant, qu'il faudra bien qu'il se décide à en installer un.

Et elle s'assit presque nue, sur une chaise. Elle attendit une heure, deux heures. Elle grelottait, mais elle ne s'enrhumait pas. Alors elle se décida à employer les grands moyens.

Elle sortit de sa chambre sans bruit, descendit l'escalier, ouvrit la porte du jardin.

La terre, couverte de neige, semblait morte. Elle avança brusquement son pied nu et l'enfonça dans cette mousse légère et glacée. Une sensation de froid, douloureuse comme une blessure, lui monta jusqu'au cœur ; cependant elle allongea l'autre jambe et se mit à descendre les marches, lentement[1].

Puis elle s'avança à travers le gazon, se disant :

— J'irai jusqu'aux sapins.

Elle allait à petits pas, en haletant, suffoquée chaque fois qu'elle faisait pénétrer son pied nu dans la neige.

1. Réminiscence, presque dans les mêmes termes, du passage d'*Une vie* où l'on voit Jeanne se lancer à travers la campagne couverte de neige quand elle découvre l'infidélité de Julien (chap. VII).

Elle toucha de la main le premier sapin, comme pour bien se convaincre elle-même qu'elle avait accompli jusqu'au bout son projet ; puis elle revint. Elle crut deux ou trois fois qu'elle allait tomber, tant elle se sentait engourdie et défaillante. Avant de rentrer, toutefois, elle s'assit dans cette écume gelée, et même, elle en ramassa pour se frotter la poitrine.

Puis elle rentra et se coucha. Il lui sembla, au bout d'une heure, qu'elle avait une fourmilière dans la gorge. D'autres fourmis lui couraient le long des membres. Elle dormit cependant.

Le lendemain elle toussait, et elle ne put se lever.

Elle eut une fluxion de poitrine. Elle délira, et dans son délire elle demandait un calorifère. Le médecin exigea qu'on en installât un. Henry céda, mais avec une répugnance irritée.

*

Elle ne put guérir. Les poumons atteints profondément donnaient des inquiétudes pour sa vie.

— Si elle reste ici, elle n'ira pas jusqu'aux froids, dit le médecin.

On l'envoya dans le Midi.

Elle vint à Cannes, connut le soleil, aima la mer, respira l'air des orangers en fleur.

Puis elle retourna dans le Nord au printemps.

Mais elle vivait maintenant avec la peur de guérir, avec la peur des longs hivers de Normandie ; et,

sitôt qu'elle allait mieux, elle ouvrait, la nuit, sa fenêtre, en songeant aux doux rivages de la Méditerranée.

À présent, elle va mourir ; elle le sait. Elle est heureuse.

Elle déploie un journal qu'elle n'avait point ouvert, et lit ce titre : « La première neige à Paris. »

Alors elle frissonne, et puis sourit. Elle regarde là-bas l'Esterel qui devient rose sous le soleil couchant ; elle regarde le vaste ciel bleu, si bleu, la vaste mer bleue, si bleue, et se lève.

Et puis elle rentre, à pas lents, s'arrêtant seulement pour tousser, car elle est demeurée trop tard dehors, et elle a eu froid, un peu froid.

Elle trouve une lettre de son mari. Elle l'ouvre en souriant toujours et elle lit :

« Ma chère amie.

« J'espère que tu vas bien et que tu ne regrettes pas trop notre beau pays. Nous avons depuis quelques jours une bonne gelée qui annonce la neige. Moi, j'adore ce temps-là et tu comprends que je me garde bien d'allumer ton maudit calorifère… »

Elle cesse de lire, tout heureuse à cette idée qu'elle l'a eu son calorifère. Sa main droite, qui tient la lettre, retombe lentement sur ses genoux, tandis qu'elle porte à sa bouche sa main gauche comme pour calmer la toux opiniâtre qui lui déchire la poitrine.

COCO[1]

Dans tout le pays environnant on appelait la ferme des Lucas « la Métairie ». On n'aurait su dire pourquoi. Les paysans, sans doute, attachaient à ce mot « métairie » une idée de richesse et de grandeur, car cette ferme était assurément la plus vaste, la plus opulente et la plus ordonnée de la contrée.

La cour, immense, entourée de cinq rangs d'arbres magnifiques pour abriter contre le vent violent de la plaine les pommiers trapus et délicats, enfermait de longs bâtiments couverts en tuiles pour conserver les fourrages et les grains, de belles étables bâties en silex, des écuries pour trente chevaux, et une maison d'habitation en brique rouge, qui ressemblait à un petit château.

1. Le manuscrit destiné à l'impression a figuré dans une vente à l'hôtel Drouot, 4 juillet 1972 ; on en trouvera les variantes dans l'édition des *Contes et nouvelles* de Maupassant, t. I, Bibliothèque de la Pléiade, p. 1620 et suiv. Le conte a été publié en revue dans *Le Gaulois* du 21 janvier 1884 et recueilli dans les *Contes du jour et de la nuit* en 1885.

Les fumiers étaient bien tenus ; les chiens de garde habitaient en des niches, un peuple de volailles circulait dans l'herbe haute.

Chaque midi, quinze personnes, maîtres, valets et servantes prenaient place autour de la longue table de cuisine où fumait la soupe dans un grand vase de faïence à fleurs bleues.

Les bêtes, chevaux, vaches, porcs et moutons, étaient grasses, soignées et propres ; et maître Lucas, un grand homme qui prenait du ventre, faisait sa ronde trois fois par jour, veillant sur tout et pensant à tout.

On conservait, par charité, dans le fond de l'écurie, un très vieux cheval blanc que la maîtresse voulait nourrir jusqu'à sa mort naturelle, parce qu'elle l'avait élevé, gardé toujours, et qu'il lui rappelait des souvenirs.

Un goujat[1] de quinze ans, nommé Isidore Duval, et appelé plus simplement Zidore, prenait soin de cet invalide, lui donnait, pendant l'hiver, sa mesure d'avoine et son fourrage, et devait aller, quatre fois par jour, en été, le déplacer dans la côte où on l'attachait, afin qu'il eût en abondance de l'herbe fraîche.

L'animal, presque perclus, levait avec peine ses jambes lourdes, grosses des genoux et enflées au-dessus des sabots. Ses poils, qu'on n'étrillait plus

1. *Goujat* : au sens propre, dans l'ancien français, le mot signifiait « garçon », « valet » (spécialement en langage militaire). Ici, le mot a son double sens propre et figuré.

jamais, avaient l'air de cheveux blancs, et des cils très longs donnaient à ses yeux un air triste.

Quand Zidore le menait à l'herbe, il lui fallait tirer sur la corde, tant la bête allait lentement ; et le gars, courbé, haletant, jurait contre elle, s'exaspérant d'avoir à soigner cette vieille rosse.

Les gens de la ferme, voyant cette colère du goujat contre Coco, s'en amusaient, parlaient sans cesse du cheval à Zidore, pour exaspérer le gamin. Ses camarades le plaisantaient. On l'appelait dans le village Coco-Zidore.

Le gars rageait, sentant naître en lui le désir de se venger du cheval. C'était un maigre enfant haut sur jambes, très sale, coiffé de cheveux roux, épais, durs et hérissés. Il semblait stupide, parlait en bégayant, avec une peine infinie, comme si les idées n'eussent pu se former dans son âme épaisse de brute.

Depuis longtemps déjà, il s'étonnait qu'on gardât Coco, s'indignant de voir perdre du bien pour cette bête inutile. Du moment qu'elle ne travaillait plus, il lui semblait injuste de la nourrir, il lui semblait révoltant de gaspiller de l'avoine, de l'avoine qui coûtait si cher, pour ce bidet paralysé. Et souvent même, malgré les ordres de maître Lucas, il économisait sur la nourriture du cheval, ne lui versant qu'une demi-mesure, ménageant sa litière et son foin. Et une haine grandissait en son esprit confus d'enfant, une haine de paysan rapace, de paysan sournois, féroce, brutal et lâche.

*

Lorsque revint l'été, il lui fallut aller *remuer*[1] la bête dans sa côte. C'était loin. Le goujat, plus furieux chaque matin, partait de son pas lourd à travers les blés. Les hommes qui travaillaient dans les terres lui criaient, par plaisanterie :

— Hé Zidore, tu f'ras mes compliments à Coco.

Il ne répondait point ; mais il cassait, en passant, une baguette dans une haie et, dès qu'il avait déplacé l'attache du vieux cheval, il le laissait se remettre à brouter ; puis, approchant traîtreusement, il lui cinglait les jarrets. L'animal essayait de fuir, de ruer, d'échapper aux coups, et il tournait au bout de sa corde comme s'il eût été enfermé dans une piste. Et le gars le frappait avec rage, courant derrière, acharné, les dents serrées par la colère.

Puis il s'en allait lentement, sans se retourner, tandis que le cheval le regardait partir de son œil de vieux, les côtes saillantes, essoufflé d'avoir trotté. Et il ne rebaissait vers l'herbe sa tête osseuse et blanche qu'après avoir vu disparaître au loin la blouse bleue du jeune paysan.

Comme les nuits étaient chaudes, on laissait maintenant Coco coucher dehors, là-bas, au bord de la ravine derrière le bois. Zidore seul allait le voir.

L'enfant s'amusait encore à lui jeter des pierres. Il s'asseyait à dix pas de lui, sur un talus, et il restait là une demi-heure, lançant de temps en temps un

1. *Remuer* : changer de place.

caillou tranchant au bidet, qui demeurait debout, enchaîné devant son ennemi, et le regardant sans cesse, sans oser paître avant qu'il fût reparti.

Mais toujours cette pensée restait plantée dans l'esprit du goujat : « Pourquoi nourrir ce cheval qui ne faisait plus rien ? » Il lui semblait que cette misérable rosse volait le manger des autres, volait l'avoir des hommes, le bien du bon Dieu, le volait même aussi, lui, Zidore, qui travaillait.

Alors, peu à peu, chaque jour, le gars diminua la bande de pâturage qu'il lui donnait en avançant le piquet de bois où était fixée la corde.

La bête jeûnait, maigrissait, dépérissait. Trop faible pour casser son attache, elle tendait la tête vers la grande herbe verte et luisante, si proche, et dont l'odeur lui venait sans qu'elle y pût toucher.

Mais, un matin, Zidore eut une idée : c'était de ne plus remuer Coco. Il en avait assez d'aller si loin pour cette carcasse.

Il vint cependant, pour savourer sa vengeance. La bête inquiète le regardait. Il ne la battit pas ce jour-là. Il tournait autour, les mains dans les poches. Même il fit mine de la changer de place, mais il renfonça le piquet juste dans le même trou, et il s'en alla, enchanté de son invention.

Le cheval, le voyant partir, hennit pour le rappeler ; mais le goujat se mit à courir, le laissant seul, tout seul dans son vallon, bien attaché, et sans un brin d'herbe à portée de la mâchoire.

Affamé, il essaya d'atteindre la grasse verdure qu'il touchait du bout de ses naseaux. Il se mit sur

les genoux, tendant le cou, allongeant ses grandes lèvres baveuses. Ce fut en vain. Tout le jour, elle s'épuisa, la vieille bête, en efforts inutiles, en efforts terribles. La faim la dévorait, rendue plus affreuse par la vue de toute la verte nourriture qui s'étendait par l'horizon.

Le goujat ne revint point ce jour-là. Il vagabonda par les bois pour chercher des nids.

Il reparut le lendemain. Coco, exténué, s'était couché. Il se leva en apercevant l'enfant, attendant, enfin, d'être changé de place.

Mais le petit paysan ne toucha même pas au maillet jeté dans l'herbe. Il s'approcha, regarda l'animal, lui lança dans le nez une motte de terre qui s'écrasa sur le poil blanc, et il repartit en sifflant.

Le cheval resta debout tant qu'il put l'apercevoir encore ; puis, sentant bien que ses tentatives pour atteindre l'herbe voisine seraient inutiles, il s'étendit de nouveau sur le flanc et ferma les yeux.

Le lendemain, Zidore ne vint pas.

Quand il approcha, le jour suivant, de Coco toujours étendu, il s'aperçut qu'il était mort.

Alors il demeura debout, le regardant, content de son œuvre, étonné en même temps que ce fût déjà fini. Il le toucha du pied, leva une de ses jambes, puis la laissa retomber, s'assit dessus, et resta là, les yeux fixés dans l'herbe et sans penser à rien.

Il revint à la ferme, mais il ne dit pas l'accident, car il voulait vagabonder encore aux heures où, d'ordinaire, il allait changer de place le cheval.

Il alla le voir le lendemain. Des corbeaux s'en-

volèrent à son approche. Des mouches innom-
brables se promenaient sur le cadavre et bourdon-
naient à l'entour.

En rentrant, il annonça la chose. La bête était si
vieille que personne ne s'étonna. Le maître dit à
deux valets :

« Prenez vos pelles, vous ferez un trou là ous-
qu'il est. »

Et les hommes enfouirent le cheval juste à la
place où il était mort de faim.

Et l'herbe poussa drue, verdoyante, vigoureuse,
nourrie par le pauvre corps.

ROSE[1]

Les deux jeunes femmes ont l'air ensevelies sous une couche de fleurs. Elles sont seules dans l'immense landau chargé de bouquets comme une corbeille géante. Sur la banquette du devant, deux bannettes de satin blanc sont pleines de violettes de Nice, et sur la peau d'ours qui couvre les genoux un amoncellement de roses, de mimosas, de giroflées, de marguerites, de tubéreuses et de fleurs d'oranger, noués avec des faveurs de soie, semble écraser les deux corps délicats, ne laissant sortir de ce lit éclatant et parfumé que les épaules, les bras et un peu des corsages dont l'un est bleu et l'autre lilas.

Le fouet du cocher porte un fourreau d'anémones, les traits des chevaux sont capitonnés avec des ravenelles[2], les rayons des roues sont vêtus de

1. Publié dans *Gil Blas* du 29 janvier 1884; repris, en 1885, dans les *Contes du jour et de la nuit*. On rapprochera ce conte de «Joseph» (dans le recueil *Le Horla*) et de «L'Enfant» (dans *Clair de lune*).
2. *Ravenelle* : nom commun de la giroflée sauvage.

réséda ; et, à la place des lanternes, deux bouquets ronds, énormes, ont l'air des deux yeux étranges de cette bête roulante et fleurie.

Le landau parcourt au grand trot la route, la rue d'Antibes[1], précédé, suivi, accompagné par une foule d'autres voitures enguirlandées, pleines de femmes disparues sous un flot de violettes. Car c'est la fête des fleurs à Cannes.

On arrive au boulevard de la Foncière[2], où la bataille a lieu. Tout le long de l'immense avenue, une double file d'équipages enguirlandés va et revient comme un ruban sans fin. De l'un à l'autre on se jette des fleurs. Elles passent dans l'air comme des balles, vont frapper les frais visages, voltigent et retombent dans la poussière où une armée de gamins les ramasse.

Une foule compacte, rangée sur les trottoirs, et maintenue par les gendarmes à cheval qui passent brutalement et repoussent les curieux à pied comme pour ne point permettre aux vilains de se mêler aux riches, regarde, bruyante et tranquille.

Dans les voitures, on s'appelle, on se reconnaît, on se mitraille avec des roses. Un char plein de jolies femmes, vêtues de rouge comme des diables, attire et séduit les yeux. Un monsieur, qui ressemble aux portraits d'Henri IV, lance avec une ardeur joyeuse un énorme bouquet retenu par un

1. Cette rue traverse le centre de Cannes d'ouest en est ; elle se prolonge par l'avenue d'Antibes.
2. Actuel boulevard Carnot. La bataille de fleurs eut lieu le 24 janvier 1884.

élastique. Sous la menace du choc, les femmes se cachent les yeux et les hommes baissent la tête, mais le projectile gracieux, rapide et docile, décrit une courbe et revient à son maître qui le jette aussitôt vers une figure nouvelle.

Les deux jeunes femmes vident à pleines mains leur arsenal et reçoivent une grêle de bouquets; puis, après une heure de bataille, un peu lasses enfin, elles ordonnent au cocher de suivre la route du golfe Juan, qui longe la mer[1].

Le soleil disparaît derrière l'Esterel, dessinant en noir, sur un couchant de feu, la silhouette dentelée de la longue montagne. La mer calme s'étend, bleue et claire, jusqu'à l'horizon où elle se mêle au ciel, et l'escadre, ancrée au milieu du golfe, a l'air d'un troupeau de bêtes monstrueuses, immobiles sur l'eau, animaux apocalyptiques, cuirassés et bossus, coiffés de mâts frêles comme des plumes, et avec des yeux qui s'allument quand vient la nuit.

Les jeunes femmes, étendues sous la lourde fourrure, regardent languissamment. L'une dit enfin :

— Comme il y a des soirs délicieux, où tout semble bon. N'est-ce pas, Margot ?

L'autre reprit :

— Oui, c'est bon. Mais il manque toujours quelque chose.

— Quoi donc ? Moi je me sens heureuse tout à fait. Je n'ai besoin de rien.

1. C'est l'actuelle route nationale 7 (elle-même continuation de la rue et de l'avenue d'Antibes).

— Si. Tu n'y penses pas. Quel que soit le bien-
être qui engourdit notre corps, nous désirons tou-
jours quelque chose de plus... pour le cœur.

Et l'autre, souriant :

— Un peu d'amour ?

— Oui.

Elles se turent, regardant devant elles, puis celle
qui s'appelait Marguerite murmura :

— La vie ne me semble pas supportable sans
cela. J'ai besoin d'être aimée, ne fût-ce que par un
chien. Nous sommes toutes ainsi, d'ailleurs, quoi
que tu en dises, Simone.

— Mais non, ma chère. J'aime mieux n'être pas
aimée du tout que de l'être par n'importe qui.
Crois-tu que cela me serait agréable, par exemple,
d'être aimée par... par...

Elle cherchait par qui elle pourrait bien être aimée,
parcourant de l'œil le vaste paysage. Ses yeux, après
avoir fait le tour de l'horizon, tombèrent sur les
deux boutons de métal qui luisaient dans le dos du
cocher, et elle reprit, en riant : «par mon cocher».

Mme Margot sourit à peine et prononça, à voix
basse :

— Je t'assure que c'est très amusant d'être
aimée par un domestique. Cela m'est arrivé deux
ou trois fois. Ils roulent des yeux si drôles que c'est
à mourir de rire. Naturellement, on se montre d'au-
tant plus sévère qu'ils sont plus amoureux, puis on
les met à la porte, un jour, sous le premier prétexte
venu parce qu'on deviendrait ridicule si quelqu'un
s'en apercevait.

Mme Simone écoutait, le regard fixe devant elle, puis elle déclara :

— Non, décidément, le cœur de mon valet de pied ne me paraîtrait pas suffisant. Raconte-moi donc comment tu t'apercevais qu'ils t'aimaient.

— Je m'en apercevais comme avec les autres hommes, lorsqu'ils devenaient stupides.

— Les autres ne me paraissent pas si bêtes à moi, quand ils m'aiment.

— Idiots, ma chère, incapables de causer, de répondre, de comprendre quoi que ce soit.

— Mais toi, qu'est-ce que cela te faisait d'être aimée par un domestique ? Tu étais quoi… émue… flattée ?

— Émue ? non — flattée — oui, un peu. On est toujours flattée de l'amour d'un homme quel qu'il soit.

— Oh, voyons, Margot !

— Si, ma chère. Tiens, je vais te dire une singulière aventure qui m'est arrivée. Tu verras comme c'est curieux et confus ce qui se passe en nous dans ces cas-là.

Il y aura quatre ans à l'automne, je me trouvais sans femme de chambre. J'en avais essayé l'une après l'autre cinq ou six qui étaient ineptes, et je désespérais presque d'en trouver une, quand je lus, dans les petites annonces d'un journal, qu'une jeune fille sachant coudre, broder, coiffer, cherchait une place, et qu'elle fournirait les meilleurs renseignements. Elle parlait en outre l'anglais.

J'écrivis à l'adresse indiquée, et, le lendemain,

la personne en question se présenta. Elle était assez grande, mince, un peu pâle, avec l'air très timide. Elle avait de beaux yeux noirs, un teint charmant, elle me plut tout de suite. Je lui demandai ses certificats : elle m'en donna un en anglais, car elle sortait, disait-elle, de la maison de lady Rymwell, où elle était restée dix ans.

Le certificat attestait que la jeune fille était partie de son plein gré pour rentrer en France et qu'on n'avait eu à lui reprocher, pendant son long service, qu'un peu de *coquetterie française*.

La tournure pudibonde de la phrase anglaise me fit même un peu sourire et j'arrêtai sur-le-champ cette femme de chambre.

Elle entra chez moi le jour même ; elle se nommait Rose.

Au bout d'un mois je l'adorais.

C'était une trouvaille, une perle, un phénomène[1].

Elle savait coiffer avec un goût infini ; elle chiffonnait les dentelles d'un chapeau mieux que les meilleures modistes et elle savait même faire les robes.

J'étais stupéfaite de ses facultés. Jamais je ne m'étais trouvée servie ainsi.

Elle m'habillait rapidement avec une légèreté de mains étonnante. Jamais je ne sentais ses doigts sur ma peau, et rien ne m'est désagréable comme le

1. Ce dernier mot, selon un procédé cher à Maupassant (cf. «L'Ami Patience», «La Parure»), ne prend tout son sens qu'une fois achevée la lecture de tout le conte.

contact d'une main de bonne. Je pris bientôt des habitudes de paresse excessives, tant il m'était agréable de me laisser vêtir, des pieds à la tête, et de la chemise aux gants, par cette grande fille timide, toujours un peu rougissante, et qui ne parlait jamais. Au sortir du bain, elle me frictionnait et me massait pendant que je sommeillais un peu sur mon divan ; je la considérais, ma foi, en amie de condition inférieure, plutôt qu'en simple domestique.

Or, un matin, mon concierge demanda avec mystère à me parler. Je fus surprise et je le fis entrer. C'était un homme très sûr, un vieux soldat, ancienne ordonnance de mon mari.

Il paraissait gêné de ce qu'il avait à dire. Enfin, il prononça en bredouillant :

— Madame, il y a en bas le commissaire de police du quartier.

Je demandai brusquement :

— Qu'est-ce qu'il veut ?

— Il veut faire une perquisition dans l'hôtel.

Certes, la police est utile, mais je la déteste. Je trouve que ce n'est pas là un métier noble. Et je répondis, irritée autant que blessée :

— Pourquoi cette perquisition ? À quel propos ? Il n'entrera pas.

Le concierge reprit :

— Il prétend qu'il y a un malfaiteur caché.

Cette fois j'eus peur et j'ordonnai d'introduire le commissaire de police auprès de moi pour avoir des explications. C'était un homme assez bien élevé, décoré de la Légion d'honneur. Il s'excusa, demanda

pardon, puis m'affirma que j'avais, parmi les gens
de service, un forçat !

Je fus révoltée ; je répondis que je garantissais
tout le domestique de l'hôtel et je le passai en
revue.

— Le concierge, Pierre Courtin, ancien soldat.

— Ce n'est pas lui.

— Le cocher François Pingau, un paysan cham-
penois, fils d'un fermier de mon père.

— Ce n'est pas lui.

— Un valet d'écurie, pris en Champagne égale-
ment, et toujours fils de paysans que je connais,
plus un valet de pied que vous venez de voir.

— Ce n'est pas lui.

— Alors, monsieur, vous voyez bien que vous
vous trompez.

— Pardon, madame, je suis sûr de ne pas me
tromper. Comme il s'agit d'un criminel redoutable,
voulez-vous avoir la gracieuseté de faire compa-
raître ici, devant vous et moi, tout votre monde.

Je résistai d'abord, puis je cédai, et je fis monter
tous mes gens, hommes et femmes.

Le commissaire de police les examina d'un seul
coup d'œil, puis déclara :

— Ce n'est pas tout.

— Pardon, monsieur, il n'y a plus que ma femme
de chambre, une jeune fille que vous ne pouvez
confondre avec un forçat.

Il demanda :

— Puis-je la voir aussi ?

— Certainement.

Je sonnai Rose qui parut aussitôt. À peine fut-
elle entrée que le commissaire fit un signe, et deux
hommes que je n'avais pas vus, cachés derrière la
porte, se jetèrent sur elle, lui saisirent les mains et
les lièrent avec des cordes.

Je poussai un cri de fureur, et je voulus m'élan-
cer pour la défendre. Le commissaire m'arrêta :

— Cette fille, madame, est un homme qui s'ap-
pelle Jean-Nicolas Lecapet, condamné à mort en
1879 pour assassinat précédé de viol. Sa peine fut
commuée en prison perpétuelle. Il s'échappa voici
quatre mois. Nous le cherchons depuis lors.

J'étais affolée, atterrée. Je ne croyais pas. Le
commissaire reprit en riant :

— Je ne puis vous donner qu'une preuve. Il a le
bras droit tatoué.

La manche fut relevée. C'était vrai. L'homme de
police ajouta avec un certain mauvais goût :

— Fiez-vous-en à nous pour les autres constata-
tions.

Et on emmena ma femme de chambre !

Eh bien, le croirais-tu, ce qui dominait en moi ce
n'était pas la colère d'avoir été jouée ainsi, trom-
pée et ridiculisée ; ce n'était pas la honte d'avoir
été ainsi habillée, déshabillée, maniée et touchée
par cet homme... mais une... humiliation pro-
fonde... une humiliation de femme. Comprends-
tu ?

— Non, pas très bien.

— Voyons... Réfléchis... Il avait été con-
damné... pour viol, ce garçon... eh bien ! je pen-

sais… à celle qu'il avait violée… et ça… ça m'humiliait… Voilà… Comprends-tu, maintenant ?

Et Mme Simone[1] ne répondit pas. Elle regardait droit devant elle, d'un œil fixe et singulier les deux boutons luisants de la livrée, avec ce sourire de sphinx qu'ont parfois les femmes.

1. L'édition originale porte : *Margot*. Erreur évidente si l'on suit le déroulement du dialogue. J'ai corrigé.

LE PROTECTEUR[1]

Il n'aurait jamais rêvé une fortune si haute ! Fils d'un huissier de province, Jean Marin était venu, comme tant d'autres, faire son droit au quartier Latin. Dans les différentes brasseries qu'il avait successivement fréquentées, il était devenu l'ami de plusieurs étudiants bavards qui crachaient de la politique en buvant des bocks[2]. Il s'éprit d'admiration pour eux et les suivit avec obstination, de café en café, payant même leurs consommations quand il avait de l'argent.

Puis il se fit avocat et plaida des causes qu'il perdit. Or, voilà qu'un matin, il apprit dans les feuilles qu'un de ses anciens camarades du quartier venait d'être nommé député.

Il fut de nouveau son chien fidèle, l'ami qui fait

1. D'abord publié dans *Gil Blas* (5 février 1884) avant d'être incorporé à *Toine* (1re éd. 1886).
2. Marin répond à la typologie du républicain selon Maupassant : Cornudet, dans « Boule de suif », est présenté de la même façon.

les corvées, les démarches, qu'on envoie chercher quand on a besoin de lui et avec qui on ne se gêne point. Mais il arriva par aventure parlementaire que le député devint ministre ; six mois après Jean Marin était nommé conseiller d'État.

*

Il eut d'abord une crise d'orgueil à en perdre la tête. Il allait dans les rues pour le plaisir de se montrer comme si on eût pu deviner sa position rien qu'à le voir. Il trouvait le moyen de dire aux marchands chez qui il entrait, aux vendeurs de journaux, même aux cochers de fiacre, à propos des choses les plus insignifiantes :

— Moi qui suis conseiller d'État…

Puis il éprouva, naturellement, comme par suite de sa dignité, par nécessité professionnelle, par devoir d'homme puissant et généreux, un impérieux besoin de protéger. Il offrait son appui à tout le monde, en toute occasion, avec une inépuisable générosité.

Quand il rencontrait sur les boulevards une figure de connaissance, il s'avançait d'un air ravi, prenait les mains, s'informait de la santé, puis, sans attendre les questions, déclarait :

— Vous savez, moi, je suis conseiller d'État et tout à votre service. Si je puis vous être utile à quelque chose, usez de moi sans vous gêner. Dans ma position, on a le bras long.

Et alors il entrait dans les cafés avec l'ami ren-

contré pour demander une plume, de l'encre et une feuille de papier à lettre — «une seule, garçon, c'est pour écrire une lettre de recommandation».

Et il en écrivait des lettres de recommandation, dix, vingt, cinquante par jour. Il en écrivait au café Américain, chez Bignon, chez Tortoni, à la Maison-Dorée, au café Riche, au Helder, au café Anglais, au Napolitain[1], partout, partout. Il en écrivait à tous les fonctionnaires de la République, depuis les juges de paix jusqu'aux ministres. Et il était heureux, tout à fait heureux.

*

Un matin, comme il sortait de chez lui pour se rendre au Conseil d'État, la pluie se mit à tomber. Il hésita à prendre un fiacre, mais il n'en prit pas, et s'en fut à pied, par les rues.

L'averse devenait terrible, noyait les trottoirs, inondait la chaussée. M. Marin fut contraint de se réfugier sous une porte. Un vieux prêtre était déjà là, un vieux prêtre à cheveux blancs. Avant d'être conseiller d'État, M. Marin n'aimait point le clergé. Maintenant il le traitait avec considération depuis qu'un cardinal l'avait consulté poliment sur une affaire difficile. La pluie tombait en inondation, forçant les deux hommes à fuir jusqu'à la loge du

1. Énumération des plus célèbres cafés-restaurants des boulevards. À l'exception du café glacier Napolitain et du café Américain, situés boulevard des Capucines, ces établissements s'échelonnaient de part et d'autre du boulevard des Italiens.

concierge pour éviter les éclaboussures. M. Marin, qui éprouvait toujours la démangeaison de parler pour se faire valoir, déclara :

— Voici un bien vilain temps, monsieur l'abbé.

Le vieux prêtre s'inclina :

— Oh ! oui, monsieur, c'est bien désagréable lorsqu'on ne vient à Paris que pour quelques jours.

— Ah ! vous êtes de province ?

— Oui, monsieur, je ne suis ici qu'en passant.

— En effet, c'est très désagréable d'avoir de la pluie pour quelques jours passés dans la capitale. Nous autres, fonctionnaires, qui demeurons ici toute l'année, nous n'y songeons guère.

L'abbé ne répondait pas. Il regardait la rue où l'averse tombait moins pressée. Et soudain, prenant une résolution, il releva sa soutane comme les femmes relèvent leurs robes pour passer les ruisseaux.

M. Marin le voyant partir, s'écria :

— Vous allez vous faire tremper, monsieur l'abbé. Attendez encore quelques instants, ça va cesser.

Le bonhomme, indécis, s'arrêta, puis il reprit :

— C'est que je suis très pressé. J'ai un rendez-vous urgent.

M. Marin semblait désolé.

— Mais vous allez être positivement traversé. Peut-on vous demander dans quel quartier vous allez ?

Le curé paraissait hésiter, puis il prononça :

— Je vais du côté du Palais-Royal.

— Dans ce cas, si vous le permettez, monsieur l'abbé, je vais vous offrir l'abri de mon parapluie. Moi, je vais au Conseil d'État. Je suis conseiller d'État.

Le vieux prêtre leva le nez et regarda son voisin, puis déclara :

— Je vous remercie beaucoup, monsieur, j'accepte avec plaisir.

Alors M. Marin prit son bras et l'entraîna. Il le dirigeait, le surveillait, le conseillait :

— Prenez garde à ce ruisseau, monsieur l'abbé. Surtout méfiez-vous des roues des voitures ; elles vous éclaboussent quelquefois des pieds à la tête. Faites attention aux parapluies des gens qui passent. Il n'y a rien de plus dangereux pour les yeux que le bout des baleines. Les femmes surtout sont insupportables ; elles ne font attention à rien et vous plantent toujours en pleine figure les pointes de leurs ombrelles ou de leurs parapluies. Et jamais elles ne se dérangent pour personne. On dirait que la ville leur appartient. Elles règnent sur le trottoir et dans la rue. Je trouve, quant à moi, que leur éducation a été fort négligée.

Et M. Marin se mit à rire.

Le curé ne répondait pas. Il allait, un peu voûté, choisissant avec soin les places où il posait le pied pour ne crotter ni sa chaussure, ni sa soutane.

M. Marin reprit :

— C'est pour vous distraire un peu que vous venez à Paris, sans doute.

Le bonhomme répondit :

— Non, j'ai une affaire.

— Ah ! Est-ce une affaire importante ? Oserais-je vous demander de quoi il s'agit ? Si je puis vous être utile, je me mets à votre disposition.

Le curé paraissait embarrassé. Il murmura :

— Oh ! c'est une petite affaire personnelle. Une petite difficulté avec... avec mon évêque. Cela ne vous intéresserait pas. C'est une... une affaire d'ordre intérieur... de... de... matière ecclésiastique.

M. Marin s'empressa.

— Mais c'est justement le Conseil d'État qui règle ces choses-là. Dans ce cas, usez de moi.

— Oui, monsieur, c'est aussi au Conseil d'État que je vais. Vous êtes mille fois trop bon. J'ai à voir M. Lerepère et M. Savon, et aussi peut-être M. Petitpas.

M. Marin s'arrêta net.

— Mais ce sont mes amis, monsieur l'abbé, mes meilleurs amis, d'excellents collègues, des gens charmants. Je vais vous recommander à tous les trois, et chaudement. Comptez sur moi.

Le curé remercia, se confondit en excuses, balbutia mille actions de grâce.

M. Marin était ravi.

— Ah ! vous pouvez vous vanter d'avoir une fière chance, monsieur l'abbé. Vous allez voir, vous allez voir que, grâce à moi, votre affaire ira comme sur des roulettes.

Ils arrivaient au Conseil d'État. M. Marin fit monter le prêtre dans son cabinet, lui offrit un siège,

l'installa devant le feu, puis prit place lui-même devant la table et se mit à écrire :

« Mon cher collègue, permettez-moi de vous recommander de la façon la plus chaude un vénérable ecclésiastique des plus dignes et des plus méritants, M. l'abbé... »

Il s'interrompit et demanda :

— Votre nom, s'il vous plaît ?

— L'abbé Ceinture.

M. Marin se remit à écrire :

« M. l'abbé Ceinture, qui a besoin de vos bons offices pour une petite affaire dont il vous parlera.

« Je suis heureux de cette circonstance, qui me permet, mon cher collègue... »

Et il termina par les compliments d'usage.

Quand il eut écrit les trois lettres, il les remit à son protégé qui s'en alla après un nombre infini de protestations.

M. Marin accomplit sa besogne, rentra chez lui, passa la journée tranquillement, dormit en paix, se réveilla enchanté et se fit apporter les journaux.

Le premier qu'il ouvrit était une feuille radicale[1]. Il lut :

« Notre clergé et nos fonctionnaires.

« Nous n'en finirons pas d'enregistrer les méfaits du clergé. Un certain prêtre, nommé Ceinture, convaincu d'avoir conspiré contre le gouvernement

1. Républicains et socialistes, les radicaux (Clemenceau, Floquet) sont dans l'opposition. Ils attaquent à la fois le cléricalisme et l'opportunisme gouvernemental. Un des organes de ce groupe était, précisément, *Le Radical*.

existant, accusé d'actes indignes que nous n'indi-
querons même pas, soupçonné en outre d'être un
ancien jésuite[1] métamorphosé en simple prêtre,
cassé par un évêque pour des motifs qu'on affirme
inavouables, et appelé à Paris pour fournir des
explications sur sa conduite, a trouvé un ardent
défenseur dans le nommé Marin, conseiller d'État,
qui n'a pas craint de donner à ce malfaiteur en sou-
tane les lettres de recommandations les plus pres-
santes pour tous les fonctionnaires républicains ses
collègues.

«Nous signalons l'attitude inqualifiable de ce
conseiller d'État à l'attention du ministre…»

M. Marin se dressa d'un bond, s'habilla, courut
chez son collègue Petitpas qui lui dit :

— Ah çà, vous êtes fou de me recommander ce
vieux conspirateur.

Et M. Marin éperdu, bégaya :

— Mais non… voyez-vous… j'ai été trompé…
Il avait l'air si brave homme… il m'a joué… il
m'a indignement joué. Je vous en prie, faites-le
condamner sévèrement, très sévèrement. Je vais
écrire. Dites-moi à qui il faut écrire pour le faire
condamner. Je vais trouver le procureur général et
l'archevêque de Paris, oui, l'archevêque…

Et s'asseyant brusquement devant le bureau de
M. Petitpas, il écrivit :

«Monseigneur, j'ai l'honneur de porter à la
connaissance de Votre Grandeur que je viens d'être

1. Les Jésuites avaient été expulsés en 1880.

victime des intrigues et des mensonges d'un certain abbé Ceinture, qui a surpris ma bonne foi.

«Trompé par les protestations de cet ecclésiastique, j'ai pu
. .

Puis, quand il eut signé et cacheté sa lettre, il se tourna vers son collègue et déclara :

— Voyez-vous, mon cher ami, que cela vous soit un enseignement, ne recommandez jamais personne.

LA PARURE[1]

C'était une de ces jolies et charmantes filles, nées, comme par une erreur du destin, dans une famille d'employés. Elle n'avait pas de dot, pas d'espérances, aucun moyen d'être connue, comprise, aimée, épousée par un homme riche et distingué ; et elle se laissa marier avec un petit commis du ministère de l'Instruction publique[2].

Elle fut simple, ne pouvant être parée, mais malheureuse comme une déclassée ; car les femmes n'ont point de caste ni de race, leur beauté, leur grâce et leur charme leur servant de naissance et de famille. Leur finesse native, leur instinct d'élégance, leur souplesse d'esprit sont leur seule hiérarchie, et font des filles du peuple les égales des plus grandes dames.

1. Ce conte parut dans *Le Gaulois* du 17 février 1884 et fut recueilli dans les *Contes du jour et de la nuit* (1885).
2. Maupassant, qui a été employé au ministère de l'Instruction publique, a bien connu ce milieu. Il en a d'abord peint les travers ; maintenant, il en décrit la vie misérable et vouée à l'absurde.

Elle souffrait sans cesse, se sentant née pour toutes les délicatesses et tous les luxes. Elle souffrait de la pauvreté de son logement, de la misère des murs, de l'usure des sièges, de la laideur des étoffes. Toutes ces choses, dont une autre femme de sa caste ne se serait même pas aperçue, la torturaient et l'indignaient. La vue de la petite Bretonne qui faisait son humble ménage éveillait en elle des regrets désolés et des rêves éperdus. Elle songeait aux antichambres muettes, capitonnées avec des tentures orientales, éclairées par de hautes torchères de bronze, et aux deux grands valets en culotte courte qui dorment dans les larges fauteuils, assoupis par la chaleur lourde du calorifère. Elle songeait aux grands salons vêtus de soie ancienne, aux meubles fins portant des bibelots inestimables, et aux petits salons coquets, parfumés, faits pour la causerie de cinq heures avec les amis les plus intimes, les hommes connus et recherchés dont toutes les femmes envient et désirent l'attention.

Quand elle s'asseyait, pour dîner, devant la table ronde couverte d'une nappe de trois jours, en face de son mari qui découvrait la soupière en déclarant d'un air enchanté : « Ah ! le bon pot-au-feu ! je ne sais rien de meilleur que cela... », elle songeait aux dîners fins, aux argenteries reluisantes, aux tapisseries peuplant les murailles de personnages anciens et d'oiseaux étranges au milieu d'une forêt de féerie ; elle songeait aux plats exquis servis en des vaisselles merveilleuses, aux galanteries chucho-

tées et écoutées avec un sourire de sphinx[1], tout en mangeant la chair rose d'une truite ou des ailes de gélinotte.

Elle n'avait pas de toilettes, pas de bijoux, rien. Et elle n'aimait que cela ; elle se sentait faite pour cela. Elle eût tant désiré plaire, être enviée, être séduisante et recherchée.

Elle avait une amie riche, une camarade de couvent qu'elle ne voulait plus aller voir, tant elle souffrait en revenant. Et elle pleurait pendant des jours entiers, de chagrin, de regret, de désespoir et de détresse.

*

Or, un soir, son mari rentra, l'air glorieux, et tenant à la main une large enveloppe.

— Tiens, dit-il, voici quelque chose pour toi.

Elle déchira vivement le papier et en tira une carte imprimée qui portait ces mots :

« Le ministre de l'Instruction publique et Mme Georges Ramponneau[2] prient M. et Mme Loisel de leur faire l'honneur de venir passer la soirée à l'hôtel du Ministère, le lundi 18 janvier. »

Au lieu d'être ravie, comme l'espérait son mari,

1. Cette comparaison, qu'on trouvait déjà à la fin de « Rose », exprime parfaitement la représentation que peintres et écrivains se font de la femme autour de 1885.
2. Il y a quelque ironie à donner au ministre le nom d'un des plus célèbres cabaretiers parisiens de la fin du XVIIIᵉ siècle ! L'établissement existait encore au XIXᵉ siècle.

elle jeta avec dépit l'invitation sur la table, mur-
murant :

— Que veux-tu que je fasse de cela ?

— Mais, ma chérie, je pensais que tu serais
contente. Tu ne sors jamais, et c'est une occasion,
cela, une belle ! J'ai eu une peine infinie à l'obte-
nir. Tout le monde en veut ; c'est très recherché et
on n'en donne pas beaucoup aux employés. Tu
verras là tout le monde officiel.

Elle le regardait d'un œil irrité, et elle déclara
avec impatience :

— Que veux-tu que je me mette sur le dos pour
aller là ?

Il n'y avait pas songé ; il balbutia :

— Mais la robe avec laquelle tu vas au théâtre.
Elle me semble très bien, à moi...

Il se tut, stupéfait, éperdu, en voyant que sa
femme pleurait. Deux grosses larmes descendaient
lentement des coins des yeux vers les coins de la
bouche ; il bégaya :

— Qu'as-tu ? qu'as-tu ?

Mais, par un effort violent, elle avait dompté sa
peine et elle répondit d'une voix calme en essuyant
ses joues humides :

— Rien. Seulement je n'ai pas de toilette et par
conséquent je ne peux aller à cette fête. Donne ta
carte à quelque collègue dont la femme sera mieux
nippée que moi.

Il était désolé. Il reprit :

— Voyons, Mathilde. Combien cela coûterait-
il, une toilette convenable, qui pourrait te servir

encore en d'autres occasions, quelque chose de très simple ?

Elle réfléchit quelques secondes, établissant ses comptes et songeant aussi à la somme qu'elle pouvait demander sans s'attirer un refus immédiat et une exclamation effarée du commis économe.

Enfin, elle répondit en hésitant :

— Je ne sais pas au juste, mais il me semble qu'avec quatre cents francs je pourrais arriver.

Il avait un peu pâli, car il réservait juste cette somme pour acheter un fusil et s'offrir des parties de chasse l'été suivant, dans la plaine de Nanterre, avec quelques amis qui allaient tirer des alouettes, par là, le dimanche.

Il dit cependant :

— Soit. Je te donne quatre cents francs. Mais tâche d'avoir une belle robe.

*

Le jour de la fête approchait, et Mme Loisel semblait triste, inquiète, anxieuse. Sa toilette était prête cependant. Son mari lui dit un soir :

— Qu'as-tu ? Voyons, tu es toute drôle depuis trois jours.

Et elle répondit :

— Cela m'ennuie de n'avoir pas un bijou, pas une pierre, rien à mettre sur moi. J'aurai l'air misère comme tout. J'aimerais presque mieux ne pas aller à cette soirée.

Il reprit :

— Tu mettras des fleurs naturelles. C'est très chic, en cette saison-ci. Pour dix francs tu auras deux ou trois roses magnifiques.

Elle n'était point convaincue.

— Non... il n'y a rien de plus humiliant que d'avoir l'air pauvre au milieu de femmes riches.

Mais son mari s'écria :

— Que tu es bête ! Va trouver ton amie Mme Forestier[1] et demande-lui de te prêter des bijoux. Tu es bien assez liée avec elle pour faire cela.

Elle poussa un cri de joie.

— C'est vrai. Je n'y avais point pensé.

Le lendemain, elle se rendit chez son amie et lui conta sa détresse.

Mme Forestier alla vers son armoire à glace, prit un large coffret, l'apporta, l'ouvrit, et dit à Mme Loisel :

— Choisis, ma chère.

Elle vit d'abord des bracelets, puis un collier de perles, puis une croix vénitienne, or et pierreries, d'un admirable travail. Elle essayait les parures devant la glace, hésitait, ne pouvait se décider à les quitter, à les rendre. Elle demandait toujours :

— Tu n'as plus rien autre ?

— Mais si. Cherche. Je ne sais pas ce qui peut te plaire.

1. Ce nom évoque évidemment l'un des personnages principaux de *Bel-Ami*. Nous savons que, dès cette époque, Maupassant travaille à son roman.

Tout à coup elle découvrit, dans une boîte de satin noir, une superbe rivière de diamants ; et son cœur se mit à battre d'un désir immodéré. Ses mains tremblaient en la prenant. Elle l'attacha autour de sa gorge, sur sa robe montante, et demeura en extase devant elle-même.

Puis, elle demanda, hésitante, pleine d'angoisse :

— Peux-tu me prêter cela, rien que cela ?

— Mais oui, certainement.

Elle sauta au cou de son amie, l'embrassa avec emportement, puis s'enfuit avec son trésor.

*

Le jour de la fête arriva. Mme Loisel eut un succès. Elle était plus jolie que toutes, élégante, gracieuse, souriante et folle de joie. Tous les hommes la regardaient, demandaient son nom, cherchaient à être présentés. Tous les attachés du cabinet voulaient valser avec elle. Le ministre la remarqua.

Elle dansait avec ivresse, avec emportement, grisée par le plaisir, ne pensant plus à rien, dans le triomphe de sa beauté, dans la gloire de son succès, dans une sorte de nuage de bonheur fait de tous ces hommages, de toutes ces admirations, de tous ces désirs éveillés, de cette victoire si complète et si douce au cœur des femmes.

Elle partit vers quatre heures du matin. Son mari, depuis minuit, dormait dans un petit salon désert avec trois autres messieurs dont les femmes s'amusaient beaucoup.

Il lui jeta sur les épaules les vêtements qu'il avait apportés pour la sortie, modestes vêtements de la vie ordinaire, dont la pauvreté jurait avec l'élégance de la toilette de bal. Elle le sentit et voulut s'enfuir, pour ne pas être remarquée par les autres femmes qui s'enveloppaient de riches fourrures.

Loisel la retenait :

— Attends donc. Tu vas attraper froid dehors. Je vais appeler un fiacre.

Mais elle ne l'écoutait point et descendait rapidement l'escalier. Lorsqu'ils furent dans la rue, ils ne trouvèrent pas de voiture ; et ils se mirent à chercher, criant après les cochers qu'ils voyaient passer de loin.

Ils descendaient vers la Seine, désespérés, grelottants. Enfin ils trouvèrent sur le quai un de ces vieux coupés noctambules qu'on ne voit dans Paris que la nuit venue, comme s'ils eussent été honteux de leur misère pendant le jour.

Il les ramena jusqu'à leur porte, rue des Martyrs, et ils remontèrent tristement chez eux. C'était fini, pour elle. Et il songeait, lui, qu'il faudrait être au Ministère à dix heures.

Elle ôta les vêtements dont elle s'était enveloppé les épaules, devant la glace, afin de se voir encore une fois dans sa gloire. Mais soudain elle poussa un cri. Elle n'avait plus sa rivière autour du cou.

Son mari, à moitié dévêtu déjà, demanda :

— Qu'est-ce que tu as ?

Elle se tourna vers lui, affolée :

— J'ai... j'ai... je n'ai plus la rivière de madame Forestier.

Il se dressa, éperdu :

— Quoi !... comment !... Ce n'est pas possible !

Et ils cherchèrent dans les plis de la robe, dans les plis du manteau, dans les poches, partout. Ils ne la trouvèrent point.

Il demandait :

— Tu es sûre que tu l'avais encore en quittant le bal ?

— Oui, je l'ai touchée dans le vestibule du Ministère.

— Mais, si tu l'avais perdue dans la rue, nous l'aurions entendue tomber. Elle doit être dans le fiacre.

— Oui. C'est probable. As-tu pris le numéro ?

— Non. Et toi, tu ne l'as pas regardé ?

— Non.

Ils se contemplaient atterrés. Enfin Loisel se rhabilla.

— Je vais, dit-il, refaire tout le trajet que nous avons fait à pied, pour voir si je ne la retrouverai pas.

Et il sortit. Elle demeura en toilette de soirée, sans force pour se coucher, abattue sur une chaise, sans feu, sans pensée.

Son mari rentra vers sept heures. Il n'avait rien trouvé.

Il se rendit à la Préfecture de police, aux journaux, pour faire promettre une récompense, aux compagnies de petites voitures, partout enfin où un soupçon d'espoir le poussait.

Elle attendit tout le jour, dans le même état d'effarement devant cet affreux désastre.

Loisel revint le soir, avec la figure creusée, pâlie ; il n'avait rien découvert.

— Il faut, dit-il, écrire à ton amie que tu as brisé la fermeture de sa rivière et que tu la fais réparer. Cela nous donnera le temps de nous retourner.

Elle écrivit sous sa dictée.

*

Au bout d'une semaine, ils avaient perdu toute espérance.

Et Loisel, vieilli de cinq ans, déclara :

— Il faut aviser à remplacer ce bijou.

Ils prirent, le lendemain, la boîte qui l'avait renfermé, et se rendirent chez le joaillier, dont le nom se trouvait dedans. Il consulta ses livres :

— Ce n'est pas moi, madame, qui ai vendu cette rivière ; j'ai dû seulement fournir l'écrin.

Alors ils allèrent de bijoutier en bijoutier, cherchant une parure pareille à l'autre, consultant leurs souvenirs, malades tous deux de chagrin et d'angoisse.

Ils trouvèrent, dans une boutique du Palais-Royal, un chapelet de diamants qui leur parut entièrement semblable à celui qu'ils cherchaient. Il valait quarante mille francs. On le leur laisserait à trente-six mille.

Ils prièrent donc le joaillier de ne pas le vendre avant trois jours. Et ils firent condition qu'on le reprendrait pour trente-quatre mille francs, si le premier était retrouvé avant la fin de février.

Loisel possédait dix-huit mille francs que lui avait laissés son père. Il emprunterait le reste.

Il emprunta, demandant mille francs à l'un, cinq cents à l'autre, cinq louis par-ci, trois louis par-là. Il fit des billets, prit des engagements ruineux, eut affaire aux usuriers, à toutes les races de prêteurs. Il compromit toute la fin de son existence, risqua sa signature sans savoir même s'il pourrait y faire honneur, et, épouvanté par les angoisses de l'avenir, par la noire misère qui allait s'abattre sur lui, par la perspective de toutes les privations physiques et de toutes les tortures morales, il alla chercher la rivière nouvelle, en déposant sur le comptoir du marchand trente-six mille francs.

Quand Mme Loisel reporta la parure à Mme Forestier, celle-ci lui dit, d'un air froissé :

— Tu aurais dû me la rendre plus tôt, car je pouvais en avoir besoin.

Elle n'ouvrit pas l'écrin, ce que redoutait son amie. Si elle s'était aperçue de la substitution, qu'aurait-elle pensé ? qu'aurait-elle dit ? Ne l'aurait-elle pas prise pour une voleuse ?

*

Mme Loisel connut la vie horrible des nécessiteux. Elle prit son parti, d'ailleurs, tout d'un coup, héroïquement. Il fallait payer cette dette effroyable. Elle payerait. On renvoya la bonne ; on changea de logement ; on loua sous les toits une mansarde.

Elle connut les gros travaux du ménage, les

odieuses besognes de la cuisine. Elle lava la vais-
selle, usant ses ongles roses sur les poteries grasses
et le fond des casseroles. Elle savonna le linge sale,
les chemises et les torchons, qu'elle faisait sécher
sur une corde ; elle descendit à la rue, chaque
matin, les ordures, et monta l'eau, s'arrêtant à
chaque étage pour souffler. Et, vêtue comme une
femme du peuple, elle alla chez le fruitier, chez
l'épicier, chez le boucher, le panier au bras, mar-
chandant, injuriée, défendant sou à sou son misé-
rable argent.

Il fallait chaque mois payer des billets, en renou-
veler d'autres, obtenir du temps.

Le mari travaillait, le soir, à mettre au net les
comptes d'un commerçant, et la nuit, souvent, il
faisait de la copie à cinq sous la page.

Et cette vie dura dix ans.

Au bout de dix ans, ils avaient tout restitué, tout,
avec le taux de l'usure, et l'accumulation des inté-
rêts superposés.

Mme Loisel semblait vieille, maintenant. Elle
était devenue la femme forte, et dure, et rude,
des ménages pauvres. Mal peignée, avec les jupes
de travers et les mains rouges, elle parlait haut,
lavait à grande eau les planchers. Mais parfois,
lorsque son mari était au bureau, elle s'asseyait
auprès de la fenêtre, et elle songeait à cette soirée
d'autrefois, à ce bal, où elle avait été si belle et si
fêtée.

Que serait-il arrivé si elle n'avait point perdu
cette parure ? Qui sait ? qui sait ? Comme la vie est

singulière, changeante ! Comme il faut peu de chose pour vous perdre ou vous sauver[1] !

*

Or, un dimanche, comme elle était allée faire un tour aux Champs-Élysées pour se délasser des besognes de la semaine, elle aperçut tout à coup une femme qui promenait un enfant. C'était Mme Forestier, toujours jeune, toujours belle, toujours séduisante. Mme Loisel se sentit émue. Allait-elle lui parler ? Oui, certes. Et maintenant qu'elle avait payé, elle lui dirait tout. Pourquoi pas ?

Elle s'approcha.

— Bonjour, Jeanne.

L'autre ne la reconnaissait point, s'étonnant d'être appelée ainsi familièrement par cette bourgeoise. Elle balbutia :

— Mais... madame !... Je ne sais... Vous devez vous tromper.

— Non. Je suis Mathilde Loisel.

Son amie poussa un cri :

— Oh !... ma pauvre Mathilde, comme tu es changée !...

— Oui, j'ai eu des jours bien durs, depuis que je ne t'ai vue ; et bien des misères... et cela à cause de toi !...

— De moi... Comment ça ?

1. L'idée que le monde est mené par le hasard est essentielle chez Maupassant.

— Tu te rappelles bien cette rivière de diamants que tu m'as prêtée pour aller à la fête du Ministère.

— Oui. Eh bien?

— Eh bien, je l'ai perdue.

— Comment! puisque tu me l'as rapportée.

— Je t'en ai rapporté une autre toute pareille. Et voilà dix ans que nous la payons. Tu comprends que ça n'était pas aisé pour nous, qui n'avions rien… Enfin c'est fini, et je suis rudement contente.

Mme Forestier s'était arrêtée.

— Tu dis que tu as acheté une rivière de diamants pour remplacer la mienne?

— Oui. Tu ne t'en étais pas aperçue, hein? Elles étaient bien pareilles.

Et elle souriait d'une joie orgueilleuse et naïve.

Mme Forestier, fort émue, lui prit les deux mains.

— Oh! ma pauvre Mathilde! Mais la mienne était fausse. Elle valait au plus cinq cents francs[1]!…

1. Voilà une des conclusions qui fait le mieux apparaître le tragique de la destinée. D'un postulat inverse — des diamants crus faux sont reconnus vrais — l'auteur tire une morale aussi pessimiste (voir «Les Bijoux», dans *Clair de lune*).

LE BONHEUR[1]

C'était l'heure du thé, avant l'entrée des lampes. La villa dominait la mer ; le soleil disparu avait laissé le ciel tout rose de son passage, frotté de poudre d'or ; et la Méditerranée, sans une ride, sans un frisson, lisse, luisante encore sous le jour mourant, semblait une plaque de métal polie et démesurée.

Au loin, sur la droite, les montagnes dentelées dessinaient leur profil sur la pourpre pâlie du couchant.

On parlait de l'amour, on discutait ce vieux sujet, on redisait des choses qu'on avait dites, déjà, bien souvent. La mélancolie douce du crépuscule alentissait[2] les paroles, faisait flotter un attendrissement dans les âmes, et ce mot : « amour », qui revenait sans cesse, tantôt prononcé par une forte voix d'homme, tantôt dit par une voix de femme au

1. Préoriginale : *Le Gaulois*, 16 mars 1884. Recueilli dans les *Contes du jour et de la nuit* (1885).
2. *Alentissait* : forme vieillie pour *ralentissait*. Maupassant l'utilise probablement pour une question d'harmonie de la phrase.

timbre léger, paraissait emplir le petit salon, y voltiger comme un oiseau, y planer comme un esprit.

Peut-on aimer plusieurs années de suite ?

— Oui, prétendaient les uns.

— Non, affirmaient les autres.

On distinguait les cas, on établissait des démarcations, on citait des exemples ; et tous, hommes et femmes, pleins de souvenirs surgissants et troublants, qu'ils ne pouvaient citer et qui leur montaient aux lèvres, semblaient émus, parlaient de cette chose banale et souveraine, l'accord tendre et mystérieux de deux êtres, avec une émotion profonde et un intérêt ardent.

Mais tout à coup quelqu'un, ayant les yeux fixés au loin, s'écria :

— Oh ! voyez, là-bas, qu'est-ce que c'est ?

Sur la mer, au fond de l'horizon, surgissait une masse grise, énorme et confuse.

Les femmes s'étaient levées et regardaient sans comprendre cette chose surprenante qu'elles n'avaient jamais vue.

Quelqu'un dit :

— C'est la Corse ! On l'aperçoit ainsi deux ou trois fois par an dans certaines conditions d'atmosphère exceptionnelles, quand l'air, d'une limpidité parfaite, ne la cache plus par ces brumes de vapeur d'eau qui voilent toujours les lointains [1].

1. Ce conte mêle des souvenirs lointains d'un voyage en Corse, effectué en 1880, et les impressions actuelles éprouvées à l'occasion d'une villégiature à Cannes dans les premiers mois de 1884. On s'explique, de la même façon, le cadre dans lequel l'écrivain a situé un précédent écrit : « Rose »

On distinguait vaguement les crêtes, on crut reconnaître la neige des sommets. Et tout le monde restait surpris, troublé, presque effrayé par cette brusque apparition d'un monde, par ce fantôme sorti de la mer. Peut-être eurent-ils de ces visions étranges, ceux qui partirent, comme Colomb, à travers les océans inexplorés.

Alors un vieux monsieur, qui n'avait pas encore parlé, prononça :

— Tenez, j'ai connu dans cette île, qui se dresse devant nous, comme pour répondre elle-même à ce que nous disions et me rappeler un singulier souvenir, j'ai connu un exemple admirable d'un amour constant, d'un amour invraisemblablement heureux.

Le voici.

*

Je fis, voilà cinq ans, un voyage en Corse. Cette île sauvage est plus inconnue et plus loin de nous que l'Amérique, bien qu'on la voie quelquefois des côtes de France, comme aujourd'hui.

Figurez-vous un monde encore en chaos, une tempête de montagnes que séparent des ravins étroits où roulent des torrents ; pas une plaine, mais d'immenses vagues de granit et de géantes ondulations de terre couvertes de maquis ou de hautes forêts de châtaigniers et de pins. C'est un sol vierge, inculte, désert, bien que parfois on aperçoive un village, pareil à un tas de rochers au sommet d'un mont. Point de culture, aucune industrie, aucun art.

On ne rencontre jamais un morceau de bois travaillé, un bout de pierre sculptée, jamais le souvenir du goût enfantin ou raffiné des ancêtres pour les choses gracieuses et belles. C'est là même ce qui frappe le plus en ce superbe et dur pays : l'indifférence héréditaire pour cette recherche des formes séduisantes qu'on appelle l'art.

L'Italie, où chaque palais, plein de chefs-d'œuvre, est un chef-d'œuvre lui-même, où le marbre, le bois, le bronze, le fer, les métaux et les pierres attestent le génie de l'homme, où les plus petits objets anciens qui traînent dans les vieilles maisons révèlent ce divin souci de la grâce, est pour nous tous la patrie sacrée que l'on aime parce qu'elle nous montre et nous prouve l'effort, la grandeur, la puissance et le triomphe de l'intelligence créatrice.

Et, en face d'elle, la Corse sauvage est restée telle qu'en ses premiers jours. L'être y vit dans sa maison grossière, indifférent à tout ce qui ne touche point son existence même ou ses querelles de famille. Et il est resté avec les défauts et les qualités des races incultes, violent, haineux, sanguinaire avec inconscience, mais aussi hospitalier, généreux, dévoué, naïf, ouvrant sa porte aux passants et donnant son amitié fidèle pour la moindre marque de sympathie.

Donc, depuis un mois, j'errais à travers cette île magnifique, avec la sensation que j'étais au bout du monde. Point d'auberges, point de cabarets, point de routes. On gagne, par des sentiers à mulets, ces hameaux accrochés au flanc des montagnes, qui

dominent des abîmes tortueux d'où l'on entend monter, le soir, le bruit continu, la voix sourde et profonde du torrent. On frappe aux portes des maisons. On demande un abri pour la nuit et de quoi vivre jusqu'au lendemain. Et on s'assoit à l'humble table, et on dort sous l'humble toit ; et on serre, au matin, la main tendue de l'hôte qui vous a conduit jusqu'aux limites du village.

Or, un soir, après dix heures de marche, j'atteignis une petite demeure toute seule au fond d'un étroit vallon qui allait se jeter à la mer une lieue plus loin. Les deux pentes rapides de la montagne, couvertes de maquis, de rocs éboulés et de grands arbres, enfermaient comme deux sombres murailles ce ravin lamentablement triste.

Autour de la chaumière, quelques vignes, un petit jardin, et plus loin, quelques grands châtaigniers, de quoi vivre enfin, une fortune pour ce pays pauvre.

La femme qui me reçut était vieille, sévère et propre, par exception. L'homme, assis sur une chaise de paille, se leva pour me saluer, puis se rassit sans dire un mot. Sa compagne me dit :

— Excusez-le ; il est sourd maintenant. Il a quatre-vingt-deux ans.

Elle parlait le français de France. Je fus surpris. Je lui demandai :

— Vous n'êtes pas de Corse ?

Elle répondit :

— Non ; nous sommes des continentaux. Mais voilà cinquante ans que nous habitons ici.

Une sensation d'angoisse et de peur me saisit à la pensée de ces cinquante années écoulées dans ce trou sombre, si loin des villes où vivent les hommes. Un vieux berger rentra, et l'on se mit à manger le seul plat du dîner, une soupe épaisse où avaient cuit ensemble des pommes de terre, du lard et des choux.

Lorsque le court repas fut fini, j'allai m'asseoir devant la porte, le cœur serré par la mélancolie du morne paysage, étreint par cette détresse qui prend parfois les voyageurs en certains soirs tristes, en certains lieux désolés. Il semble que tout soit près de finir, l'existence et l'univers. On perçoit brusquement l'affreuse misère de la vie, l'isolement de tous, le néant de tout et la noire solitude du cœur qui se berce et se trompe lui-même par des rêves jusqu'à la mort.

La vieille femme me rejoignit et, torturée par cette curiosité qui vit toujours au fond des âmes les plus résignées :

— Alors, vous venez de France ? dit-elle.

— Oui, je voyage pour mon plaisir.

— Vous êtes de Paris, peut-être ?

— Non, je suis de Nancy.

Il me sembla qu'une émotion extraordinaire l'agitait. Comment ai-je vu ou plutôt senti cela, je n'en sais rien.

Elle répéta d'une voix lente :

— Vous êtes de Nancy ?

L'homme parut dans la porte, impassible comme sont les sourds.

Elle reprit :

— Ça ne fait rien. Il n'entend pas.

Puis, au bout de quelques secondes :

— Alors, vous connaissez du monde à Nancy ?

— Mais oui, presque tout le monde.

— La famille de Sainte-Allaize ?

— Oui, très bien ; c'étaient des amis de mon père.

— Comment vous appelez-vous ?

Je dis mon nom. Elle me regarda fixement, puis prononça, de cette voix basse qu'éveillent les souvenirs :

— Oui, oui, je me rappelle bien. Et les Brisemare, qu'est-ce qu'ils sont devenus ?

— Tous sont morts.

— Ah ! Et les Sirmont, vous les connaissiez ?

— Oui, le dernier est général.

Alors elle dit, frémissante d'émotion, d'angoisse, de je ne sais quel sentiment confus, puissant et sacré, de je ne sais quel besoin d'avouer, de dire tout, de parler de ces choses qu'elle avait tenues jusque-là enfermées au fond de son cœur, et de ces gens dont le nom bouleversait son âme :

— Oui, Henri de Sirmont. Je le sais bien. C'est mon frère.

Et je levai les yeux vers elle, effaré de surprise. Et tout d'un coup le souvenir me revint.

Cela avait fait, jadis, un gros scandale dans la noble Lorraine. Une jeune fille, belle et riche, Suzanne de Sirmont, avait été enlevée par un sous-officier de hussards du régiment que commandait son père.

C'était un beau garçon, fils de paysans, mais portant bien le dolman bleu, ce soldat qui avait séduit la fille de son colonel. Elle l'avait vu, remarqué, aimé en regardant défiler les escadrons, sans doute. Mais comment lui avait-elle parlé, comment avaient-ils pu se voir, s'entendre? comment avait-elle osé lui faire comprendre qu'elle l'aimait? Cela, on ne le sut jamais.

On n'avait rien deviné, rien pressenti. Un soir, comme le soldat venait de finir son temps, il disparut avec elle. On les chercha, on ne les retrouva pas. On n'en eut jamais des nouvelles et on la considérait comme morte.

Et je la retrouvais ainsi dans ce sinistre vallon.

Alors je repris à mon tour :

— Oui, je me rappelle bien. Vous êtes mademoiselle Suzanne.

Elle fit « oui », de la tête. Des larmes tombaient de ses yeux. Alors, me montrant d'un regard le vieillard immobile sur le seuil de sa masure, elle me dit :

— C'est lui.

Et je compris qu'elle l'aimait toujours, qu'elle le voyait encore avec ses yeux séduits.

Je demandai :

— Avez-vous été heureuse au moins?

Elle répondit, avec une voix qui venait du cœur :

— Oh! oui, très heureuse. Il m'a rendue très heureuse. Je n'ai jamais rien regretté.

Je la contemplais, triste, surpris, émerveillé par la

puissance de l'amour ! Cette fille riche avait suivi cet homme, ce paysan. Elle était devenue elle-même une paysanne. Elle s'était faite à sa vie sans charmes, sans luxe, sans délicatesse d'aucune sorte ; elle s'était pliée à ses habitudes simples. Et elle l'aimait encore. Elle était devenue une femme de rustre, en bonnet, en jupe de toile. Elle mangeait dans un plat de terre sur une table de bois, assise sur une chaise de paille, une bouillie de choux et de pommes de terre au lard. Elle couchait sur une paillasse à son côté.

Elle n'avait jamais pensé à rien, qu'à lui ! Elle n'avait regretté ni les parures, ni les étoffes, ni les élégances, ni la mollesse des sièges, ni la tiédeur parfumée des chambres enveloppées de tentures, ni la douceur des duvets où plongent les corps pour le repos. Elle n'avait eu jamais besoin que de lui ; pourvu qu'il fût là, elle ne désirait rien.

Elle avait abandonné la vie, toute jeune, et le monde, et ceux qui l'avaient élevée, aimée. Elle était venue, seule avec lui, en ce sauvage ravin. Et il avait été tout pour elle, tout ce qu'on désire, tout ce qu'on rêve, tout ce qu'on attend sans cesse, tout ce qu'on espère sans fin. Il avait empli de bonheur son existence, d'un bout à l'autre.

Elle n'aurait pas pu être plus heureuse.

Et toute la nuit, en écoutant le souffle rauque du vieux soldat étendu sur son grabat, à côté de celle qui l'avait suivi si loin, je pensais à cette étrange et simple aventure, à ce bonheur si complet, fait de si peu.

Et je partis au soleil levant, après avoir serré la main des deux vieux époux[1].

*

Le conteur se tut. Une femme dit :

— C'est égal, elle avait un idéal trop facile, des besoins trop primitifs et des exigences trop simples. Ce ne pouvait être qu'une sotte.

Une autre prononça d'une voix lente :

— Qu'importe ! elle fut heureuse.

Et là-bas, au fond de l'horizon, la Corse s'enfonçait dans la nuit, rentrait lentement dans la mer, effaçait sa grande ombre apparue comme pour raconter elle-même l'histoire des deux humbles amants qu'abritait son rivage.

1. En 1888, publiant *Sur l'eau*, Maupassant y inclut une anecdote tout à fait semblable à celle-ci, à la conclusion près. Il imagine, en effet, que le vieillard (dont il situe la maison dans le massif des Maures et non plus en Corse) entretenait une liaison, depuis trente ans, avec une jeune femme d'un village voisin. Un jour, sa femme l'apprend et se tue. La variante est significative.

LA CHEVELURE [1]

Les murs de la cellule étaient nus, peints à la chaux [2]. Une fenêtre étroite et grillée, percée très haut de façon qu'on ne pût pas y atteindre, éclairait cette petite pièce claire et sinistre ; et le fou, assis sur une chaise de paille, nous regardait d'un œil fixe, vague et hanté. Il était fort maigre, avec des joues creuses et des cheveux presque blancs qu'on devinait blanchis en quelques mois. Ses vêtements semblaient trop larges pour ses membres secs, pour sa poitrine rétrécie, pour son ventre creux. On sentait cet homme ravagé, rongé par sa pensée, par une Pensée, comme un fruit par un ver. Sa Folie, son idée était là, dans cette tête, obstinée, harcelante,

1. Publié dans *Gil Blas* du 13 mai 1884 et incorporé à *Toine* (1re éd. 1886).
2. Il y a, chez Maupassant, dès ses premiers écrits, une fascination et une répulsion devant les asiles d'aliénés. On sait qu'il s'intéressait aux phénomènes parapsychologiques et aux anomalies mentales. Il avait suivi les cours de Charcot à la Salpêtrière. Le problème de la folie, en ce qu'il est une ouverture sur l'inconnaissable, l'obsède de plus en plus à partir de 1884.

dévorante. Elle mangeait le corps peu à peu. Elle, l'Invisible, l'Impalpable, l'Insaisissable, l'Immatérielle Idée minait la chair, buvait le sang, éteignait la vie.

Quel mystère que cet homme tué par un Songe ! Il faisait peine, peur et pitié, ce Possédé ! Quel rêve étrange, épouvantable et mortel habitait dans ce front, qu'il plissait de rides profondes, sans cesse remuantes ?

Le médecin me dit : « Il a de terribles accès de fureur, c'est un des déments les plus singuliers que j'aie vus. Il est atteint de folie érotique et macabre. C'est une sorte de nécrophile. Il a d'ailleurs écrit son journal qui nous montre le plus clairement du monde la maladie de son esprit. Sa folie y est pour ainsi dire palpable. Si cela vous intéresse, vous pouvez parcourir ce document. » Je suivis le docteur dans son cabinet, et il me remit le journal de ce misérable homme[1]. « Lisez, dit-il, et vous me direz votre avis. »

Voici ce que contenait ce cahier :

*

Jusqu'à l'âge de trente-deux ans, je vécus tranquille, sans amour. La vie m'apparaissait très simple, très bonne et très facile. J'étais riche. J'avais du

1. Le procédé qui consiste à supposer le « journal d'un fou » se retrouve dans « Fou ? » (dans *Mademoiselle Fifi*) et dans « Le Horla » — nouvelle.

goût pour tant de choses que je ne pouvais éprou-
ver de passion pour rien. C'est bon de vivre ! Je
me réveillais heureux, chaque jour, pour faire des
choses qui me plaisaient, et je me couchais satisfait,
avec l'espérance paisible du lendemain et de l'ave-
nir sans souci.

J'avais eu quelques maîtresses sans avoir jamais
senti mon cœur affolé par le désir ou mon âme
meurtrie d'amour après la possession. C'est bon de
vivre ainsi. C'est meilleur d'aimer, mais terrible.
Encore, ceux qui aiment comme tout le monde doi-
vent-ils éprouver un ardent bonheur, moindre que
le mien peut-être, car l'amour est venu me trouver
d'une incroyable manière

Étant riche, je recherchais les meubles anciens et
les vieux objets[1] ; et souvent je pensais aux mains
inconnues qui avaient palpé ces choses, aux yeux
qui les avaient admirées, aux cœurs qui les avaient
aimées, car on aime les choses ! Je restais souvent
pendant des heures, des heures et des heures, à
regarder une petite montre du siècle dernier. Elle
était si mignonne, si jolie, avec son émail et son or
ciselé. Et elle marchait encore comme au jour où
une femme l'avait achetée dans le ravissement de
posséder ce fin bijou. Elle n'avait point cessé de
palpiter, de vivre sa vie de mécanique, et elle
continuait toujours son tic tac régulier, depuis un

1. Il y a là un goût réel de Maupassant. Il développe encore la
même idée dans *Une vie*, « Vieux objets » (voir *Contes et nou-
velles*, t. I, Bibl. de la Pléiade) et dans la chronique « Bibelots ».

siècle passé. Qui donc l'avait portée la première
sur son sein dans la tiédeur des étoffes, le cœur de
la montre battant contre le cœur de la femme ?
Quelle main l'avait tenue au bout de ses doigts un
peu chauds, l'avait tournée, retournée, puis avait
essuyé les bergers de porcelaine ternis une seconde
par la moiteur de la peau ? Quels yeux avaient épié
sur ce cadran fleuri l'heure attendue, l'heure ché-
rie, l'heure divine ?

Comme j'aurais voulu la connaître, la voir, la
femme qui avait choisi cet objet exquis et rare !
Elle est morte ! Je suis possédé par le désir des
femmes d'autrefois ; j'aime, de loin, toutes celles
qui ont aimé ! — L'histoire des tendresses passées
m'emplit le cœur de regrets. Oh ! la beauté, les
sourires, les caresses jeunes, les espérances ! Tout
cela ne devrait-il pas être éternel !

Comme j'ai pleuré, pendant des nuits entières,
sur les pauvres femmes de jadis, si belles, si tendres,
si douces, dont les bras se sont ouverts pour le bai-
ser et qui sont mortes ! Le baiser est immortel, lui !
Il va de lèvre en lèvre, de siècle en siècle, d'âge en
âge. — Les hommes le recueillent, le donnent et
meurent[1].

Le passé m'attire, le présent m'effraye parce que
l'avenir c'est la mort. Je regrette tout ce qui s'est
fait, je pleure tous ceux qui ont vécu ; je voudrais

1. Ce paragraphe avait fait l'objet d'un long développement
avec « Le Baiser » (14 novembre 1882, voir Bibl. de la Pléiade,
t. I).

arrêter le temps, arrêter l'heure. Mais elle va, elle
va, elle passe, elle me prend de seconde en seconde
un peu de moi pour le néant de demain. Et je ne
revivrai jamais[1].

Adieu celles d'hier. Je vous aime.

Mais je ne suis pas à plaindre. Je l'ai trouvée,
moi celle que j'attendais; et j'ai goûté par elle
d'incroyables plaisirs.

Je rôdais dans Paris par un matin de soleil, l'âme
en fête, le pied joyeux, regardant les boutiques avec
cet intérêt vague du flâneur. Tout à coup, j'aperçus
chez un marchand d'antiquités un meuble italien du
xviie siècle. Il était fort beau, fort rare. Je l'attribuai
à un artiste vénitien du nom de Vitelli, qui fut
célèbre à cette époque.

Puis je passai.

Pourquoi le souvenir de ce meuble me poursui-
vit-il avec tant de force que je revins sur mes pas?
Je m'arrêtai de nouveau devant le magasin pour le
revoir, et je sentis qu'il me tentait.

Quelle singulière chose que la tentation! On
regarde un objet et, peu à peu, il vous séduit, vous
trouble, vous envahit comme ferait un visage de
femme. Son charme entre en vous, charme étrange
qui vient de sa forme, de sa couleur, de sa physio-
nomie de chose; et on l'aime déjà, on le désire,
on le veut. Un besoin de possession vous gagne,

1. En ces années, une très vive inquiétude sur la destinée
humaine se décèle chez Maupassant, accompagnée d'une angoisse
de la mort.

besoin doux d'abord, comme timide, mais qui s'accroît, devient violent, irrésistible.

Et les marchands semblent deviner à la flamme du regard l'envie secrète et grandissante.

J'achetai ce meuble et je le fis porter chez moi tout de suite. Je le plaçai dans ma chambre.

Oh ! je plains ceux qui ne connaissent pas cette lune de miel du collectionneur avec le bibelot qu'il vient d'acheter. On le caresse de l'œil et de la main comme s'il était de chair, on revient à tout moment près de lui, on y pense toujours, où qu'on aille, quoi qu'on fasse. Son souvenir aimé vous suit dans la rue, dans le monde, partout ; et quand on rentre chez soi, avant même d'avoir ôté ses gants et son chapeau, on va le contempler avec une tendresse d'amant.

Vraiment, pendant huit jours, j'adorai ce meuble. J'ouvrais à chaque instant ses portes, ses tiroirs ; je le maniais avec ravissement, goûtant toutes les joies intimes de la possession.

Or, un soir, je m'aperçus, en tâtant l'épaisseur d'un panneau, qu'il devait y avoir là une cachette. Mon cœur se mit à battre, et je passai la nuit à chercher le secret sans le pouvoir découvrir.

J'y parvins le lendemain en enfonçant une lame dans une fente de la boiserie. Une planche glissa et j'aperçus, étalée sur un fond de velours noir, une merveilleuse chevelure de femme !

Oui, une chevelure, une énorme natte de cheveux blonds, presque roux, qui avaient dû être coupés contre la peau, et liés par une corde d'or.

Je demeurai stupéfait, tremblant, troublé ! Un parfum presque insensible, si vieux qu'il semblait l'âme d'une odeur, s'envolait de ce tiroir mystérieux et de cette surprenante relique.

Je la pris, doucement, presque religieusement, et je la tirai de sa cachette. Aussitôt elle se déroula, répandant son flot doré qui tomba jusqu'à terre, épais et léger, souple et brillant comme la queue en feu d'une comète.

Une émotion étrange me saisit. Qu'était-ce que cela ? Quand ? comment ? pourquoi ces cheveux avaient-ils été enfermés dans ce meuble ? Quelle aventure, quel drame cachait ce souvenir ?

Qui les avait coupés ? un amant un jour d'adieu ? un mari un jour de vengeance ? ou bien celle qui les avait portés sur son front, un jour de désespoir ?

Était-ce à l'heure d'entrer au cloître qu'on avait jeté là cette fortune d'amour, comme un gage laissé au monde des vivants ? Était-ce à l'heure de la clouer dans la tombe, la jeune et belle morte, que celui qui l'adorait avait gardé la parure de sa tête, la seule chose qu'il pût conserver d'elle, la seule partie vivante de sa chair qui ne dût point pourrir, la seule qu'il pouvait aimer encore et caresser, et baiser dans ses rages de douleur ?

N'était-ce point étrange que cette chevelure fût demeurée ainsi, alors qu'il ne restait plus une parcelle du corps dont elle était née ?

Elle me coulait sur les doigts, me chatouillait la peau d'une caresse singulière, d'une caresse de morte. Je me sentais attendri comme si j'allais pleurer.

Je la gardai longtemps, longtemps en mes mains, puis il me sembla qu'elle m'agitait, comme si quelque chose de l'âme fût resté caché dedans. Et je la remis sur le velours terni par le temps, et je repoussai le tiroir, et je refermai le meuble, et je m'en allai par les rues pour rêver.

J'allais devant moi, plein de tristesse, et aussi plein de trouble, de ce trouble qui vous reste au cœur après un baiser d'amour. Il me semblait que j'avais vécu autrefois déjà, que j'avais dû connaître cette femme.

Et les vers de Villon me montèrent aux lèvres, ainsi qu'y monte un sanglot

> *Dictes-moy où, ne en quel pays*
> *Est Flora, la belle Romaine,*
> *Archipiada, ne Thaïs,*
> *Qui fut sa cousine germaine ?*
> *Écho parlant quand bruyt on maine,*
> *Dessus rivière, ou sus estan ;*
> *Qui beauté eut [trop] plus que humaine ?*
> *Mais où sont les neiges d'antan ?*

>

> *La royne blanche comme un lys*
> *Qui chantoit à voix de sereine,*
> *Berthe au grand pied, Bietris, Allys,*
> *Harembourges qui tint le Mayne,*
> *Et Jehanne la bonne Lorraine*
> *Que Anglais bruslèrent à Rouen ?*

> *Où sont-ils, Vierge souveraine ?*
> *Mais où sont les neiges d'antan*[1] *?*

Quand je rentrai chez moi, j'éprouvai un irrésistible désir de revoir mon étrange trouvaille ; et je la repris, et je sentis, en la touchant, un long frisson qui me courut dans les membres.

Durant quelques jours cependant, je demeurai dans mon état ordinaire, bien que la pensée vive de cette chevelure ne me quittât plus.

Dès que je rentrais, il fallait que je la visse et que je la maniasse. Je tournais la clef de l'armoire avec ce frémissement qu'on a en ouvrant la porte de la bien-aimée, car j'avais aux mains et au cœur un besoin confus, singulier, continu, sensuel de tremper mes doigts dans ce ruisseau charmant de cheveux morts.

Puis, quand j'avais fini de la caresser, quand j'avais refermé le meuble, je la sentais là toujours, comme si elle eût été un être vivant, caché, prisonnier ; je la sentais et je la désirais encore ; j'avais de nouveau le besoin impérieux de la reprendre, de la palper, de m'énerver jusqu'au malaise par ce contact froid, glissant, irritant, affolant, délicieux.

Je vécus ainsi un mois ou deux, je ne sais plus. Elle m'obsédait, me hantait. J'étais heureux et torturé, comme dans une attente d'amour, comme après les aveux qui précèdent l'étreinte.

1. La « Ballade des Dames du temps jadis » fait partie des citations qui reviennent le plus souvent chez Maupassant.

Je m'enfermais seul avec elle pour la sentir sur ma peau, pour enfoncer mes lèvres dedans, pour la baiser, la mordre. Je l'enroulais autour de mon visage, je la buvais, je noyais mes yeux dans son onde dorée afin de voir le jour blond, à travers.

Je l'aimais ! Oui, je l'aimais. Je ne pouvais plus me passer d'elle, ni rester une heure sans la revoir.

Et j'attendais... j'attendais... quoi ? Je ne le savais pas ? — Elle.

Une nuit, je me réveillai brusquement avec la pensée que je ne me trouvais pas seul dans ma chambre.

J'étais seul pourtant. Mais je ne pus me rendormir ; et comme je m'agitais dans une fièvre d'insomnie, je me levai pour aller toucher la chevelure. Elle me parut plus douce que de coutume, plus animée. Les morts reviennent-ils ? Les baisers dont je la réchauffais me faisaient défaillir de bonheur ; et je l'emportai dans mon lit, et je me couchai, en la pressant sur mes lèvres, comme une maîtresse qu'on va posséder.

Les morts reviennent ! Elle est venue. Oui, je l'ai vue, je l'ai tenue, je l'ai eue, telle qu'elle était vivante autrefois, grande, blonde, grasse, les seins froids, la hanche en forme de lyre ; et j'ai parcouru de mes caresses cette ligne ondulante et divine qui va de la gorge aux pieds en suivant toutes les courbes de la chair.

Oui, je l'ai eue, tous les jours, toutes les nuits. Elle est revenue, la Morte, la belle Morte, l'Adorable, la Mystérieuse, l'Inconnue, toutes les nuits.

Mon bonheur fut si grand, que je ne l'ai pu cacher. J'éprouvais près d'elle un ravissement surhumain, la joie profonde, inexplicable de posséder l'Insaisissable, l'Invisible, la Morte ! Nul amant ne goûta des jouissances plus ardentes, plus terribles !

Je n'ai point su cacher mon bonheur. Je l'aimais si fort que je n'ai plus voulu la quitter. Je l'ai emportée avec moi toujours, partout. Je l'ai promenée par la ville comme ma femme, et conduite au théâtre en des loges grillées, comme ma maîtresse. Mais on l'a vue… on a deviné… on me l'a prise… Et on m'a jeté dans une prison, comme un malfaiteur. On l'a prise… Oh ! misère !…

*

Le manuscrit s'arrêtait là. Et soudain, comme je relevais sur le médecin des yeux effarés, un cri épouvantable, un hurlement de fureur impuissante et de désir exaspéré s'éleva dans l'asile.

— Écoutez-le, dit le docteur. Il faut doucher cinq fois par jour ce fou obscène. Il n'y a pas que le sergent Bertrand[1] qui ait aimé les mortes.

Je balbutiai, ému d'étonnement, d'horreur et de pitié :

— Mais… cette chevelure… existe-t-elle réellement ?

1. En 1848 et 1849, l'affaire du sergent-major François Bertrand, monomane qui se livrait au viol des sépultures, fit grand bruit. Maxime Du Camp en a raconté les détails dans ses volumes sur *Paris* (t. VI, p. 153-156).

Le médecin se leva, ouvrit une armoire pleine de fioles et d'instruments, et il me jeta, à travers son cabinet, une longue fusée de cheveux blonds qui vola vers moi comme un oiseau d'or.

Je frémis en sentant sur mes mains son toucher caressant et léger. Et je restai le cœur battant de dégoût et d'envie, de dégoût comme au contact des objets traînés dans les crimes, d'envie comme devant la tentation d'une chose infâme et mystérieuse[1].

Le médecin reprit en haussant les épaules :

— L'esprit de l'homme est capable de tout

1. Dans un autre conte, « Le Portrait » (dans *L'Inutile Beauté*), un homme cherche à reconstituer l'histoire d'une femme dont il admire le portrait. Mais il n'y a pas démence du héros.

LE CRIME AU PÈRE BONIFACE[1]

Ce jour-là le facteur Boniface, en sortant de la maison de poste, constata que sa tournée serait moins longue que de coutume, et il en ressentit une joie vive. Il était chargé de la campagne autour du bourg de Vireville[2], et, quand il revenait, le soir, de son long pas fatigué, il avait parfois plus de quarante kilomètres dans les jambes.

Donc la distribution serait vite faite ; il pourrait même flâner un peu en route et rentrer chez lui vers trois heures de relevée[3]. Quelle chance !

Il sortit du bourg par le chemin de Sennemare et commença sa besogne. On était en juin, dans le mois vert et fleuri, le vrai mois des plaines.

1. Cette gaudriole normande parut dans *Gil Blas* (24 juin 1884) et, quelques mois plus tard, dans les *Contes du jour et de la nuit* (1885). L'aventure serait réelle et le sujet en aurait été fourni à Maupassant par un de ses amis, Aubourg.

2. Vireville et, plus bas, Sennemare sont des noms imaginaires. Peut-être proviennent-ils de la dissociation d'un nom réel : Senneville (Eure).

3. Le terme de *relevée* s'employait autrefois pour désigner le temps de l'après-midi.

L'homme, vêtu de sa blouse bleue et coiffé d'un képi noir à galon rouge, traversait par des sentiers étroits les champs de colza, d'avoine ou de blé, enseveli jusqu'aux épaules dans les récoltes ; et sa tête, passant au-dessus des épis, semblait flotter sur une mer calme et verdoyante qu'une brise légère faisait mollement onduler.

Il entrait dans les fermes par la barrière de bois plantée dans les talus qu'ombrageaient deux rangées de hêtres, et saluant par son nom le paysan : «Bonjour, maît' Chicot», il lui tendait son journal *Le Petit Normand*. Le fermier essuyait sa main à son fond de culotte, recevait la feuille de papier et la glissait dans sa poche pour la lire à son aise après le repas de midi. Le chien, logé dans un baril, au pied d'un pommier penchant, jappait avec fureur en tirant sur sa chaîne ; et le piéton[1], sans se retourner, repartait de son allure militaire, en allongeant ses grandes jambes, le bras gauche sur sa sacoche, et le droit manœuvrant sur sa canne qui marchait comme lui d'une façon continue et pressée.

Il distribua ses imprimés et ses lettres dans le hameau de Sennemare, puis il se remit en route à travers champs pour porter le courrier du percepteur qui habitait une petite maison isolée à un kilomètre du bourg.

C'était un nouveau percepteur, M. Chapatis, arrivé la semaine dernière, et marié depuis peu.

1. *Piéton* : nom administratif du facteur de campagne qui fait sa tournée à pied.

Il recevait un journal de Paris, et, parfois, le fac
teur Boniface, quand il avait le temps, jetait un
coup d'œil sur l'imprimé. avant de le remettre au
destinataire.

Donc, il ouvrit sa sacoche, prit la feuille, la fit
glisser hors de sa bande, la déplia, et se mit à lire
tout en marchant. La première page ne l'intéressait
guère ; la politique le laissait froid ; il passait toujours
la finance, mais les faits-divers le passionnaient[1].

Ils étaient très nourris ce jour-là. Il s'émut même
si vivement au récit d'un crime accompli dans le
logis d'un garde-chasse, qu'il s'arrêta au milieu
d'une pièce de trèfle, pour le relire lentement. Les
détails étaient affreux. Un bûcheron, en passant au
matin auprès de la maison forestière, avait remar-
qué un peu de sang sur le seuil, comme si on avait
saigné du nez. «Le garde aura tué quelque lapin
cette nuit», pensa-t-il ; mais en approchant il s'aper-
çut que la porte demeurait entrouverte et que la ser-
rure avait été brisée.

Alors, saisi de peur, il courut au village prévenir
le maire, celui-ci prit comme renfort le garde cham-
pêtre et l'instituteur : et les quatre hommes revin-
rent ensemble. Ils trouvèrent le forestier égorgé
devant la cheminée, sa femme étranglée sous le lit,
et leur petite fille, âgée de six ans, étouffée entre
deux matelas.

Le facteur Boniface demeura tellement ému à la

1. Exactement comme Maupassant qui trouva, dans cette
rubrique des quotidiens, le sujet de nombreux contes.

pensée de cet assassinat dont toutes les horribles circonstances lui apparaissaient coup sur coup, qu'il se sentit une faiblesse dans les jambes, et il prononça tout haut :

— Nom de nom, y a-t-il tout de même des gens qui sont canaille !

Puis il repassa le journal dans sa ceinture de papier et repartit, la tête pleine de la vision du crime. Il atteignit bientôt la demeure de M. Chapatis ; il ouvrit la barrière du petit jardin et s'approcha de la maison. C'était une construction basse, ne contenant qu'un rez-de-chaussée, coiffé d'un toit mansardé. Elle était éloignée de cinq cents mètres au moins de la maison la plus voisine.

Le facteur monta les deux marches du perron, posa la main sur la serrure, essaya d'ouvrir la porte et constata qu'elle était fermée. Alors, il s'aperçut que les volets n'avaient point été ouverts, et que personne encore n'était sorti ce jour-là.

Une inquiétude l'envahit, car M. Chapatis, depuis son arrivée, s'était levé assez tôt. Boniface tira sa montre. Il n'était encore que sept heures dix minutes du matin, il se trouvait donc en avance de près d'une heure. N'importe, le percepteur aurait dû être debout.

Alors il fit le tour de la demeure en marchant avec précaution, comme s'il eût couru quelque danger. Il ne remarqua rien de suspect, que des pas d'homme dans une plate-bande de fraisiers.

Mais tout à coup, il demeura immobile, perclus d'angoisse, en passant devant une fenêtre. On gémissait dans la maison.

Il s'approcha, et enjambant une bordure de thym, colla son oreille contre l'auvent pour mieux écouter ; assurément on gémissait. Il entendait fort bien de longs soupirs douloureux, une sorte de râle, un bruit de lutte. Puis, les gémissements devinrent plus forts, plus répétés, s'accentuèrent encore, se changèrent en cris.

Alors Boniface, ne doutant plus qu'un crime s'accomplissait en ce moment-là même, chez le percepteur, partit à toutes jambes, retraversa le petit jardin, s'élança à travers la plaine, à travers les récoltes, courant à perdre haleine, secouant sa sacoche qui lui battait les reins, et il arriva, exténué, haletant, éperdu, à la porte de la gendarmerie.

Le brigadier Malautour raccommodait une chaise brisée, au moyen de pointes et d'un marteau. Le gendarme Rautier tenait entre ses jambes le meuble avarié et présentait un clou sur les bords de la cassure ; alors le brigadier, mâchant sa moustache, les yeux ronds et mouillés d'attention, tapait à tous coups sur les doigts de son subordonné.

Le facteur, dès qu'il les aperçut, s'écria :

— Venez vite, on assassine le percepteur, vite, vite !

Les deux hommes cessèrent leur travail et levèrent la tête, ces têtes étonnées de gens qu'on surprend et qu'on dérange.

Boniface, les voyant plus surpris que pressés, répéta :

— Vite, vite ! Les voleurs sont dans la maison, j'ai entendu les cris, il n'est que temps.

Le brigadier, posant son marteau par terre, demanda :

— Qu'est-ce qui vous a donné connaissance de ce fait ?

Le facteur reprit :

— J'allais porter le journal avec deux lettres quand je remarquai que la porte était fermée et que le percepteur n'était pas levé. Je fis le tour de la maison pour me rendre compte, et j'entendis qu'on gémissait comme si on eût étranglé quelqu'un ou qu'on lui eût coupé la gorge, alors je m'en suis parti au plus vite pour vous chercher. Il n'est que temps.

Le brigadier se redressant, reprit :

— Et vous n'avez pas porté secours en personne ?

Le facteur effaré répondit .

— Je craignais de n'être pas en nombre suffisant[1].

Alors le gendarme, convaincu, annonça :

— Le temps de me vêtir et je vous suis.

Et il entra dans la gendarmerie, suivi par son soldat qui rapportait la chaise.

Ils reparurent presque aussitôt, et tous trois se mirent en route, au pas gymnastique, pour le lieu du crime.

En arrivant près de la maison, ils ralentirent leur allure par précaution, et le brigadier tira son revol-

1. Ce dialogue est du Courteline. Précisément, celui-ci venait de publier, cinq jours plus tôt, une chronique « militaire » (« La Soupe ») qui eut un grand retentissement et fut le point de départ de toute une série de souvenirs de l'escadron.

ver, puis ils pénétrèrent tout doucement dans le jardin et s'approchèrent de la muraille. Aucune trace nouvelle n'indiquait que les malfaiteurs fussent partis. La porte demeurait fermée, les fenêtres closes.

— Nous les tenons, murmura le brigadier.

Le père Boniface, palpitant d'émotion, le fit passer de l'autre côté, et, lui montrant un auvent ·

— C'est là, dit-il.

Et le brigadier s'avança tout seul, et colla son oreille contre la planche. Les deux autres attendaient, prêts à tout, les yeux fixés sur lui.

Il demeura longtemps immobile, écoutant. Pour mieux approcher sa tête du volet de bois, il avait ôté son tricorne et le tenait de sa main droite.

Qu'entendait-il ? Sa figure impassible ne révélait rien, mais soudain sa moustache se retroussa, ses joues se plissèrent comme pour un rire silencieux, et enjambant de nouveau la bordure de thym[1], il revint vers les deux hommes, qui le regardaient avec stupeur.

Puis il leur fit signe de le suivre en marchant sur la pointe des pieds ; et, revenant devant l'entrée, il enjoignit à Boniface de glisser sous la porte le journal et les lettres.

Le facteur, interdit, obéit cependant avec docilité.

— Et maintenant, en route, dit le brigadier.

Mais, dès qu'ils eurent passé la barrière, il se

1. Par inadvertance, Maupassant avait écrit : *buis*. À la suite des éditeurs précédents, je corrige.

retourna vers le piéton, et, d'un air goguenard, la
lèvre narquoise, l'œil retroussé et brillant de joie :

— Que vous êtes un malin, vous ?

Le vieux demanda :

— De quoi ? j'ai entendu, j'vous jure que j'ai
entendu.

Mais le gendarme, n'y tenant plus, éclata de rire.
Il riait comme on suffoque, les deux mains sur le
ventre, plié en deux, l'œil plein de larmes, avec
d'affreuses grimaces autour du nez. Et les deux
autres, affolés, le regardaient.

Mais comme il ne pouvait ni parler, ni cesser de
rire, ni faire comprendre ce qu'il avait, il fit un
geste, un geste populaire et polisson.

Comme on ne le comprenait toujours pas, il le
répéta, plusieurs fois de suite, en désignant d'un
signe de tête la maison toujours close.

Et son soldat, comprenant brusquement à son
tour, éclata d'une gaieté formidable.

Le vieux demeurait stupide entre ces deux
hommes, qui se tordaient.

Le brigadier, à la fin, se calma, et lançant dans
le ventre du vieux une grande tape d'homme qui
rigole, il s'écria :

— Ah ! farceur, sacré farceur, je le retiendrai
l'crime au père Boniface !

Le facteur ouvrait des yeux énormes et il répéta :

— J'vous jure que j'ai entendu.

Le brigadier se remit à rire. Son gendarme s'était
assis sur l'herbe du fossé pour se tordre tout à son
aise.

— Ah ! t'as entendu. Et ta femme, c'est-il comme ça que tu l'assassines, hein, vieux farceur ?

— Ma femme ?…

Et il se mit à réfléchir longuement, puis il reprit :

— Ma femme… Oui, all' gueule quand j'y fiche des coups… Mais all' gueule, que c'est gueuler, quoi. C'est-il donc que M. Chapatis battait la sienne ?

Alors le brigadier, dans un délire de joie, le fit tourner comme une poupée par les épaules, et il lui souffla dans l'oreille quelque chose dont l'autre demeura abruti d'étonnement.

Puis le vieux, pensif, murmura :

— Non… point comme ça…, point comme ça…, point comme ça… all' n' dit rien, la mienne… J'aurais jamais cru… si c'est possible… on aurait juré une martyre…

Et, confus, désorienté, honteux, il reprit son chemin à travers les champs, tandis que le gendarme et le brigadier, riant toujours et lui criant, de loin, de grasses plaisanteries de caserne, regardaient s'éloigner son képi noir, sur la mer tranquille des récoltes.

LE LIT 29 [1]

Quand le capitaine Épivent passait dans la rue, toutes les femmes se retournaient. Il présentait vraiment le type du bel officier de hussards. Aussi paradait-il toujours et se pavanait-il sans cesse, fier et préoccupé de sa cuisse, de sa taille et de sa moustache. Il les avait superbes, d'ailleurs, la moustache, la taille et la cuisse. La première était blonde, très forte, tombant martialement sur la lèvre en un beau bourrelet couleur de blé mûr, mais fin, soigneusement roulé, et qui descendait ensuite des deux côtés de la bouche en deux puissants jets de poils tout à fait crânes. La taille était mince comme s'il eût porté corset, tandis qu'une vigoureuse poitrine de mâle, bombée et cambrée, s'élargissait au-dessus. Sa cuisse était admirable, une cuisse de gymnaste, de danseur, dont la chair musclée dessinait tous ses

1. Publication dans *Gil Blas* du 8 juillet 1884, puis dans le recueil *Toine* (1re éd. 1886).

mouvements sous le drap collant du pantalon rouge[1].

Il marchait en tendant le jarret et en écartant les pieds et les bras, de ce pas un peu balancé des cavaliers, qui sied bien pour faire valoir les jambes et le torse, qui semble vainqueur sous l'uniforme, mais commun sous la redingote.

Comme beaucoup d'officiers, le capitaine Épivent portait mal le costume civil. Il n'avait plus l'air, une fois vêtu de drap gris ou noir, que d'un commis de magasin. Mais en tenue il triomphait. Il avait d'ailleurs une jolie tête, le nez mince et courbé, l'œil bleu, le front étroit. Il était chauve, par exemple, sans qu'il eût jamais compris pourquoi ses cheveux étaient tombés[2]. Il se consolait en constatant qu'avec de grandes moustaches un crâne un peu nu ne va pas mal.

Il méprisait tout le monde en général avec beaucoup de degrés dans son mépris.

D'abord, pour lui, les bourgeois n'existaient point. Il les regardait, ainsi qu'on regarde les animaux, sans leur accorder plus d'attention qu'on n'en accorde aux moineaux ou aux poules. Seuls, les officiers comptaient dans le monde, mais il n'avait pas la même estime pour tous les officiers. Il

1. Jusqu'à 1914, le pantalon d'uniforme de l'armée française était rouge garance (voir *Le Fifre* de Manet).
2. Fausse naïveté de la part de Maupassant qui sait fort bien (pour l'avoir éprouvé lui-mˆ ne) que la chute des cheveux est un des signes par lesque¹ se manifestent les maladies vénériennes.

ne respectait, en somme, que les beaux hommes, la vraie, l'unique qualité du militaire devant être la prestance. Un soldat c'était un gaillard, que diable, un grand gaillard créé pour faire la guerre et l'amour, un homme à poigne, à crins et à reins, rien de plus. Il classait les généraux de l'armée française en raison de leur taille, de leur tenue et de l'aspect rébarbatif de leur visage. Bourbaki[1] lui apparaissait comme le plus grand homme de guerre des temps modernes.

Il riait beaucoup des officiers de la ligne, qui sont courts et gros et soufflent en marchant, mais il avait surtout une invincible mésestime qui frisait la répugnance pour les pauvres gringalets sortis de l'École Polytechnique, ces maigres petits hommes à lunettes, gauches et maladroits, qui semblent autant faits pour l'uniforme qu'un lapin pour dire la messe, affirmait-il. Il s'indignait qu'on tolérât dans l'armée ces avortons aux jambes grêles qui marchent comme des crabes, qui ne boivent pas, qui mangent peu et qui semblent mieux aimer les équations que les belles filles.

Le capitaine Épivent avait des succès constants, des triomphes auprès du beau sexe.

Toutes les fois qu'il soupait en compagnie d'une femme, il se considérait comme certain de finir la nuit en tête à tête, sur le même sommier, et si des obstacles insurmontables empêchaient sa victoire

1. Charles Bourbaki (1816-1897) fut général et commanda l'armée de l'Est en 1871.

le soir même, il était sûr au moins de la « suite à demain[1] ». Les camarades n'aimaient pas lui faire rencontrer leurs maîtresses, et les commerçants en boutiques, qui avaient de jolies femmes au comptoir de leur magasin, le connaissaient, le craignaient et le haïssaient éperdument.

Quand il passait, la marchande échangeait, malgré elle, avec lui, un regard, à travers les vitres de la devanture ; un de ces regards qui valent plus que les paroles tendres, qui contiennent un appel et une réponse, un désir et un aveu. Et le mari, qu'une sorte d'instinct avertissait, se retournant brusquement, jetait un coup d'œil furieux sur la silhouette fière et cambrée de l'officier. Et quand le capitaine était passé, souriant et content de son effet, le commerçant, bousculant d'une main nerveuse les objets étalés devant lui, déclarait :

— En voilà un grand dindon. Quand est-ce qu'on finira de nourrir tous ces propres à rien qui traînent leur ferblanterie dans les rues ? Quant à moi, j'aime mieux un boucher qu'un soldat. S'il a du sang sur son tablier, c'est du sang de bête au moins ; et il est utile à quelque chose, celui-là ; et le couteau qu'il porte n'est pas destiné à tuer des hommes. Je ne comprends pas qu'on tolère sur les promenades que ces meurtriers publics promènent leurs instruments de mort. Il en faut, je le sais bien, mais qu'on les cache au moins, et qu'on ne les

1. *Suite à demain* : expression qu'on employait, dans la presse, pour indiquer au lecteur qu'un feuilleton était à suivre.

habille pas en mascarade avec des culottes rouges et des vestes bleues. On n'habille pas le bourreau en général, n'est-ce pas[1] ?

La femme, sans répondre, haussait imperceptiblement les épaules, tandis que le mari, devinant le geste sans le voir, s'écriait :

— Faut-il être bête pour aller voir parader ces cocos-là.

La réputation de conquérant du capitaine Épivent était d'ailleurs établie dans toute l'armée française.

Or, en 1868, son régiment, le 102e hussards, vint tenir garnison à Rouen.

Il fut bientôt connu dans la ville. Il apparaissait tous les soirs, vers cinq heures, sur le cours Boïeldieu, pour prendre l'absinthe au café de la Comédie[2], mais avant d'entrer dans l'établissement, il avait soin de faire un tour sur la promenade pour montrer sa jambe, sa taille et sa moustache.

Les commerçants rouennais qui se promenaient aussi, les mains derrière le dos, préoccupés des affaires et parlant de la hausse et de la baisse, lui jetaient cependant un regard et murmuraient :

— Bigre, voilà un bel homme.

1. Même s'il ne faut pas prendre au pied de la lettre les propos d'un personnage dévalorisé, il est vrai que l'indignation de Maupassant devant la guerre devient de plus en plus vive. On s'en convaincra en lisant la chronique « La Guerre » qui a paru dans *Gil Blas* le 11 décembre 1883.

2. Le cours Boïeldieu était parallèle à l'actuel quai de la Bourse ; le café de la Comédie avoisinait le théâtre des Arts.

Puis, quand ils le connurent :

— Tiens, le capitaine Épivent! Quel gaillard tout de même !

Les femmes, à sa rencontre, avaient un petit mouvement de tête tout à fait drôle, une sorte de frisson de pudeur comme si elles s'étaient senties faibles ou dévêtues devant lui. Elles baissaient un peu la tête avec une ombre de sourire sur les lèvres, un désir d'être trouvées charmantes et d'avoir un regard de lui. Quand il se promenait avec un camarade, le camarade ne manquait jamais de murmurer avec une jalousie envieuse, chaque fois qu'il revoyait le même manège :

— Ce bougre d'Épivent, a-t-il de la chance !

Parmi les filles entretenues de la ville, c'était une lutte, une course, à qui l'enlèverait. Elles venaient toutes, à cinq heures, l'heure des officiers, sur le cours Boïeldieu, et elles traînaient leurs jupes, deux par deux, d'un bout à l'autre du cours, tandis que, deux par deux, lieutenants, capitaines et commandants traînaient leurs sabres sur le trottoir, avant d'entrer au café.

Or, un soir, la belle Irma, la maîtresse, disait-on, de M. Templier-Papon, le riche manufacturier, fit arrêter sa voiture en face de la Comédie, et, descendant, eut l'air d'aller acheter du papier ou commander des cartes de visite chez M. Paulard, le graveur, cela pour passer devant les tables d'officiers et jeter au capitaine Épivent un regard qui voulait dire : «Quand vous voudrez», si clairement que le colonel Prune, qui buvait la verte

liqueur[1] avec son lieutenant-colonel, ne put s'em-
pêcher de grogner :

— Cré cochon ! A-t-il de la chance, ce bougre-
là !

Le mot du colonel fut répété ; et le capitaine Épi-
vent, ému de cette approbation supérieure, passa le
lendemain, en grande tenue, et plusieurs fois de
suite, sous les fenêtres de la belle.

Elle le vit, se montra, sourit.

Le soir même, il était son amant.

Ils s'affichèrent, se donnèrent en spectacle, se
compromirent mutuellement, fiers tous deux d'une
pareille aventure.

Il n'était bruit dans la ville que des amours de
la belle Irma avec l'officier. Seul, M. Templier-
Papon les ignorait.

Le capitaine Épivent rayonnait de gloire ; et, à
tout instant il répétait :

— Irma vient de me dire — Irma me disait cette
nuit — hier, en dînant avec Irma...

Pendant plus d'un an, il promena, étala, déploya
dans Rouen cet amour, comme un drapeau pris à
l'ennemi. Il se sentait grandi par cette conquête,
envié, plus sûr de l'avenir, plus sûr de la croix tant
désirée, car tout le monde avait les yeux sur lui, et
il suffit de se trouver bien en vue pour n'être pas
oublié.

1. La *verte liqueur* fait allusion à l'absinthe : c'est ainsi
qu'elle est désignée aussi dans un poème de Charles Cros,
«L'Heure verte» (*Le Coffret de santal*).

*

Mais voilà que la guerre éclata et que le régiment du capitaine fut envoyé à la frontière un des premiers. Les adieux furent lamentables. Ils durèrent toute une nuit.

Sabre, culotte rouge, képi, dolman chavirés du dos d'une chaise par terre ; les robes, les jupes, les bas de soie répandus, tombés aussi, mêlés à l'uniforme, en détresse sur le tapis, la chambre bouleversée comme après une bataille, Irma, folle, les cheveux dénoués, jetait ses bras désespérés autour du cou de l'officier, l'étreignant, puis, le lâchant, se roulait sur le sol, renversait les meubles, arrachait les franges des fauteuils, mordait leurs pieds, tandis que le capitaine, fort ému, mais inhabile aux consolations, répétait :

— Irma, ma petite Irma, pas à dire, il le faut.

Et il essuyait parfois, du bout du doigt, une larme éclose au coin de l'œil.

Ils se séparèrent au jour levant. Elle suivit en voiture son amant jusqu'à la première étape. Et elle l'embrassa presque en face du régiment à l'instant de la séparation. On trouva même ça très gentil, très digne, très bien, et les camarades serrèrent la main du capitaine en lui disant :

— Cré veinard, elle avait du cœur tout de même, cette petite.

On voyait vraiment là-dedans quelque chose de patriotique.

*

Le régiment fut fort éprouvé pendant la campagne. Le capitaine se conduisit héroïquement et reçut enfin la croix ; puis, la guerre terminée il revint à Rouen en garnison.

Aussitôt de retour, il demanda des nouvelles d'Irma, mais personne ne put lui en donner de précises.

D'après les uns, elle avait fait la noce avec l'état-major prussien.

D'après les autres, elle s'était retirée chez ses parents, cultivateurs aux environs d'Yvetot.

Il envoya même son ordonnance à la mairie pour consulter le registre des décès. Le nom de sa maîtresse ne s'y trouva pas.

Et il eut un grand chagrin dont il faisait parade. Il mettait même au compte de l'ennemi son malheur, attribuait aux Prussiens qui avaient occupé Rouen la disparition de la jeune femme et déclarait :

— À la prochaine guerre, ils me le payeront, les gredins.

Or, un matin, comme il entrait au mess à l'heure du déjeuner, un commissionnaire, vieil homme en blouse, coiffé d'une casquette cirée, lui remit une enveloppe. Il l'ouvrit et lut :

«Mon chéri,

«Je suis à l'hôpital, bien malade, bien malade. Ne reviendras-tu pas me voir? Ça me ferait tant plaisir !

«Irma.»

Le capitaine devint pâle, et, remué de pitié, il déclara :

— Nom de nom, la pauvre fille ! J'y vais aussitôt le déjeuner.

Et pendant tout le temps, il raconta à la table des officiers qu'Irma était à l'hôpital ; mais qu'il l'en ferait sortir, cré mâtin. C'était encore la faute de ces sacré nom de Prussiens. Elle avait dû se trouver seule, sans le sou, crevant de misère, car on avait certainement pillé son mobilier.

— Ah ! les salopiauds !

Tout le monde était ému en l'écoutant.

À peine eut-il glissé sa serviette roulée dans son rond de bois, qu'il se leva ; et, ayant cueilli son sabre au portemanteau, bombant sa poitrine pour se faire mince, il agrafa son ceinturon, puis partit d'un pas accéléré pour se rendre à l'hôpital civil.

Mais l'entrée du bâtiment hospitalier où il s'attendait à pénétrer immédiatement lui fut sévèrement refusée et il dut même aller trouver son colonel à qui il expliqua son cas et dont il obtint un mot pour le directeur.

Celui-ci, après avoir fait poser quelque temps le beau capitaine dans son antichambre, lui délivra

enfin une autorisation, avec un salut froid et désap-
probateur.

Dès la porte il se sentit gêné dans cet asile de la
misère, de la souffrance et de la mort. Un garçon
de service le guida.

Il allait sur la pointe des pieds, pour ne pas faire
de bruit, dans les longs corridors où flottait une
odeur fade de moisi, de maladie et de médica-
ments. Un murmure de voix, par moments, trou-
blait seul le grand silence de l'hôpital.

Parfois, par une porte ouverte, le capitaine aper-
cevait un dortoir, une file de lits dont les draps
étaient soulevés par la forme des corps. Des conva-
lescentes, assises sur des chaises au pied de leurs
couches, cousaient, vêtues d'une robe d'uniforme
en toile grise, et coiffées d'un bonnet blanc.

Son guide soudain s'arrêta devant une de ces
galeries pleines de malades. Sur la porte on lisait,
en grosses lettres : « Syphilitiques. » Le capitaine
tressaillit ; puis il se sentit rougir. Une infirmière
préparait un médicament sur une petite table de
bois à l'entrée.

— Je vais vous conduire, dit-elle, c'est au lit 29.

Et elle se mit à marcher devant l'officier.

Puis elle indiqua une couchette :

— C'est là.

On ne voyait rien qu'un renflement des couver-
tures. La tête elle-même était cachée sous le drap.

Partout des figures se dressaient au-dessus des
couches, des figures pâles, étonnées, qui regar-
daient l'uniforme, des figures de femmes, de jeunes

femmes et de vieilles femmes, mais qui semblaient
toutes laides, vulgaires, sous l'humble caraco régle-
mentaire.

Le capitaine, tout à fait troublé, qui soutenait
son sabre d'une main et portait son képi de l'autre,
murmura :

— Irma.

Un grand mouvement se fit dans le lit et le
visage de sa maîtresse apparut, mais si changé, si
fatigué, si maigre, qu'il ne le reconnaissait pas.

Elle haletait, suffoquée par l'émotion, et elle
prononça :

— Albert !... Albert !... C'est toi !... Oh !...
c'est bien... c'est bien...

Et des larmes coulèrent de ses yeux.

L'infirmière apportait une chaise :

— Asseyez-vous, monsieur.

Il s'assit, et il regardait la face pâle, si misérable
de cette fille qu'il avait quittée si belle et si fraîche.

Il dit :

— Qu'est-ce que tu as eu ?

Elle répondit, tout en pleurant .

— Tu as bien vu, c'est écrit sur la porte.

Et elle cacha ses yeux sous le bord de ses draps.

Il reprit, éperdu, honteux :

— Comment as-tu attrapé ça, ma pauvre fille ?

Elle murmura :

— C'est ces salops de Prussiens. Ils m'ont prise
presque de force et ils m'ont empoisonnée.

Il ne trouvait plus rien à ajouter. Il la regardait et
tournait son képi sur ses genoux.

Les autres malades le dévisageaient, et il croyait
sentir une odeur de pourriture, une odeur de chair
gâtée et d'infamie dans ce dortoir plein de filles
atteintes du mal ignoble et terrible.

Elle murmurait :

— Je ne crois pas que j'en réchappe. Le méde-
cin dit que c'est bien grave.

Puis apercevant la croix sur la poitrine de l'offi-
cier, elle s'écria :

— Oh ! tu es décoré, que je suis contente ! Que
je suis contente ! Oh ! si je pouvais t'embrasser ?

Un frisson de peur et de dégoût courut sur la
peau du capitaine, à la pensée de ce baiser.

Il avait envie de s'en aller, maintenant, d'être à
l'air, de ne plus voir cette femme. Il restait cepen-
dant, ne sachant comment faire pour se lever, pour
lui dire adieu. Il balbutia :

— Tu ne t'es donc pas soignée.

Une flamme passa dans les yeux d'Irma : « Non,
j'ai voulu me venger, quand j'aurais dû en crever !
Et je les ai empoisonnés aussi, tous, tous, le plus
que j'ai pu. Tant qu'ils ont été à Rouen je ne me
suis pas soignée. »

Il déclara, d'un ton gêné, où perçait un peu de
gaieté :

— Quant à ça, tu as bien fait.

Elle dit, s'animant, les pommettes rouges :

— Oh oui, il en mourra plus d'un par ma faute,
va. Je te réponds que je me suis vengée.

Il prononça encore :

— Tant mieux.

Puis, se levant :

— Allons, je vais te quitter parce qu'il faut que je sois chez le colonel à quatre heures.

Elle eut une grosse émotion :

— Déjà ! tu me quittes déjà ! Oh ! tu viens à peine d'arriver !…

Mais il voulait partir à tout prix. Il prononça :

— Tu vois bien que je suis venu tout de suite ; mais il faut absolument que je sois chez le colonel à quatre heures.

Elle demanda :

— C'est toujours le colonel Prune ?

— C'est toujours lui. Il a été blessé deux fois.

Elle reprit :

— Et tes camarades, y en a-t-il eu de tués ?

— Oui. Saint-Timon, Savagnat, Poli, Sapreval, Robert, de Courson, Pasafil, Santal, Caravan et Poivrin sont morts. Sahel a eu le bras emporté et Courvoisin une jambe écrasée ; Paquet a perdu l'œil droit.

Elle écoutait, pleine d'intérêt. Puis, tout à coup elle balbutia :

— Veux-tu m'embrasser, dis, avant de me quitter, Mme Langlois n'est pas là.

Et, malgré le dégoût qui lui montait aux lèvres, il les posa sur ce front blême, tandis qu'elle, l'entourant de ses bras, jetait des baisers affolés sur le drap bleu de son dolman.

Elle reprit :

— Tu reviendras, dis, tu reviendras. Promets-moi que tu reviendras.

— Oui, je te le promets.

— Quand ça ? Peux-tu jeudi ?

— Oui, jeudi.

— Jeudi, deux heures.

— Oui, jeudi deux heures.

— Tu me le promets ?

— Je te le promets.

— Adieu, mon chéri.

— Adieu.

Et il s'en alla, confus, sous les regards du dortoir, pliant sa haute taille pour se faire petit ; et, quand il fut dans la rue, il respira.

*

Le soir, ses camarades lui demandèrent :

— Eh bien ! Irma ?

Il répondit d'un ton gêné :

— Elle a eu une fluxion de poitrine, elle est bien mal

Mais un petit lieutenant, flairant quelque chose à son air, alla aux informations et, le lendemain, quand le capitaine entra au mess, il fut accueilli par une décharge de rires et de plaisanteries. On se vengeait, enfin.

On apprit, en outre, qu'Irma avait fait une noce enragée avec l'état-major prussien, qu'elle avait parcouru le pays à cheval avec un colonel de hussards bleus et avec bien d'autres encore, et que, dans Rouen, on ne l'appelait plus que la « femme aux Prussiens ».

Pendant huit jours, le capitaine fut la victime du régiment. Il recevait, par la poste, des notes révélatrices, des ordonnances, des indications de médecins spécialistes, même des médicaments dont la nature était inscrite sur le paquet.

Et le colonel, mis au courant, déclara d'un ton sévère :

— Eh bien, le capitaine avait là une jolie connaissance. Je lui en ferai mes compliments.

Au bout d'une douzaine de jours, il fut appelé par une nouvelle lettre d'Irma. Il la déchira avec rage et ne répondit pas.

Huit jours plus tard, elle lui écrivit de nouveau qu'elle était tout à fait mal, et qu'elle voulait lui dire adieu.

Il ne répondit pas.

Après quelques jours encore, il reçut la visite de l'aumônier de l'hôpital.

La fille Irma Pavolin, à son lit de mort, le suppliait de venir.

Il n'osa pas refuser de suivre l'aumônier, mais il entra dans l'hôpital le cœur gonflé de rancune méchante, de vanité blessée, d'orgueil humilié.

Il ne la trouva guère changée et pensa qu'elle s'était moquée de lui.

— Qu'est-ce que tu me veux ? dit-il.

— J'ai voulu te dire adieu. Il paraît que je suis tout à fait bas.

Il ne la crut pas.

— Écoute, tu me rends la risée du régiment, et je ne veux pas que ça continue.

Elle demanda :

— Qu'est-ce que je t'ai fait, moi ?

Il s'irrita de n'avoir rien à répondre.

— Ne compte pas que je reviendrai ici pour me faire moquer de moi par tout le monde !

Elle le regarda de ses yeux éteints où s'allumait une colère, et elle répéta :

— Qu'est-ce que je t'ai fait, moi ? Je n'ai pas été gentille avec toi, peut-être ? Est-ce que je t'ai quelquefois demandé quelque chose ? Sans toi, je serais restée avec M. Templier-Papon et je ne me trouverais pas ici aujourd'hui. Non, vois-tu, si quelqu'un a des reproches à me faire, ça n'est pas toi.

Il reprit, d'un ton vibrant :

— Je ne te fais pas de reproches, mais je ne peux pas continuer à venir te voir, parce que ta conduite avec les Prussiens a été la honte de toute la ville.

Elle s'assit, d'une secousse, dans son lit :

— Ma conduite avec les Prussiens ? Mais quand je te dis qu'ils m'ont prise, et quand je te dis que, si je ne me suis pas soignée, c'est parce que j'ai voulu les empoisonner. Si j'avais voulu me guérir, ça n'était pas difficile, parbleu ! mais je voulais les tuer, moi, et j'en ai tué, va !

Il restait debout :

— Dans tous les cas c'est honteux, dit-il.

Elle eut une sorte d'étouffement, puis reprit :

— Qu'est-ce qui est honteux, de m'être fait mourir pour les exterminer, dis ? Tu ne parlais pas comme ça quand tu venais chez moi, rue Jeanne-

d'Arc[1] ? Ah ! c'est honteux ! Tu n'en aurais pas fait autant, toi, avec ta croix d'honneur ! Je l'ai plus méritée que toi, vois-tu, plus que toi, et j'en ai tué plus que toi, des Prussiens !

Il demeurait stupéfait devant elle, frémissant d'indignation.

— Ah ! tais-toi… tu sais… tais-toi… parce que… ces choses-là… je ne permets pas… qu'on y touche…

Mais elle ne l'écoutait guère :

— Avec ça que vous leur avez fait bien du mal aux Prussiens ! Ça serait-il arrivé si vous les aviez empêchés de venir à Rouen, dis[2] ? C'est vous qui deviez les arrêter, entends-tu. Et je leur ai fait plus de mal que toi, moi, oui, plus de mal, puisque je vais mourir, tandis que tu te balades, toi, et que tu fais le beau pour enjôler les femmes…

Sur chaque lit une tête s'était dressée et tous les yeux regardaient cet homme en uniforme qui bégayait :

— Tais-toi… tu sais… tais-toi…

Mais elle ne se taisait pas. Elle criait :

— Ah ! oui, tu es un joli poseur. Je te connais, va. Je te connais. Je te dis que je leur ai fait plus de mal que toi, moi, et que j'en ai tué plus que tout ton régiment réuni… va donc… capon[3] !

1. Une des grandes artères nord-sud de Rouen

2. On a vu, à propos de «Boule de suif», que Rouen s'était livré sans combattre.

3. *Capon* : poltron. Le mot est dérivé de chapon. Traiter l'ancien amant d'animal châtré est bien la pire injure qu'on puisse faire à un capitaine habitué à prendre les femmes à la hussarde.

Il s'en allait, en effet, il fuyait, allongeant ses grandes jambes, passant entre les deux rangs de lits où s'agitaient les syphilitiques. Et il entendait la voix haletante, sifflante, d'Irma, qui le poursuivait :

— Plus que toi, oui, j'en ai tué plus que toi, plus que toi...

Il dégringola l'escalier quatre à quatre, et courut s'enfermer chez lui.

Le lendemain, il apprit qu'elle était morte[1]

1. Selon un document cité par André Vial (*G. de Maupassant et l'art du roman*, p. 314), le sujet de ce conte aurait été fourni à Maupassant par son ami Henry Céard, en 1876.

L'AVEU [1]

Le soleil de midi tombe en large pluie sur les champs. Ils s'étendent, onduleux, entre les bouquets d'arbres des fermes, et les récoltes diverses, les seigles mûrs et les blés jaunissants, les avoines d'un vert clair, les trèfles d'un vert sombre, étalent un grand manteau rayé, remuant et doux sur le ventre nu de la terre.

Là-bas, au sommet d'une ondulation, en rangée comme des soldats, une interminable ligne de vaches, les unes couchées, les autres debout, clignant leurs gros yeux sous l'ardente lumière, ruminent et pâturent un trèfle aussi vaste qu'un lac.

Et deux femmes, la mère et la fille, vont, d'une allure balancée l'une devant l'autre, par un étroit sentier creusé dans les récoltes, vers ce régiment de bêtes.

Elles portent chacune deux seaux de zinc main-

1. Avant de prendre place dans les *Contes du jour et de la nuit* (1885), ce récit parut dans *Gil Blas* (22 juillet 1884).

tenus loin du corps par un cerceau de barrique ; et le métal, à chaque pas qu'elles font, jette une flamme éblouissante et blanche sous le soleil qui le frappe.

Elles ne parlent point. Elles vont traire les vaches. Elles arrivent, posent à terre un seau, et s'approchent des deux premières bêtes, qu'elles font lever d'un coup de sabot dans les côtes. L'animal se dresse, lentement, d'abord sur ses jambes de devant, puis soulève avec plus de peine sa large croupe, qui semble alourdie par l'énorme mamelle de chair blonde et pendante.

Et les deux Malivoire, mère et fille, à genoux sous le ventre de la vache, tirent par un vif mouvement des mains sur le pis gonflé, qui jette, à chaque pression, un mince fil de lait dans le seau. La mousse un peu jaune monte aux bords et les femmes vont de bête en bête jusqu'au bout de la longue file.

Dès qu'elles ont fini d'en traire une, elles la déplacent, lui donnant à pâturer un bout de verdure intacte.

Puis elles repartent, plus lentement, alourdies par la charge du lait, la mère devant, la fille derrière.

Mais celle-ci brusquement s'arrête, pose son fardeau, s'assied et se met à pleurer.

La mère Malivoire, n'entendant plus marcher, se retourne et demeure stupéfaite.

— Qué qu't'as ? dit-elle.

Et la fille, Céleste, une grande rousse aux cheveux brûlés, aux joues brûlées, tachées de son

comme si des gouttes de feu lui étaient tombées sur
le visage, un jour qu'elle peinait au soleil, murmura
en geignant doucement comme font les enfants
battus :

— Je n'peux pu porter mon lait !

La mère la regardait d'un air soupçonneux. Elle
répéta :

— Qué qu't'as ?

Céleste reprit, écroulée par terre entre ses deux
seaux, et se cachant les yeux avec son tablier :

— Ça me tire trop. Je ne peux pas.

La mère, pour la troisième fois, reprit :

— Qué que t'as donc ?

Et la fille gémit :

— Je crois ben que me v'là grosse.

Et elle sanglota.

La vieille à son tour posa son fardeau, tellement
interdite qu'elle ne trouvait rien. Enfin elle balbutia :

— Te... te... te v'là grosse, manante, c'est-il
ben possible ?

C'étaient de riches fermiers les Malivoire, des
gens cossus, posés, respectés, malins et puissants.

Céleste bégaya :

— J'crais[1] ben que oui, tout de même.

La mère effarée regardait sa fille abattue devant
elle et larmoyant. Au bout de quelques secondes
elle cria :

— Te v'là grosse ! Te v'là grosse ! Où qu't'as
attrapé ça, roulure ?

1. Forme dialectale : *je crois.*

Et Céleste, toute secouée par l'émotion, murmura :

— J'crais ben que c'est dans la voiture à Polyte.

La vieille cherchait à comprendre, cherchait à deviner, cherchait à savoir qui avait pu faire ce malheur à sa fille. Si c'était un gars bien riche et bien vu, on verrait à s'arranger. Il n'y aurait encore que demi-mal ; Céleste n'était pas la première à qui pareille chose arrivait ; mais ça la contrariait tout de même, vu les propos et leur position.

Elle reprit :

— Et qué que c'est qui t'a fait ça, salope ?

Et Céleste, résolue à tout dire, balbutia :

— J'crais ben qu' c'est Polyte.

Alors la mère Malivoire, affolée de colère, se rua sur sa fille et se mit à la battre avec une telle frénésie qu'elle en perdit son bonnet.

Elle tapait à grands coups de poing sur la tête, sur le dos, partout ; et Céleste, tout à fait allongée entre les deux seaux, qui la protégeaient un peu, cachait seulement sa figure entre ses mains.

Toutes les vaches, surprises, avaient cessé de pâturer, et, s'étant retournées, regardaient de leurs gros yeux. La dernière meugla, le mufle tendu vers les femmes.

Après avoir tapé jusqu'à perdre haleine, la mère Malivoire, essoufflée, s'arrêta ; et, reprenant un peu ses esprits, elle voulut se rendre tout à fait compte de la situation :

— Polyte ! Si c'est Dieu possible ! Comment que t'as pu, avec un cocher de diligence. T'avais ti

perdu les sens ? Faut qu'i t'ait jeté un sort, pour
sûr, un propre à rien !

Et Céleste, toujours allongée, murmura dans la
poussière :

— J'y payais point la voiture !

Et la vieille Normande comprit.

*

Toutes les semaines, le mercredi et le samedi,
Céleste allait porter au bourg les produits de la
ferme, la volaille, la crème et les œufs.

Elle partait dès sept heures avec ses deux vastes
paniers aux bras, le laitage dans l'un, les poulets
dans l'autre ; et elle allait attendre sur la grand-
route la voiture de poste d'Yvetot.

Elle posait à terre ses marchandises et s'asseyait
dans le fossé, tandis que les poules au bec court et
pointu, et les canards au bec large et plat, passant
la tête à travers les barreaux d'osier, regardaient de
leur œil rond, stupide et surpris.

Bientôt la guimbarde, sorte de coffre jaune coiffé
d'une casquette de cuir noir, arrivait, secouant son
cul au trot saccadé d'une rosse blanche.

Et Polyte, le cocher, un gros garçon réjoui, ven-
tru bien que jeune, et tellement cuit par le soleil,
brûlé par le vent, trempé par les averses, et teinté
par l'eau-de-vie qu'il avait la face et le cou couleur
de brique, criait de loin en faisant claquer son fouet :

— Bonjour, Mam'zelle Céleste. La santé ça va-
t-il ?

Elle lui tendait, l'un après l'autre, ses paniers qu'il casait sur l'impériale ; puis elle montait en levant haut la jambe pour atteindre le marchepied, en montrant un fort mollet vêtu d'un bas bleu.

Et chaque fois Polyte répétait la même plaisanterie : «Mazette, il n'a pas maigri.»

Et elle riait, trouvant ça drôle.

Puis il lançait un «Hue Cocotte», qui remettait en route son maigre cheval. Alors Céleste, atteignant son porte-monnaie dans le fond de sa poche, en tirait lentement dix sous, six sous pour elle et quatre pour les paniers, et les passait à Polyte par-dessus l'épaule. Il les prenait en disant :

— C'est pas encore pour aujourd'hui, la rigolade ?

Et il riait de tout son cœur en se retournant vers elle pour la regarder à son aise.

Il lui en coûtait beaucoup, à elle, de donner chaque fois ce demi-franc pour trois kilomètres de route. Et quand elle n'avait pas de sous elle en souffrait davantage encore, ne pouvant se décider à allonger une pièce d'argent.

Et un jour, au moment de payer, elle demanda :

— Pour une bonne pratique comme mé, vous devriez bien ne prendre que six sous ?

Il se mit à rire :

— Six sous, ma belle, vous valez mieux que ça, pour sûr.

Elle insistait :

— Ça vous fait pas moins deux francs par mois.

Il cria en tapant sur sa rosse :

— T'nez, j'suis coulant, j'vous passerai ça pour une rigolade.

Elle demanda d'un air niais :

— Qué que c'est que vous dites ?

Il s'amusait tellement qu'il toussait à force de rire.

— Une rigolade, c'est une rigolade, pardi ; une rigolade fille et garçon, en avant deux sans musique.

Elle comprit, rougit, et déclara :

— Je n'suis pas de ce jeu-là, m'sieu Polyte.

Mais il ne s'intimida pas, et il répétait, s'amusant de plus en plus :

— Vous y viendrez, la belle, une rigolade fille et garçon !

Et, depuis lors, chaque fois qu'elle le payait il avait pris l'usage de demander :

— C'est pas encore pour aujourd'hui, la rigolade ?

Elle plaisantait aussi là-dessus, maintenant, et elle répondait :

— Pas pour aujourd'hui, m'sieu Polyte, mais c'est pour samedi, pour sûr alors !

Et il criait en riant toujours :

— Entendu pour samedi, ma belle.

Mais elle calculait en dedans que, depuis deux ans que durait la chose, elle avait bien payé quarante-huit francs à Polyte, et quarante-huit francs à la campagne ne se trouvent pas dans une ornière ; et elle calculait aussi que, dans deux années encore, elle aurait payé près de cent francs.

Si bien qu'un jour, un jour de printemps qu'ils étaient seuls, comme il demandait selon sa coutume :

— C'est pas encore pour aujourd'hui, la rigo-
lade?

Elle répondit :

— À vot'désir, m'sieu Polyte.

Il ne s'étonna pas du tout et enjamba la ban-
quette de derrière en murmurant d'un air content :

— Et allons donc. J'savais ben qu'on y viendrait.

Et le vieux cheval blanc se mit à trottiner d'un
train si doux qu'il semblait danser sur place, sourd
à la voix qui criait parfois du fond de la voiture :
«Hue donc, Cocotte ! Hue donc, Cocotte ! »

Trois mois plus tard Céleste s'aperçut qu'elle
était grosse.

*

Elle avait dit tout cela d'une voix larmoyante, à
sa mère. Et la vieille, pâle de fureur, demanda :

— Combien que ça y a coûté, alors?

Céleste répondit :

— Quat' mois, ça fait huit francs, pour sûr.

Alors la rage de la campagnarde se déchaîna
éperdument, et, retombant sur sa fille, elle la rebat-
tit jusqu'à perdre le souffle. Puis, s'étant relevée :

— Y as-tu dit, que t'étais grosse?

— Mais non, pour sûr.

— Pourqué que tu y as point dit?

— Parce qu'i m'aurait fait r'payer p'têtre ben !

Et la vieille songea, puis, reprenant ses seaux ·

— Allons, lève-té, et tâche à v'nir.

Puis, après un silence, elle reprit :

— Et pis n'li dis rien tant qu'i n'verra point ;
que j'y gagnions ben six ou huit mois !

Et Céleste, s'étant redressée, pleurant encore,
décoiffée et bouffie, se remit en marche d'un pas
lourd, en murmurant :

— Pour sûr que j'y dirai point.

LA DOT[1]

Personne ne s'étonna du mariage de maître Simon Lebrument avec Mlle Jeanne Cordier. Maître Lebrument venait d'acheter l'étude de notaire de maître Papillon ; il fallait, bien entendu, de l'argent pour la payer ; et Mlle Jeanne Cordier avait trois cent mille francs liquides, en billets de banque et en titres au porteur.

Maître Lebrument était un beau garçon, qui avait du chic, un chic notaire, un chic province, mais enfin du chic, ce qui était rare à Boutigny-le-Rebours[2].

Mlle Cordier avait de la grâce et de la fraîcheur, de la grâce un peu gauche et de la fraîcheur un peu fagotée ; mais c'était, en somme, une belle fille désirable et fêtable

1. Première publication dans *Gil Blas* (9 septembre 1884) ; recueilli dans *Toine* (1re éd. 1886).
2. Il existe un Boutigny près de Corbeil (Essonne) ; il ne saurait s'agir de ce lieu, puisque les jeunes mariés débarquent à la gare Saint-Lazare. Maupassant use d'une géographie imaginaire

La cérémonie d'épousailles mit tout Boutigny sens dessus dessous.

On admira fort les mariés, qui rentrèrent cacher leur bonheur au domicile conjugal, ayant résolu de faire tout simplement un petit voyage à Paris après quelques jours de tête-à-tête.

Il fut charmant ce tête-à-tête, maître Lebrument ayant su apporter dans ses premiers rapports avec sa femme une adresse, une délicatesse et un à-propos remarquables. Il avait pris pour devise : « Tout vient à point à qui sait attendre. » Il sut être en même temps patient et énergique. Le succès fut rapide et complet.

Au bout de quatre jours, Mme Lebrument adorait son mari. Elle ne pouvait plus se passer de lui, il fallait qu'elle l'eût tout le jour près d'elle pour le caresser, l'embrasser, lui tripoter les mains, la barbe, le nez, etc. Elle s'asseyait sur ses genoux, et, le prenant par les oreilles, elle disait : « Ouvre la bouche et ferme les yeux. » Il ouvrait la bouche avec confiance, fermait les yeux à moitié, et il recevait un bon baiser bien tendre, bien long, qui lui faisait passer de grands frissons dans le dos. Et à son tour, il n'avait pas assez de caresses, pas assez de lèvres, pas assez de mains, pas assez de toute sa personne pour fêter sa femme du matin au soir et du soir au matin.

*

Une fois la première semaine écoulée, il dit à sa jeune compagne :

— Si tu veux, nous partirons pour Paris mardi prochain. Nous ferons comme les amoureux qui ne sont pas mariés, nous irons dans les restaurants, au théâtre, dans les cafés-concerts, partout, partout.

Elle sautait de joie.

— Oh ! oui, oh ! oui, allons-y le plus tôt possible.

Il reprit :

— Et puis, comme il ne faut rien oublier, préviens ton père de tenir ta dot toute prête ; je l'emporterai avec nous et je payerai par la même occasion maître Papillon.

Elle prononça :

— Je le lui dirai demain matin.

Et il la saisit dans ses bras pour recommencer ce petit jeu de tendresse qu'elle aimait tant, depuis huit jours.

Le mardi suivant, le beau-père et la belle-mère accompagnèrent à la gare leur fille et leur gendre qui partaient pour la capitale.

Le beau-père disait :

— Je vous jure que c'est imprudent d'emporter tant d'argent dans votre portefeuille.

Et le jeune notaire souriait.

— Ne vous inquiétez de rien, beau-papa, j'ai l'habitude de ces choses-là. Vous comprenez que, dans ma profession, il m'arrive quelquefois d'avoir près d'un million sur moi. De cette façon, au moins, nous évitons un tas de formalités et un tas de retards. Ne vous inquiétez de rien.

L'employé criait :

— Les voyageurs pour Paris en voiture !

Ils se précipitèrent dans un wagon où se trouvaient deux vieilles dames.

Lebrument murmura à l'oreille de sa femme :

— C'est ennuyeux, je ne pourrai pas fumer.

Elle répondit tout bas :

— Moi aussi, ça m'ennuie bien, mais ça n'est pas à cause de ton cigare.

Le train siffla et partit. Le trajet dura une heure, pendant laquelle ils ne dirent pas grand-chose, car les deux vieilles femmes ne dormaient point.

Dès qu'ils furent dans la cour de la gare Saint-Lazare, maître Lebrument dit à sa femme :

— Si tu veux, ma chérie, nous allons d'abord déjeuner au boulevard : puis nous reviendrons tranquillement chercher notre malle pour la porter à l'hôtel.

Elle y consentit tout de suite :

— Oh oui, allons déjeuner au restaurant. Est-ce loin ?

Il reprit :

— Oui, un peu loin, mais nous allons prendre l'omnibus.

Elle s'étonna :

— Pourquoi ne prenons-nous pas un fiacre ?

Il se mit à la gronder en souriant :

— C'est comme ça que tu es économe, un fiacre pour cinq minutes de route, six sous par minute, tu ne te priverais de rien.

— C'est vrai, dit-elle, un peu confuse.

Un gros omnibus passait, au trot des trois che-
vaux. Lebrument cria :

— Conducteur ! eh ! conducteur !

La lourde voiture s'arrêta. Et le jeune notaire,
poussant sa femme, lui dit, très vite :

— Monte dans l'intérieur, moi je grimpe dessus
pour fumer au moins une cigarette avant mon
déjeuner.

Elle n'eut pas le temps de répondre ; le conduc-
teur, qui l'avait saisie par le bras pour l'aider à
escalader le marchepied, la précipita dans sa voi-
ture, et elle tomba, effarée, sur une banquette,
regardant avec stupeur, par la vitre de derrière, les
pieds de son mari qui grimpait sur l'impériale.

Et elle demeura immobile entre un gros mon-
sieur qui sentait la pipe et une vieille femme qui
sentait le chien.

Tous les autres voyageurs, alignés et muets, —
un garçon épicier, une ouvrière, un sergent d'in-
fanterie, un monsieur à lunettes d'or coiffé d'un
chapeau de soie aux bords énormes relevés comme
des gouttières, deux dames à l'air important et
grincheux, qui semblaient dire par leur attitude :
«Nous sommes ici, mais nous valons mieux que
ça», deux bonnes sœurs, une fille en cheveux et un
croque-mort, — avaient l'air d'une collection de
caricatures[1], d'un musée des grotesques, d'une
série de charges de la face humaine, semblables à

1. Cette scène d'omnibus, croquée par Maupassant, relève
de l'art d'un Daumier ou d'un Forain.

ces rangées de pantins comiques qu'on abat, dans les foires, avec des balles.

Les cahots de la voiture ballottaient un peu leurs têtes, les secouaient, faisaient trembloter la peau flasque des joues ; et, la trépidation des roues les abrutissant, ils semblaient idiots et endormis.

La jeune femme demeurait inerte :

« Pourquoi n'est-il pas venu avec moi ? » se disait-elle. Une tristesse vague l'oppressait. Il aurait bien pu, vraiment, se priver de cette cigarette.

Les bonnes sœurs firent signe d'arrêter, puis elles sortirent l'une devant l'autre, répandant une odeur fade de vieille jupe.

On repartit, puis on s'arrêta de nouveau. Et une cuisinière monta, rouge, essoufflée. Elle s'assit et posa sur ses genoux son panier aux provisions. Une forte senteur d'eau de vaisselle se répandit dans l'omnibus.

— C'est plus loin que je n'aurais cru, pensait Jeanne.

Le croque-mort s'en alla et fut remplacé par un cocher qui fleurait l'écurie. La fille en cheveux eut pour successeur un commissionnaire dont les pieds exhalaient le parfum de ses courses.

La notairesse se sentait mal à l'aise, écœurée, prête à pleurer sans savoir pourquoi.

D'autres personnes descendirent, d'autres montèrent. L'omnibus allait toujours par les interminables rues, s'arrêtait aux stations, se remettait en route.

— Comme c'est loin ! se disait Jeanne. Pourvu

qu'il n'ait pas eu une distraction, qu'il ne soit pas endormi ! Il s'est bien fatigué depuis quelques jours.

Peu à peu tous les voyageurs s'en allaient. Elle resta seule, toute seule. Le conducteur cria :

— Vaugirard !

Comme elle ne bougeait point, il répéta :

— Vaugirard !

Elle le regarda, comprenant que ce mot s'adressait à elle, puisqu'elle n'avait plus de voisins. L'homme dit, pour la troisième fois :

— Vaugirard !

Alors elle demanda :

— Où sommes-nous ?

Il répondit d'un ton bourru :

— Nous sommes à Vaugirard, parbleu, voilà vingt fois que je le crie[1].

— Est-ce loin du boulevard ? dit-elle.

— Quel boulevard ?

— Mais le boulevard des Italiens.

— Il y a beau temps qu'il est passé !

— Ah ! Voulez-vous bien prévenir mon mari ?

— Votre mari ? Où ça ?

— Mais sur l'impériale.

— Sur l'impériale ! v'là longtemps qu'il n'y a plus personne.

Elle eut un geste de terreur.

1. C'est donc dans un omnibus de la ligne X que sont montés Jeanne et son mari. Les voitures en suivaient un trajet qui combinait une partie des actuels itinéraires du 27 et du 39 et allait de Vaugirard à la place du Havre…

— Comment ça? ce n'est pas possible. Il est monté avec moi. Regardez bien; il doit y être!

Le conducteur devenait grossier:

— Allons, la p'tite, assez causé, un homme de perdu, dix de retrouvés. Décanillez, c'est fini. Vous en trouverez un autre dans la rue.

Des larmes lui montaient aux yeux, elle insista :

— Mais, monsieur, vous vous trompez, je vous assure que vous vous trompez. Il avait un gros portefeuille sous le bras.

L'employé se mit à rire:

— Un gros portefeuille. Ah! oui, il est descendu à la Madeleine. C'est égal, il vous a bien lâchée, ah! ah! ah!…

La voiture s'était arrêtée. Elle en sortit, et regarda, malgré elle, d'un mouvement instinctif de l'œil, sur le toit de l'omnibus. Il était totalement désert.

*

Alors elle se mit à pleurer et tout haut, sans songer qu'on l'écoutait et qu'on la regardait, elle prononça:

— Qu'est-ce que je vais devenir?

L'inspecteur du bureau s'approcha:

— Qu'y a-t-il?

Le conducteur répondit d'un ton goguenard:

— C'est une dame que son époux a lâchée en route.

L'autre reprit:

— Bon, ce n'est rien, occupez-vous de votre service.

Et il tourna les talons.

Alors, elle se mit à marcher devant elle, trop effarée, trop affolée pour comprendre même ce qui lui arrivait. Où allait-elle aller ! Qu'allait-elle faire ? Que lui était-il arrivé à lui ? D'où venaient une pareille erreur, un pareil oubli, une pareille méprise, une si incroyable distraction ?

Elle avait deux francs dans sa poche. À qui s'adresser ? Et, tout d'un coup, le souvenir lui vint de son cousin Barral, sous-chef de bureau à la marine.

Elle possédait juste de quoi payer la course en fiacre ; elle se fit conduire chez lui. Et elle le rencontra comme il partait pour son ministère. Il portait, ainsi que Lebrument, un gros portefeuille sous le bras.

Elle s'élança de sa voiture.

— Henry ! cria-t-elle.

Il s'arrêta, stupéfait :

— Jeanne ?... ici ?... toute seule ?... Que faites-vous, d'où venez-vous ?

Elle balbutia, les yeux pleins de larmes :

— Mon mari s'est perdu tout à l'heure.

— Perdu, où ça ?

— Sur un omnibus.

— Sur un omnibus ?... Oh !...

Et elle lui conta en pleurant son aventure.

Il l'écoutait, réfléchissant. Il demanda :

— Ce matin, il avait la tête bien calme ?

— Oui.

— Bon. Avait-il beaucoup d'argent sur lui ?

— Oui, il portait ma dot.

— Votre dot ?… tout entière ?

— Tout entière… pour payer son étude tantôt.

— Eh bien, ma chère cousine, votre mari, à l'heure qu'il est, doit filer sur la Belgique.

Elle ne comprenait pas encore. Elle bégayait.

— … Mon mari… vous dites ?…

— Je dis qu'il a raflé votre… votre capital… et voilà tout.

Elle restait debout, suffoquée, murmurant :

— Alors c'est… c'est… c'est un misérable !…

Puis, défaillant d'émotion, elle tomba sur le gilet de son cousin, en sanglotant.

Comme on s'arrêtait pour les regarder, il la poussa, tout doucement, sous l'entrée de sa maison et, la soutenant par la taille, il lui fit monter son escalier, et comme sa bonne interdite ouvrait la porte, il commanda :

— Sophie, courez au restaurant chercher un déjeuner pour deux personnes. Je n'irai pas au ministère aujourd'hui[1].

1. L'essentiel de l'anecdote (l'aventure d'une femme que son mari abandonne, juste après son mariage, en emportant la dot) avait été suggéré, en quelques lignes, par Alexandre Dumas fils dans un volume à succès : *L'Homme-femme* (1872).

DOSSIER

CHRONOLOGIE
1850-1893

1850. *5 août.* Naissance de Guy de Maupassant, au châ-
teau de Miromesnil (Seine-Maritime). Maupassant
est fils de Gustave de Maupassant (1821-1900) et
de Laure Le Poitevin (1821-1903). De cette union
naît un autre garçon, Hervé, qui mourra fou (1856-
1889). Le ménage Maupassant n'est pas très uni :
une séparation à l'amiable est prononcée en 1863. Il
n'y a pas lieu de s'arrêter à l'hypothèse, avancée
par certains, selon laquelle Flaubert serait le père de
Guy ; la seule vérité est que le frère aîné de Laure
fut le grand ami de jeunesse de Gustave.

1851. *2 décembre.* Coup d'État de Louis-Napoléon, futur
Napoléon III en 1852.

1857. Publication de *Madame Bovary* de Flaubert, et des
Fleurs du mal de Baudelaire. L'année suivante : tra-
duction française des *Récits d'un chasseur* de Tour-
gueniev.

1859-1860. Guy est élève au lycée impérial Napoléon, à
Paris (actuel lycée Henri-IV).

1863. Pensionnaire à l'Institution ecclésiastique d'Yvetot.
Il y reste jusqu'en 1868. Discipline et claustration
lui pèsent. Premiers essais poétiques. « Salon des
Refusés » (Manet, Pissarro, Cézanne, etc.).

1864 Maupassant passe ses vacances dans la villa des

Verguies, propriété de sa mère à Étretat. Il rencontre Swinburne (1866).

1868. Maupassant entre comme interne au lycée de Rouen. Il y fera ses classes de rhétorique et philosophie. Son correspondant est Louis Bouilhet, poète, ami de Flaubert.

1869. *27 juillet.* Maupassant est reçu bachelier ès lettres.
 Octobre. Il s'inscrit à la Faculté de droit de Paris.
 Novembre. Flaubert : *L'Éducation sentimentale.*

1870. *Juillet.* Guerre franco-prussienne. Maupassant est appelé et versé dans l'Intendance ; il est affecté à Rouen.
 Septembre. Défaite de Sedan ; déchéance de l'Empire, proclamation de la République ; siège de Paris. Maupassant est muté de Rouen dans la capitale.

1871. *Mars-mai.* La Commune de Paris.
 Septembre. Maupassant se fait remplacer et quitte l'armée.
 Octobre. Zola publie *La Fortune des Rougon*, premier volume de la série des *Rougon-Macquart.*
 Maupassant, qui poursuit théoriquement ses études, cherche en fait du travail. Par ailleurs, il écrit et soumet ses essais à Flaubert. Il se livre aux plaisirs du canotage… et autres.

1872. *Octobre.* Il est nommé surnuméraire au ministère de la Marine.

1873. *Février.* Maupassant est payé 125 francs par mois (il deviendra titulaire un an plus tard).
 Les pouvoirs de Mac-Mahon sont prorogés pour sept ans ; l'«ordre moral» va régner.
 Dans les lettres : en poésie, de jeunes inconnus publient sans grande audience (Tristan Corbière, Charles Cros, Arthur Rimbaud) ; gros succès, en revanche : *Le Ventre de Paris.*
 Pour la première fois, avec *Le Bon Bock*, Manet n'effarouche pas le public.

1874. Par l'intermédiaire de Flaubert (qui publie *La Ten-*

tation de saint Antoine), Maupassant entre en relations avec Goncourt, Zola et quelques-uns de ceux qui deviendront les «naturalistes».

Première exposition des «impressionnistes».

1875. Publication de «La Main d'écorché», premier conte de Maupassant (sous le pseudonyme de Joseph Prunier). Il travaille à une pièce de théâtre (*La Comtesse de Rhune*) et compose, avec quelques camarades, une pièce fort libre, *À la feuille de rose. Maison turque*, qu'il représente en privé devant un auditoire qui compte Flaubert et Tourgueniev.

Grande époque des promenades en banlieue et des randonnées au bord de la Seine (Bezons, Bougival, Chatou, Croissy, «La Grenouillère»).

1876. Maupassant écrit *Une répétition* (pièce en un acte ; jouée en 1904 seulement).

Sous le pseudonyme de Guy de Valmont, il publie des poèmes dans *La République des lettres*. Articles dans le quotidien *La Nation*.

Outre Maupassant, l'équipe du futur «groupe de Médan» est désormais constituée (Zola, Huysmans, Alexis, Hennique, Céard) ; il faut y ajouter Mendès et Mirbeau.

1877. Crise politique (*mai*) ; dissolution de la Chambre ; les élections d'octobre amènent une majorité républicaine.

Avril. Dîner chez Trapp, autour de Flaubert, Goncourt et Zola, organisé par le jeune groupe de Médan.

Été. Maupassant fait une cure dans le Valais, à Loèche.

Publication de *La Fille Élisa* de Goncourt et de *L'Assommoir* de Zola.

1878. Maupassant démissionne du ministère de la Marine et passe à celui de l'Instruction publique.

1879. *Février*. Représentation d'*Histoire du vieux temps*, au troisième Théâtre français (théâtre Déjazet).

Maupassant publie, dans *La Réforme* et dans le recueil de l'éditeur Tresse, *Saynètes et monologues*.

À l'*automne*, voyage en Bretagne et à Jersey.

Novembre. La reprise, par la *Revue moderne et naturaliste*, d'un poème paru en 1876 déclenche, quelques semaines plus tard, une information du parquet d'Étampes pour outrage à la morale publique. Maupassant travaille à «Boule de suif».

Décembre. Il est nommé officier d'académie.

1880. *Février*. Non-lieu dans l'affaire d'Étampes.

Mars. Troubles oculaires ; ils s'aggraveront d'année en année et s'accompagneront de violentes migraines.

Avril. Publication des *Soirées de Médan* (qui contient «Boule de suif») ; succès considérable : Maupassant est brusquement célèbre. Le même mois, son recueil *Des vers* paraît chez Charpentier.

8 mai. Mort de Flaubert.

Juin. Sollicite un congé ; en fait, il ne reprendra jamais son emploi au ministère et vivra de sa plume. Il va, notamment, collaborer au *Gaulois*. C'est, avec *Gil Blas*, le quotidien dans lequel se retrouve la majorité de ses contes et chroniques (parfois sous des pseudonymes : Chaudrons du Diable ou Maufrigneuse). Au total, plus de trois cents contes et environ deux cents chroniques.

Juillet. Loi d'amnistie pour les condamnés de la Commune.

Le 14 juillet devient fête nationale.

Septembre. Maupassant est en Corse. À son retour, en *octobre*, il est sollicité de participer au lancement d'une revue, *La Comédie humaine*, qui ne verra jamais le jour.

Cette année paraissent : *Le Roman expérimental* de Zola, et les *Pensées, maximes et fragments* de Schopenhauer (traduits par J. Bourdeau).

1881. Maupassant collabore à *La Nouvelle Revue* et à la *Revue bleue*.

Mai. Publication du recueil *La Maison Tellier*.

Soulèvements en Afrique du Nord ; en *juillet*, Mau-

passant part pour l'Algérie. Il y effectue une sorte de reportage pour le compte du *Figaro*.

Décembre. Début de la collaboration de Maupassant à *Gil Blas*.

1882. Krach de l'Union Générale; lois sur l'instruction obligatoire; fondation de la Ligue des Patriotes par Déroulède

Huysmans publie *À vau-l'eau.*

Avril. Maupassant séjourne dans le Midi (Menton, Saint-Raphaël).

Mai. Mademoiselle Fifi, recueil de contes.

Été. Voyage en Bretagne.

1883. Expédition du Tonkin.

Mort de Manet et de Tourgueniev. Publication des *Contes cruels* de Villiers de l'Isle-Adam et de *Ainsi parlait Zarathoustra* de Nietzsche.

Maupassant publie : *Une vie,* roman, et les *Contes de la Bécasse,* recueil; nouvelle édition de *Mademoiselle Fifi.*

Février. Naissance du premier des trois enfants naturels que Maupassant a de Joséphine Litzelmann.

Novembre. François Tassart entre, comme valet de chambre, au service de Maupassant. Il sera le témoin minutieux, mais discuté, des dix dernières années de la vie de l'écrivain.

Décembre. Séjour à Cannes, qui se renouvellera, assez régulièrement, durant les années suivantes.

1884. Une des années les plus fécondes en publications, contes et chroniques dans *Gil Blas* et *Le Gaulois.* Recueils : *Miss Harriet, Les Sœurs Rondoli, Clair de lune, Yvette.* Notes de voyage : *Au soleil.*

Préface aux lettres de G. Flaubert à G. Sand.

Il travaille à *Bel-Ami.*

J.-K. Huysmans publie *À rebours.*

1885. Chute du ministère Jules Ferry.

Mort de Victor Hugo.

Zola publie *Germinal* et Laforgue *Les Complaintes.*

Avril-mai. Voyage en Italie et en Sicile.

Maupassant achète un bateau qu'il baptise le « Bel-Ami », d'après le titre du roman qu'il publie, en *mai*, chez l'éditeur Havard.

Juillet-août. Maupassant à Châtelguyon.

Automne. Séjour à Étretat.

Nouvelle édition des *Contes du jour et de la nuit* ; publication de *Toine* au tout début de l'année 1886.

1886. Plusieurs événements littéraires ou artistiques importants : dernière exposition des Impressionnistes ; publication du *Manifeste* de Moréas sur le Symbolisme, des *Illuminations* de Rimbaud, de *Par-delà le bien et le mal* de Nietzsche, de *L'Œuvre* de Zola, de *La France juive* de Drumont.

Maupassant publie deux recueils : *La Petite Roque* et *Monsieur Parent*.

Mai. Sous le nom transparent de Beaufrilan, Jean Lorrain offre, dans son roman *Très Russe*, un portrait peu flatté de Maupassant : « *C'est l'étalon modèle littéraire et plastique du grand haras Flaubert, Zola et Cie ; il roucoule et paonne* », etc. Un duel manque de peu de s'ensuivre.

Juillet-octobre. Séjours à Châtelguyon, Étretat, Antibes.

1887. Crise boulangiste. Affaire Wilson ; démission de Jules Grévy.

Janvier. Mont-Oriol, roman.

Maupassant fréquente la haute société et se lie avec un certain nombre de jeunes femmes (H. Lecomte du Noüy — depuis plusieurs années ; la comtesse Potocka ; Marie Kann).

Mai. Le Horla, recueil.

Juillet. Voyage en ballon de Paris en Hollande.

Août. Manifeste des Cinq contre *La Terre* de Zola ; il marque la fin de l'« école » naturaliste.

Octobre. Maupassant s'embarque pour l'Afrique du Nord où il demeurera jusqu'en janvier 1888. Autres séjours, cette année-là : Antibes, Chatou, Étretat.

Hervé, frère de Guy, est interné une première fois.

1888. *Janvier*. Publication de *Pierre et Jean*, précédé d'une importante préface sur «Le Roman».

Publication de *Sur l'eau*, récits de voyages; *Le Rosier de Mme Husson*, recueil de contes.

1889. Année de l'Exposition universelle : «*Je ne suis pas créé pour ces plaisirs-là*», écrit Maupassant. Et il fuit la toute jeune tour Eiffel.

Séjours à Cannes, Étretat et en Italie.

Mars. La Main gauche, contes.

Mai. Fort comme la mort, roman.

Août. Internement et mort de son frère, Hervé.

Une nouvelle génération littéraire se lève : Barrès (qui a commencé à publier la série du *Culte du moi*); Claudel : *Tête d'Or*; Jarry a déjà écrit le premier état d'*Ubu roi* et *Ubu cocu*.

1890. La production littéraire de Maupassant diminue.

Publie cependant : *Notre cœur*, roman; *La Vie errante*, voyages; *L'Inutile Beauté*, contes.

Très nombreux séjours et déplacements : on croirait que Maupassant tente de se fuir lui-même.

1891. Jules Huret publie son *Enquête sur l'évolution littéraire*; on y trouve le célèbre télégramme de Paul Alexis : «*Naturalisme pas mort. Lettre suit.*»

Maupassant travaille à un roman qui restera inachevé : *L'Angélus*.

Mars. Première, au Gymnase, de *Musotte*, drame en 3 actes.

Juin-août. Luchon; cures à Divonne et Champel (Suisse).

Décembre. Maupassant rédige son testament.

1892. *1er janvier*. Tentative de suicide.

7 janvier. Il est conduit à la maison de santé du Dr Blanche à Passy. Une agonie d'un an commence, Maupassant est syphilitique; petit à petit, il est gagné par le délire et la paralysie générale.

1893. *6 mars. La Paix du ménage*, pièce en 2 actes, est
 créée à la Comédie-Française.
 6 juillet. Mort de Maupassant. Il est enterré le 8 au
 cimetière Montparnasse.

NOTICE

La nouvelle «Boule de suif» parut dans *Les Soirées de Médan* qui sortirent sous la célèbre couverture jaune de l'éditeur Charpentier, en avril 1880. Le volume a sa légende, dont Maupassant lui-même est en partie responsable; le 17 avril 1880, il publiait, en effet, dans *Le Gaulois*, un article consacré aux *Soirées* et intitulé «Comment ce livre a été fait» (voir p. 311). Il en présente la genèse comme celle d'une sorte de nouveau *Décaméron*, chacun des collaborateurs — lui-même, Huysmans, Céard, Alexis, Hennique, Zola — racontant à son tour, dans la propriété du dernier, à Médan, une histoire relative à la guerre de 1870.

Nous savons que la réalité fut sensiblement différente. Avant d'être recueillies en volume, les nouvelles de Zola, Céard et Huysmans avaient fait l'objet de publication dans des revues. Quant à Maupassant, il travaille à son texte depuis les derniers mois de l'année 1879. En novembre, il en parle à son maître Flaubert; en décembre, il lui écrit: «Je travaille ferme à ma nouvelle sur les Rouennais et la guerre. Je serai désormais obligé d'avoir des pistolets dans mes poches pour traverser Rouen.» En janvier, la nouvelle est achevée et remise à l'imprimeur; un mois plus tard, Flaubert lit «Boule de suif» en épreuves. Parmi les compliments, qu'il ne ménage pas à son disciple, il glisse quelques remarques dont Maupassant tint compte comme le prouvent

les variantes qu'on peut relever entre le manuscrit (conservé à la Pierpont Morgan Library, à New York) et le texte définitif : certaines correspondent précisément aux objections du « vieux » de Croisset.

Le volume, dans une préface aussi courte que mordante, s'affirmait comme représentant une *philosophie* et des *tendances littéraires* nouvelles. Il fut, en effet, reçu à la manière d'un manifeste, celui du naturalisme, et provoqua l'indignation d'un certain nombre de critiques, dont celui du *Figaro*. Dans ce concert, discordant, une note s'élevait cependant, toujours la même : l'hommage rendu à la supériorité de « Boule de suif » sur les autres nouvelles du recueil. Déjà, les collaborateurs de Maupassant l'avaient reconnu quand il leur avait lu son travail achevé ; déjà Flaubert l'écrivait : « le conte de mon disciple, dont j'ai lu ce matin les épreuves, est un *chef-d'œuvre* ; je maintiens le mot, un chef-d'œuvre de composition, de comique et d'observation » (1er février 1880). Sous la plume de Flaubert, l'éloge n'était pas mince ; et il écrivait encore : « Ce petit conte *restera*, soyez-en sûr ! » (1er février 1880). « *Boule de suif* écrase le volume dont le titre est stupide » (vers le 25 avril 1880).

Les six collaborateurs des *Soirées* avaient d'abord songé à intituler autrement leur volume et à l'appeler *L'Invasion comique*. La formule fut jugée trop provocante. Elle reflète pourtant bien l'un des aspects du livre, ce comique amer et noir au plus profond de l'horreur des combats. Le sentiment de l'absurde est essentiel à ce livre. Il représente, pour quelques jeunes romanciers, une façon nouvelle d'interpréter la défaite de 1870 et va à contre-courant des convictions que certains, Déroulède par exemple, s'efforçaient d'inculquer à l'opinion. Aux larmoiements sur la France vaincue succédait une tendance revancharde qui allait aboutir, en 1882, à la création de la Ligue des Patriotes et, à plus long terme, à la boucherie de 1914-1918. Maupassant, avec toutes les nuances voulues, définit clairement son dessein : « Nous n'avons eu, en faisant ce livre, aucune intention antipatriotique, ni aucune intention quelconque ; nous avons voulu

seulement tâcher de donner à nos récits une note juste sur la guerre, de les dépouiller du chauvinisme à la Déroulède, de l'enthousiasme faux jugé jusqu'ici nécessaire dans toute narration où se trouvent une culotte rouge et un fusil. »

Pour ce faire, l'auteur inscrit son œuvre dans la plus exacte réalité : celle de la Normandie durant l'hiver de 1870-1871. Sous des noms empruntés, on reconnaît quelques traits appartenant à des personnages réels : Boule de suif serait une certaine Adrienne Legay ; Carré-Lamadon est un avatar de Pouyer-Quertier, maire de Rouen ; Cornudet tire une part de son attitude de celle d'un oncle de Maupassant, Charles Cord'homme. Et c'est même ce dernier qui aurait narré à l'écrivain l'anecdote qui fait le sujet de la nouvelle.

En fait, Maupassant va au-delà même de cette vision de la guerre. En opposant à une femme dite « immorale » les représentants de la morale bourgeoise, voire républicaine, il condamne en bloc ces derniers. La conclusion jette sur la nouvelle une note pessimiste.

En 1901, les éditions Ollendorff publièrent, sous le titre général *Boule de suif*, un recueil comportant les nouvelles suivantes, dans l'ordre : « Boule de suif », « L'Ami Patience », « La Dot », « La Moustache », « Le Lit 29 », « Le Protecteur », « La Chevelure », « Le Crime au père Boniface », « Rose », « L'Aveu », « La Parure », « Le Bonheur », « Une vendetta », « Coco », « Auprès d'un mort », « La Serre », « Un duel », « Une soirée », « Le Vengeur », « L'Attente » et « Première neige ». On trouvera ces nouvelles dans le présent volume. Certaines d'entre elles avaient déjà paru, en 1900, dans un recueil collectif intitulé *Le Colporteur* (Ollendorff) : ce sont les sept dernières citées ci-dessus.

Auparavant, les six premières avaient paru dans le recueil *Toine* (1886) et les sept suivantes (du « Crime au père Boniface » à « Coco ») dans *Les Contes du jour et de la nuit* (1885). C'est dire que le volume ne contenait à proprement parler rien d'inédit et qu'il n'obéissait qu'à des objectifs commerciaux en réunissant quelques-uns des contes les plus représentatifs des thèmes et de la manière de Maupassant

Ce volume n'ayant pas été constitué par Maupassant lui-même, j'ai cru pouvoir disposer d'une certaine liberté de classement. Aussi ai-je adopté l'ordre chronologique de publication de ces contes. Le texte que je donne est celui de l'édition de 1880 pour «Boule de suif», celui de l'édition originale pour ceux des contes qui ont été repris en volume du vivant de l'auteur et celui de la préoriginale pour ceux qui n'avaient jamais été recueillis.

Oscar Méténier a tiré de *Boule de suif* une pièce en 3 actes et 4 tableaux, représentée au Théâtre Antoine le 6 mai 1902, éditée la même année chez Ollendorff. De son côté, Christian-Jaque a tiré de cette nouvelle un film qui emprunte aussi quelques-uns de ses éléments à «Mlle Fifi» (1946).

APPENDICE
LES SOIRÉES DE MÉDAN

(*Le Gaulois*, 17 avril 1880)

COMMENT CE LIVRE A ÉTÉ FAIT.

Monsieur le Directeur,

Votre journal fut le premier à annoncer les *Soirées de Médan*, et vous me demandez aujourd'hui quelques détails particuliers sur les origines de ce volume. Il vous paraîtrait intéressant de savoir ce que nous avons prétendu faire, si nous avons voulu affirmer une idee d'école et lancer un manifeste.

Je réponds à ces quelques questions.

Nous n'avons pas la prétention d'être une école. Nous sommes simplement quelques amis, qu'une admiration commune a fait se rencontrer chez Zola, et qu'ensuite une affinité de tempéraments, des sentiments très semblables sur toutes choses, une même tendance philosophique, ont liés de plus en plus

Quant à moi, qui ne suis encore rien comme littérateur, comment pourrais-je avoir la prétention d'appartenir à une école? J'admire indistinctement tout ce qui me paraît supérieur, à tous les siècles et dans tous les genres.

Cependant, il s'est fait évidemment en nous une réaction inconsciente, fatale, contre l'esprit romantique, par

cette seule raison que les générations littéraires se suivent et ne se ressemblent pas.

Mais, du reste, ce qui nous choque dans le romantisme, d'où sont sorties d'impérissables œuvres d'art, c'est uniquement son résultat philosophique. Nous nous plaignons de ce que l'œuvre de Hugo ait détruit en partie l'œuvre de Voltaire et de Diderot. Par la sentimentalité ronflante des romantiques, par leur méconnaissance dogmatique du droit et de la logique, le vieux bon sens, la vieille sagesse de Montaigne et de Rabelais ont presque disparu de notre pays. Ils ont substitué l'idée de pardon à l'idée de justice, semant chez nous une sensiblerie miséricordieuse et sentimentale qui a remplacé la raison.

C'est grâce à eux que les salles de théâtre pleines de messieurs véreux et de filles ne peuvent tolérer sur la scène un simple fripon. C'est la morale romantique des foules qui force souvent les tribunaux à acquitter des particuliers et des drôlesses attendrissants, mais sans excuse.

J'ai pour les grands maîtres de cette école (puisqu'il s'agit d'école) une admiration sans limites, jointe souvent à une révolte de ma raison ; car je trouve que Schopenhauer et Herbert Spencer ont sur la vie beaucoup d'idées plus droites que l'illustre auteur des *Misérables*. — Voilà la seule critique que j'oserais faire, et il ne s'agit pas ici de littérature. — Littérairement, ce qui nous paraît haïssable, ce sont les vieilles orgues de Barbarie larmoyantes, dont Jean-Jacques Rousseau a inventé le mécanisme et dont une suite de romanciers, arrêtée, je l'espère, à M. Feuillet, s'est obstinée à tourner la manivelle, répétant invariablement les mêmes airs langoureux et faux.

Quant aux querelles sur les mots : réalisme et idéalisme, je ne les comprends pas.

Une loi philosophique inflexible nous apprend que nous ne pouvons rien imaginer en dehors de ce qui tombe sous nos sens ; et la preuve de cette impuissance, c'est la stupidité des conceptions dites idéales, des paradis inventés par toutes les religions. Nous avons donc ce seul objectif : l'Être

et la Vie, qu'il faut savoir comprendre et interpréter en
artiste. Si on n'en donne pas l'expression à la fois exacte
et artistiquement supérieure, c'est qu'on n'a pas assez de
talent.

Quand un monsieur, qualifié de réaliste, a le souci d'écrire
le mieux possible, est sans cesse poursuivi par des préoccu-
pations d'art, c'est, à mon sens, un idéaliste. Quant à celui
qui affiche la prétention de faire la vie plus belle que nature,
comme si on pouvait l'imaginer autre qu'elle n'est, de mettre
du ciel dans ses livres, et qui écrit en « romancier pour les
dames », ce n'est, à mon avis du moins, qu'un charlatan ou
un imbécile. — J'adore les contes de fées, et j'ajoute que
ces sortes de conceptions doivent être plus vraisemblables,
dans leur domaine particulier, que n'importe quel roman de
mœurs de la vie contemporaine.

Voici, maintenant, quelques notes sur notre volume.

Nous nous trouvions réunis, l'été, chez Zola, dans sa pro-
priété de Médan.

Pendant les longues digestions des longs repas (car nous
sommes tous gourmands et gourmets, et Zola mange à lui
seul comme trois romanciers ordinaires), nous causions. Il
nous racontait ses futurs romans, ses idées littéraires, ses
opinions sur toutes choses. Quelquefois il prenait son fusil,
qu'il manœuvre en myope, et tout en parlant il tirait sur des
touffes d'herbe que nous lui affirmions être des oiseaux,
s'étonnant considérablement quand il ne retrouvait aucun
cadavre.

Certains jours, on pêchait à la ligne. Hennique alors se
distinguait au grand désespoir de Zola qui n'attrapait que
des savetiers.

Moi, je restais étendu dans la barque la « Nana », ou bien
je me baignais pendant des heures, tandis que Paul Alexis
rôdait avec des idées grivoises, que Huysmans fumait des
cigarettes, et que Céard s'embêtait, trouvant stupide la cam-
pagne.

Ainsi se passaient les après-midi ; mais comme les nuits
étaient magnifiques, chaudes, pleines d'odeurs de feuilles,

nous allions chaque soir nous promener dans la *Grande île* en face.

Je passais tout le monde dans la « Nana ».

Or, par une nuit de pleine lune, nous parlions de Mérimée, dont les dames disent : « Quel charmant conteur ! » Huysmans prononça à peu près ces paroles : « Un conteur est un monsieur qui, ne sachant pas écrire, débite prétentieusement des balivernes. »

On se mit à parcourir tous les conteurs célèbres et à vanter les raconteurs de vive voix, dont le plus merveilleux, à notre connaissance, est le grand Russe Tourgueneff, ce maître presque français ; Paul Alexis prétendait qu'un conte écrit est très difficile à faire. Céard, un sceptique, regardant la lune, murmura : « Voici un beau décor romantique, on devrait l'utiliser... » Huysmans ajouta : « ... En racontant des histoires de sentiment. » — Mais Zola trouva que c'était une idée, qu'il fallait se dire des histoires. L'invention nous fit rire, et on convint, pour augmenter la difficulté, que le cadre choisi par le premier serait conservé par les autres qui y placeraient des aventures différentes.

On alla s'asseoir, et, dans le grand repos des champs assoupis, sous la lumière éclatante de la lune, Zola nous dit cette terrible page de l'histoire sinistre des guerres qui s'appelle « L'attaque du moulin ».

Quand il eut fini, chacun s'écria : « Il faut écrire cela bien vite. » Lui, se mit à rire. « C'est fait. »

Ce fut mon tour le lendemain.

Huysmans, le jour suivant, nous amusa beaucoup avec le récit des misères d'un mobile sans enthousiasme.

Céard, nous redisant le siège de Paris avec des explications nouvelles, déroula une histoire pleine de philosophie, toujours vraisemblable sinon vraie, mais toujours réelle depuis le vieux poème d'Homère. Car si la femme inspire éternellement des sottises aux hommes, les guerriers qu'elle favorise plus spécialement de son intérêt en souffrent nécessairement plus que d'autres.

Hennique nous démontra encore une fois que les hommes,

souvent intelligents et raisonnables, pris isolément, devien-
nent infailliblement des brutes quand ils sont en nombre —
c'est ce qu'on pourrait appeler l'ivresse des foules —. Je ne
sais rien de plus drôle et de plus horrible en même temps que
le siège de cette maison publique et le massacre des pauvres
filles.

Mais Paul Alexis nous fit attendre quatre jours, ne trou-
vant pas de sujet, il voulait nous raconter des histoires de
Prussiens souillant des cadavres. Notre exaspération le fit
taire, et il finit par imaginer l'amusante anecdote d'une
grande dame allant ramasser son mari mort sur un champ de
bataille, et se laissant «attendrir» par un pauvre soldat
blessé. Et ce soldat était un prêtre ! ! !

Zola trouva ces récits curieux, et nous proposa d'en faire
un livre. — Il va paraître.

Voilà, Monsieur le Directeur, quelques notes vite griffon-
nées, mais contenant, je pense, tous les détails qui peuvent
vous intéresser.

Veuillez agréer, avec mes remerciements pour votre bien-
veillance, l'assurance de mes sentiments les plus dévoués.

 Guy de Maupassant

BIBLIOGRAPHIE

I. *Éditions*

[Maupassant, «Boule de suif», dans:] *Les Soirées de Médan*, Charpentier, 1880.

Les Soirées de Médan, introduction, notes et dossier par Colette Becker, Le Livre à venir, 1981.

Maupassant, *Contes et nouvelles*, préface par Armand Lanoux; introduction, chronologie, avertissement, notices notes et variantes par Louis Forestier, Bibliothèque de la Pléiade, Gallimard, 2 vol., 1974 et 1979, tirages revus: 1996.

Maupassant, *Boule de suif et autres contes normands*, édition de Marie-Claire Bancquart, Garnier, 1971.

Maupassant, *Chroniques*, coll. 10/18, U.G.E. 1980, 3 vol., nouveau tirage: 1993.

Maupassant, *Correspondance*, édition établie par Jacques Suffel, Le Cercle du bibliophile, Évreux, 3 vol., 1973.

Gustave Flaubert-Guy de Maupassant, *Correspondance*, texte établi, préfacé et annoté par Yvan Leclerc, Flammarion, 1993.

II. *Travaux critiques*

Album Maupassant, iconographie choisie et commentée par Jacques Réda, Gallimard, 1987.

Anoll (Lidia), « Une critique sociale sous une structure parfaite : *Boule de suif* », *Anuari de Filologia*/Filologia romanica, 14, 1991.

Artinian (Robert W.), *La Technique descriptive chez Guy de Maupassant*, St. Pieters-Kapelle, Belgique, Lettera Amorosa, 1973.

Bailbé (Joseph-Marc), *L'Artiste chez Maupassant*, Lettres modernes, 1993.

Bancquart (Marie-Claire), *Maupassant conteur fantastique*, Lettres modernes, 1976.

—, « Maupassant, la guerre, la politique », *Le Magazine littéraire*, janvier 1980.

Baron (Anne-Marie), « Maupassant peintre de la bureaucratie », *L'École des Lettres*, nᵒ 13, 1ᵉʳ juin 1993.

Bem (Jeanne), « Le "travail" du texte dans *Boule de suif* », *Texte*, 10, 1990 [1991].

Benhamou (Noëlle), *Filles, prostituées et courtisanes dans l'œuvre de Maupassant*, Lille, Presses universitaires du Septentrion, 1996.

Besnard-Coursodon (Micheline), *Étude thématique et structurale de l'œuvre de Maupassant : le piège*, Nizet, 1973.

Bismut (Roger), « "Le bonheur" de Maupassant, nouvelle à énigme », *Les Amis de Flaubert*, nᵒ 50, 1977.

Bolster (Richard), « "Boule de suif" : une source documentaire ? », *Revue d'histoire littéraire de la France*, novembre-décembre 1984.

Bonnefis (Philippe), *Parfums. Son nom de* Bel-Ami, éd. Galilée, 1995.

Botterel (Catherine), « L'Inversion des sexes dans quelques textes de Maupassant », *Amis de Flaubert et de Maupassant*, nᵒ 5, 1997.

Bourlioux (Nicole), « Le Paysage de la guerre de 1870 », *Études normandes*, nᵒ 2, 1990.

Bourreau (Alain), «"Boule de suif" ou la république des ogres», *L'École des Lettres*, n° 13, 1er juin 1993.

Brochier (Jean-Jacques), *Maupassant. Une journée particulière*, J.-C. Lattès, 1993.

Bury (Mariane), *La Poétique de Maupassant*, SEDES, 1994.

Cogny (Pierre), *Maupassant l'homme sans Dieu*, Bruxelles, La Renaissance du Livre, 1968.

Corbin (Alain), *Les Filles de noce*, Flammarion, 1982.

Cutler (P.J.), *Maupassant and the Franco-Prussian war : a study of war themes in the works of Maupassant*, Ph. D., University de Hull, 1958.

Danger (Pierre), *Pulsion et désir dans les romans et nouvelles de Guy de Maupassant*, Nizet, 1993.

Defoix (Jean), «L'assomption d'Élisabeth Rousset, dite "Boule de suif"», *Mythes et mythologies*, Université de Nantes, 1992.

Delaisement (Gérard), *Guy de Maupassant, le témoin, l'homme, le critique*, C.R.D.P. d'Orléans-Tours, 1984.

Digeon (Claude), *La Crise allemande de la pensée française (1870-1914)*, PUF, 1959.

Donaldson-Evans (Mary), *A Woman's revenge : a chronology of dispossession in Maupassant's fiction*, French forum, Lexington, 1986.

Ebert (Johannes), «Et cette vie dura dix ans…» [sur «La Parure»] [en allemand], *Die neueren Sprachen*, Frankfurt-am-Main, n° 15, 1966.

Fonyi (Antonia), «La Nouvelle de Maupassant : le matériau de la psychose et l'armature du genre», voir *Maupassant. Miroir de la nouvelle*.

Forestier (Louis), *Boule de suif et La Maison Tellier*, essai, Gallimard, coll. Foliothèque, 1995.

Gould (Michael), «La composition temporelle de "Boule de suif"», *Revue du Pacifique*, printemps 1978.

Imaginer Maupassant, n° spécial de la *Revue des Sciences Humaines*, 1994-3.

Joly (Bernard), «La première phrase dans les *Contes et nou-*

velles de Maupassant», *Les Cahiers naturalistes*, n° 57, 1983.

Kowzan (Tadeusz), «Fortune théâtrale de *Boule de suif*», dans *Flaubert et Maupassant écrivains normands*, P.U.F., 1981.

Lanoux (Armand), *Maupassant le Bel-Ami*, Fayard, 1967; nouvelle édition, Le Livre de poche, 1983.

Mabille (Marianne), «"Boule de suif", la société et la guerre de 1870 en Normandie», *L'École des Lettres*, n° 13, 1er juin 1993.

Maupassant à l'écran, n° spécial de *CinémAction*, avril 1993.

Maupassant conteur et romancier, edited by Christopher Lloyd and Robert Lethbridge, University of Durham, 1994.

Maupassant et l'écriture, actes du Colloque de Fécamp, sous la direction de Louis Forestier, Nathan, 1993.

Maupassant. Miroir de la nouvelle, actes du colloque de Cerisy, textes réunis par Jacques Lecarme et Bruno Vercier, Presses Universitaires de Vincennes, 1988.

Le Naturalisme, colloque de Cerisy, coll. 10/18, U.G.E., 1978.

Ninane de Martinoir (Francine), «Étude de texte. Maupassant : "Boule de suif"», *L'École des Lettres*, 15 janvier 1980.

Oms (Marcel), «Le *Boule de suif* de Christian-Jaque», voir *Maupassant à l'écran*.

Prédal (René), «*Boule de suif* en Russie (Mikhaïl Romm)», voir *Maupassant à l'écran*.

Prévati (J.M.), «Le Carnaval de *Boule de suif*», dans *Problèmes de l'écriture populaire au XIXe siècle*, Presses universitaires de Limoges, 1997.

Prince (Gerald), «Nom et destin dans "La Parure"», *French Review*, décembre 1982.

Savinio (Alberto), *Maupassant et «l'Autre»*, Gallimard, 1977.

Schmidt (Albert-Marie), *Maupassant*, Le Seuil, 1962.

Secchi (Giovanna), « Il fantastico e "La Chevelure" di Mau-
 passant », *Micromegas*, VI, janvier-avril 1979.
Serceau (Michel), « *Boule de suif* et *La Chevauchée fantas-
 tique* », voir *Maupassant à l'écran*.
Suwala (Halina), « Maupassant et le naturalisme », in
 Autour de Zola et du naturalisme, Honoré Champion,
 1993.
Thorel-Cailleteau (Sylvie), « Un malentendu [à propos de
 "Boule de suif"] », *Cahiers Ivan Tourguéniev*, n° 17-18,
 1993-1994.
Thorel-Cailleteau (Sylvie), *La Tentation du livre sur rien.
 Naturalisme et décadence*, éditions InterUniversitaires,
 1994.
Vial (André), « Maupassant et la Vénus vénale », dans *Faits
 et significations*, Nizet, 1973.
—, *Guy de Maupassant et l'art du roman*, Nizet, 1954.
Willi (Kurt), *Déterminisme et liberté chez Guy de Maupas-
 sant*, Zurich, Juris-Verlag, 1972.

III. *Filmographie*[1]

Boule de suif :
1934. *Boule de suif*, film muet de Mikhaïl Romm (U.R.S.S.).
1946. *Boule de suif*, film de Christian-Jaque (France)
 [s'inspire à la fois de Boule de suif et de Mademoiselle
 Fifi, comme le film américain de Robert Wise — 1944 —
 qui porte ce dernier titre].

Première neige :
1976. *Première neige*, adaptation télévisuelle de Claude
 Santelli (France).

1. D'après Claude Guiguet (*CinémAction*, avril 1993).

La Parure :
1909. The Necklace (Le Collier), film muet de David Griffith (États-Unis).
1921. The Diamond Necklace, film muet de Denison Clift (Grande-Bretagne).
1925. Un collier de perles, de Yichuan Zhenzhu (Japon).
1949. The Diamond Necklace, adaptation télévisuelle de Sobey Martin (États-Unis).
1957. La Parure, adaptation télévisuelle de R. Favar (France).
1963. La Parure, adaptation télévisuelle de Carlo Rim (France).
1967. Smycket (Le Bijou), un des sketches de Stimulantia, film de Gustav Mölander (Suède).

La Chevelure :
1961. La Chevelure, d'Ado Kyrou (France).

DOSSIER

DU MÊME AUTEUR

Dans la même collection

Composition Interligne.
Impression Bussière Camedan Imprimeries
à Saint-Amand (Cher), le 10 juin 2003.
Dépôt légal : juin 2003.
1ᵉʳ dépôt légal dans la collection : septembre 1999.
Numéro d'imprimeur : 032831/1.

ISBN 2-07-041119-2./Imprimé en France.